生き抜け、その日のために

長崎の被差別部落とキリシタン

高山文彦

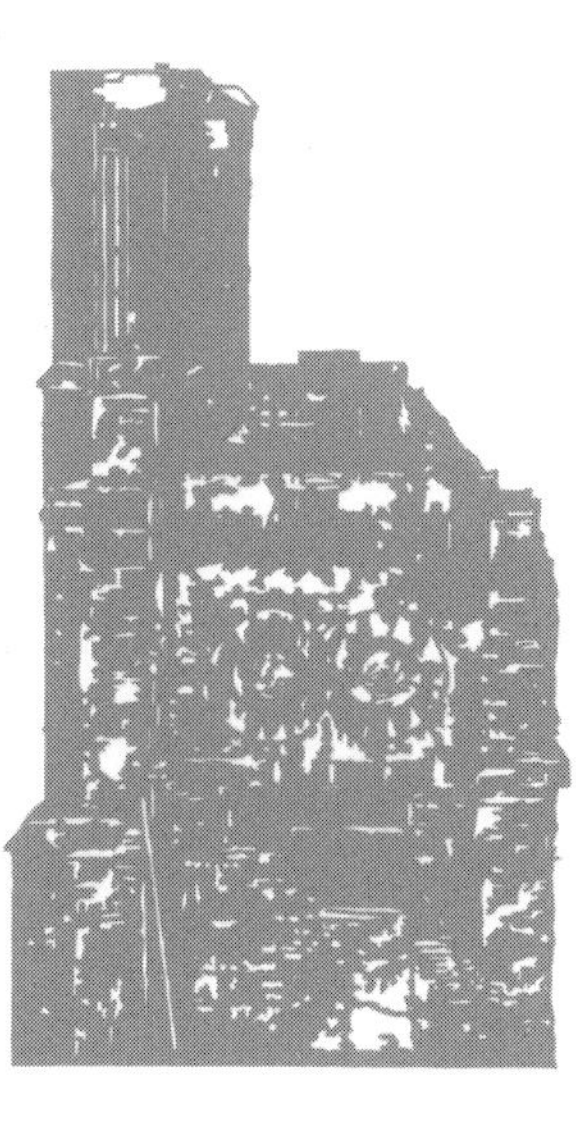

解放出版社

第一部

第二部

第三部

第一部

第一章　原爆が投下された

――これからは決して浦上で生まれたと
言うちゃならんとばい。

一

その日は朝からどんより曇って、いやに蒸し暑かった。二、三日まえから同じような天気がつづいていたが、八月九日のこの日、朝八時の気温はすでに二十六度近かった。

この一週間のうちに、長崎はたてつづけに三度の空襲をうけていた。最初は七月二十九日、A26爆撃機三十二機が三菱造船所を中心に波状攻撃をかけ、二十二人が死亡し、四十一人の重軽傷者を出した。三人が行方不明になっている。二日後の三十一日にはB24爆撃機二十九機が襲来し、十一人が死亡、三十五人が重軽傷を負った。

そして三度目は、あくる日のことだ。八月一日、B24二十四機とB25二十六機の編隊が、三菱造船所や三菱製鋼所の軍需工場と長崎医科大学などの重要施設に百十二トンもの爆弾の雨を降らせ、百六十九人の死者、二百十五人の重軽傷者、四十人の行方不明者を出した。

行方不明とは肉や骨をちりぢりに吹きとばされたために発見されなかったということだ。そうした人びとをふくめると、一週間に三度の空襲によって命を奪われた人の総数は二百四十五人、重軽傷者は二百九十一人。全壊した家屋の総数は二百二十二戸、半壊は三百二十三戸。すさまじい殺戮《さつりく》と破壊がおこなわれた。

磯本恒信《いそもとつねのぶ》が生まれ育った家は、三菱の造船所や製鋼所を眼下に眺められる金毘羅山《こんぴらやま》の斜面にある。細長い入り江の奥にひらけた、長崎の市街地から北へ二キロ半ほど行った浦上町《うらかみちょう》というところ。山裾から流れ出る水が浦上川をつくり、入り江にそそぎ込もうとする。その東岸に造船所や製鋼所が建ちならび、長崎本線の線路が通っている。浦上町はそれに沿うように細長く山に向かって伸びていた。

トタン屋根の小さな家々が二百二十戸あまり急坂にへばりつくようにして、ひしめきあっている。恒信の家も粗末な板張りのマッチ箱みたいな家だった。金毘羅山の頂上につながる斜面を少しのぼって行けば、浦上天主堂の煉瓦《れんが》造りのロマネスク大聖堂が眺められた。

いま、中国の青島《チンタオ》にいる彼は、あのように貧しくて、よその土地の者からいじめぬかれてきた場所に帰るつもりはなかった。いつか母のテイと一緒に暮らそうと考えてはいたが、でもそのときは故郷の家を出ていなければいけない。それが母の希望でもあったからだ。

小学校高等科から中国の青島にある商業学校に行くのを決めたとき、テイはわざわざ本籍を別の町に移した。そしていよいよ青島へ旅立とうというときに、珍しくきつい調子で言いふくめるように告げた。

「ツーちゃん、これからは決して浦上で生まれたと言うちゃならんとばい。なにがあっても、だれに訊かれても、浦上の話はするなよ。おまえの本籍は長崎市松山町一〇八番地。なあ、わかったな」

そうして、わずかばかりの金銭をぎゅっと握らせたのだ。

青島に行きたいと言いだしたのは、長崎の中学に行けば素姓を知られていじめられるのが目に見えていたからだし、そもそも家には学費を出してもらえる余裕などなかった。人に教えられて知った青島学院という商業系の学校は南京政府がつくった国立の学校で、中国人の教師と生徒がほとんどで、一学年に十人ばかりしかいない日本人生徒の全員が奨学金をもらうことができた。お金をもらって勉強ができるうえに、全寮制だから住む場所の心配もしなくて済む。

母ひとりに子ども十人。絵に画いたような貧乏所帯。彼は上から八番目、下から数えたら三番目の子だ。狭い家には脳溢血で倒れた祖父が長いあいだ寝たきりになっており、行商をして一家を養ってきた父の恒三郎《つねさぶろう》は、恒信が十歳のころ、長崎の市中を仕事でまわっているさなかに路上で倒れ、そのまま死んでしまった。やはり脳溢血だった。

よりによって、その日は大晦日であった。十人の子と寝たきりの老人をいっぺんに引き受けなければならなくなったテイは、泣くこともできず通夜を過ごし、葬式の支度で正月を送った。

それから、ほどなくして祖父が死んだ。少しはテイの苦労の度合いも薄まるかと思われたが、彼が生まれた翌年にはじまった世界恐慌の嵐はおさまったかに見えながら、いったんとりついた病原体はいちばん弱く貧しい層を最後のひとりになるまでむさぼり尽くそうとするものらしい。

テイはさまざまな仕事をして、子どもらを育てた。製材所から材木の切れっぱしを安く引きとって売り歩いたり、その切れっぱしを燃料にして石焼き芋を売り歩いたり。夜は遅くまで裸電球の下で下駄の鼻緒を縫い、雀の涙ほどの工賃を稼いでいた。

そうしたテイのがんばりも報われることはなかった。二番目の姉の奈美江《なみえ》を、とうとう千葉の遊郭に身売りすることにしたのだ。

「ツーちゃん、しっかり勉強しなさいよ」

と、姉は涙ながらに手をとって声をかけた。その悲しいうしろ姿を、彼はいつまでも忘れることができなかった。

小学校にはいるまえ、肩に朸《おうご》を担ぐ父の片方の手にすがりながら、彼は大声をあげてあちこちの町を一緒にめぐった。父の行商というのは、ふつうの行商とは違う。朸という天秤棒に似た担い棒のまえとうしろに道具箱をつけて、靴の修繕や下駄の歯替えに町々を渡り歩くのだった。

「靴のう、しゅうぜーん。下駄のう、歯替えー」

暑い日も寒い日も一日じゅう行商に歩きまわる恒三郎だったが、そうそう仕事があるわけではない。恐慌が貧しさに追い打ちをかけて、生活は苦しくなるいっぽうだった。

小学二年のとき、彼ははじめて自分の身分がほかの子らと違うことを知った。仲のいい友だちと学校の運動場で遊んでいたら、いきなり「おい、ツーちゃん、おまえは新平民の子ね」と言われた。意味はまるでわからなかったし、友だちのほうも明るい調子で言うものだから、その場はなにもなく別れて家に帰ったのだが、どこか特別な感じが耳から離れず、仕事からもどって来た父の恒三郎をつかまえて、

「ねえ、新平民て、なんなあ?」

と訊いた。

そのときの顔も忘れることができない。疲れ果てた顔が一瞬凍りつき、まじまじと見つめ返してきた。それからしばらく横を向いて、じっと考え込んでいた。いつまでたってもこたえてくれないので、せがむように、

「ねえ、新平民て、なんなあ。学校で新平民の子ねって言われたとばってん、それ、なんなあ?」

父は、まだこたえない。

いつかきっとこういう日が来ると、思っていたのだろう。同じように自分にも、身分についてははじめて知らされた子どものころの衝撃が生々しく刻み込まれていた。

身分制度など、明治のころにとっくになくなっている。しかし行商で町を歩いていると、靴の修繕の姿をあざ笑うように子どもらから、「わーい、エタごろ」と汚い身分差別の言葉を投げつけられることがあった。まれにとはいえ、子どもらがふざけて言うということは、親や爺様、婆様から、あるいは近所の人たちから、そのように教え込まれているということだ。つまり世間というも

のが遺物であるはずのものを後生大事にかかえて離そうとしないのだ。

「あのなあ、ツー」

と、恒三郎はようやく悔しさをこらえたような顔で言った。

「おまえが学校で一組におるということは、頭がよくていちばん優秀な生徒ということったい。おまえはたしかにすばらしい子や。勉強好きやけんが、よか人物になっていくやろう。ただし、この浦上で生まれたかぎりは、偉うなりきれんとさ」

「なんで、どうして、浦上で生まれたら偉うなりきれんと？」

彼はそう尋ねたが、恒三郎は、こたえようとしなかった。

あくる日、学校へ行った彼は友だちを運動場に呼び出した。そして、なぜ呼び出されたのかわからずきょとんとしている相手の頰を力まかせに平手で張った。相手は火がついたように大声で泣きだした。校舎から担任教師が飛び出してきて、相手の子どもに駆けよった。

「どうしたんや」

「ツーにたたかれたあ」

自分を無視して対応する教師と、同じ言葉ばかりくり返す相手の顔を、恒信は交互ににらみつけた。

「なんだその目つきは。おい磯本、職員室に来い」

教師は乱暴に恒信の手を引っ張り、彼ひとりだけを職員室につれて行った。

たくさんの教師が居並ぶまんなかに立たされた恒信は、なぜ、たたいたのか、とはじめて事情を訊かれた。

「新平民の子かと言われましたので、頭にきてたたきました」

「新平民の子に新平民と言うて、なんがわるかもんか。エタの子にエタと言うてどこがわるい」

教師は怒鳴り声をあびせた。

それから彼は、水をいっぱいいためたバケツを両手にぶらさげて職員室まえの廊下に立たされた。下校を許されたのは、両腕が伸びきってしまうと思われた二時間後であった。

この話は父にも母にもしなかった。なぜなら、昨日父から聞いた話の意味を、痛いくらい思い知らされたからだ。そして、なぜいつも自分の隣りの席だけ二、三日おきに生徒が替わるのかと、その理由についても気づかされた。これを話したら両親を深く傷つけてしまうだろうと考えて、黙っていようと思った。

銭座《ぜんざ》小学校は、二年生のときだけ男女共学になる。そしてそのクラス分けは成績順に決められ、一組をトップにして生徒の配置がおこなわれる。彼は成績がよくて一組になったのだが、隣りに座る女の子たちがつぎつぎに席替えをして、ついには自分の隣りだけが空席という、なんとも情けない事態を迎えてしまった。

あれはきっと自分が新平民の子だからだ、と彼はいま、はっきりと気づいていた。浦上町から通ってくる同じ学年の生徒は三十人ほどいる。でも一組には彼以外に浦上の生徒はいなかった。そのため優秀さとひきかえに哀れにもたったひとり目立ってしまい、どこか臭いのだろうかと自分のにおいを嗅いでみたりした。

生徒たちは自分から席替えを願い出るには幼すぎる。保護者が娘の隣りに座る生徒をいちいちチェックし、恒信が浦上の靴直しの息子と知るや担任に席替えを求めるのだった。

恒三郎はそれからまもなくして死んだ。それを十歳の息子にあてた遺言ととるには、あまりにも暗黒の言葉を残して――。


彼には、父の言葉と日本を発つとき母から告げられた言葉が、一生かかえていかなければならぬ戒めとして重くのしかかっていた。ただひとつ希望があるとすれば、十六年間のこれまでの人生でもっともつらかった七歳のころ、二年一組のなかで最後に出会った少女にもう一度めぐり逢いたいということだった。

それは父の葬儀が終わったあとの三学期のことだ。席替えがあり、空いたままになっていた隣りの席に、しばらくぶりで女の子が座った。その子は二日過ぎても三日過ぎても席を替わろうとしなかった。話しかけると親しく応じてくれる。いつまでも隣りに座りつづけ、とうとう三学期が終わるまでいてくれた。銭座町から通ってくる下駄屋の娘だった。

彼はうれしかった。大人になって結婚するときが来たら自分の花嫁さんはこの子だ、と少しませていた彼は本気でそう思い、卒業式のときも彼女の姿を見て、きっとこの子と結婚するのだと熱い視線を送った。

しかし、大きな問題がある。彼女は部落の人間ではなかった。外の者とどんなに惚れあったところで結婚を許す親などほとんどいなかったから、結婚相手は男も女も浦上かそれ以外の部落の者どうしということになる。これはなにも部落に限らず全国いたるところの農村地帯でもそうだったのだが、女は幾人も子を産み育て、姑舅《しゅうと》に仕え、家事をこなし、一家の最底辺の労働力としてこきつかわれてきた。

部落の女には苦労がつきまとう。自分の母親を見ていると、苦労するためだけにこの世に生まれてきたのではないかと恒信は思う。母の笑顔というものを一度も見たことがなかった。

いちばん上の姉も浦上の男と所帯をもった。しかし産後の肥立ちがわるかったのか、乳飲み児をひとり残して死んだ。その家へ千葉の遊郭から年季が明けてもどって来た次女の奈美江が後妻としてはいった。ところがこの次女の運命からの見離されようは神にも仏にも見離されたようなありさまで、夫は兵隊にとられて戦地で死んでしまい、ひとりで空襲の下、自分が産んだ子でもない遺児を育てなければならなくなった。

三女の絹江《きぬえ》は十日町で靴屋を営む平戸《ひらど》の部落出身の男のもとへ嫁ぎ、幼い子どもふたりを育てていた。こちらは夫婦ともに元気で働いており、空襲の危険からの回避に気を配っていればよかった。

昭和十六年から日本を離れていた恒信は、次女が長崎にもどっていることを知らない。そしてもうひとつ、彼が伝え聞いたら跳びあがってよろこびそうなことも当然ながら知らなかった。

それは隣りの席にずっと座りつづけてくれた女の子が、十六になったいまでもときどき彼のことを「どうしているかな」と心配しているということだ。彼女には出身が浦上だからどうこうなんて、成長したいまになっても馬鹿らしい話としか映らなかった。

二

浦上は古くは浦上山里村《うらかみやまざと》と呼ばれた。長崎湾の入り江の北に流れ込む浦上川の谷あいにひらけたこの村は、中野郷、里郷、家野郷、本原郷、馬込郷と五つの里からなっていた。恒信が生まれたのは馬込郷。ここには被差別部落民が住み、それ以外の四つの郷にはキリシタンが住んでいる。

馬込郷は浦上町と名前を変えた。また、ほかの四つの里もいくつかに分かれ、浜口町、坂本町、山里町、本尾町、そして恒信の母親が本籍を移した松山町というふうに変わった。本尾町に建つのが浦上天主堂であった。

浦上は長崎市にふくまれているが、長崎に住む者は浦上を自分たちのエリアとは違う場所として見ていたし、浦上の者もまた同じように見ていた。南側の湾に向かって花街や商業地でにぎわう「長崎」にたいして、北側の谷に向かってすぼまりひらく地域が「浦上」なのであり、ふたつの地域は別々に並び立っていた。浦上の者は長崎に出かけるとき、「町に行ってくる」と言った。

当然のことながら、浦上のなかでも「浦上」と「浦上町」は違う。自分の出を「浦上」と言う者は、「浦上町」のことを言っているのではない。広い意味を語っていた。もっと言うなら、彼らは「浦上町」の者とは一緒にされたくなかった。逆に自分の出を「浦上町」と言う者は、「浦上」であろうとなかろうとかまわない。浦上は、浦上であったから。

昭和二十年八月当時、浦上町は千三十四人が暮らす長崎県内でもっとも大きな部落であった。そして長崎県内で唯一、水平社が興ったところだった。恒信が生まれたのは昭和四年。その前年に長崎水平社ができている。

同じ浦上のなかに、かつて「浦上キリシタン」と呼ばれ、拷問や磔刑《たっけい》にかけられた人びとの末裔が一万人以上暮らしていた。そしてその弾圧の手先となって彼らを苦しめてきた部落の末裔が暮らすのが浦上町というわけだった。その歴史を十六歳の恒信はまだ知らない。

浦上町には田んぼや畑がなかった。あまりに山の傾斜がきつすぎて家を建てるのがやっとというありさまだったし、先祖代々皮製品の製造を生業として暮らしてきたので、野良仕事とは伝統的に無縁なのだ。食料の自給ができないので、戦況が日に日にきびしくなってくると、飢えに苦しむ者が出てきた。

二百二十軒ばかりある家々のほとんどが、靴や下駄をつくる職人か、その修繕にたずさわっていた。ほかの何軒かは履物の材料を仕入れたり、農家に納めてまわる肥料をつくっていた。変わったところでは、醤油をつくる家が一軒あった。

八月九日の朝、いつものように五時に床を離れた恒信の母テイは、下駄の鼻緒を木槌でトントントンとたたきはじめる。鼻緒の修繕とすげ替えが、朝いちばんの仕事。ここに嫁いできて、もう何年こんな暮らしをしているだろうかと、ため息が出る。

恒信は青島でどうしているか、病気や怪我をしていないか、まさか空襲で死んでいはしないか、と十人きょうだいのなかでたったひとり中学にすすんだ恒信に期待をかけながら、いっこうに手紙をよこさないので心配していた。もっとも、手紙をもらったとしても文字を読むことができなかったのだが。

いつもと変わらぬ一日のはじまりであった。でもこの一週間のうち、たてつづけに三度も空襲をうけた長崎では、いくら仕事をしたところで商売にはならなかった。

食料の配給もとどこおっており、木屑を集めて、燃料を求める町の家々をまわり、馬鈴薯や南瓜《かぼちゃ》などわずかな食料と物々交換してもらっていた。

この日は南瓜を炊いて朝飯を食った。するとまもなく、空襲警報が鳴った。

ふだんの訓練どおり、山の崖下に掘られてある防空壕まで駆けのぼっていったが、じきに警報は解除されたので、家にもどって仕事をつづけた。

町内には恐ろしい話が伝わっていた。三日まえの八月六日、広島にとてつもない破壊力をもった新型爆弾が落とされて全滅したという。そのために町内では、暇さえあれば避難訓練がおこなわれていた。そして今日になって、町内会長の高岡時松《たかおかときまつ》が、米軍がこんな内容の宣伝ビラをまいたと言いだした。

「長崎よい国、花の国。七日、八日は灰の国」

新型爆弾がこんどは長崎に落とされるというのだろうか。

米軍ビラを見つけたときは、内容を読まずに憲兵隊に差し出す決まりになっている。読んでいるのが見つかったら、なにをされるかわかったものではない。なぜ町内会長がビラを見ることができたのかは知らないが、それはともかく、今日は九日。七日、八日は過ぎてしまっている。広島のようにまだここは灰になっていないけれど、下に見える三菱の軍需工場などは、このあいだの空襲でかなりやられている。

家には頼れる男手がひとりもいない。そろそろ昼時になる。そう思って立ちあがりかけたとき、また空襲警報が鳴った。

防空壕へ駆け出そうとしたそのとき、これまでの人生で一度として見たこともないはげしい光が、ふた目とあけては見ることのできない滅茶苦茶な光が、薄暗い家のなかを黄色く染めた。

長女の嫁ぎ先に後妻ではいった次女の奈美江は、前日から大八車をひいて長崎の肉屋をまわり、牛や豚のガラを集めていた。浦上町の実家の近くに、田島という肥料を製造する家がある。山側にのぼった部落のはずれに工場をもっていた。後妻におさまったばかりなのに、夫が戦死したので、奈美江は子どもを育てるためにそこから仕事をもらうようになっていた。

工場では、牛や豚のガラを大きな釜で煮込み、浮きあがってくる脂を丁寧にさらう。この脂は貴重な石鹸の原料になる。こうして煮詰めに煮詰めて脂の出なくなったガラを乾燥して、細かく砕く。さらさらの粉になったそれが肥料になるのだ。作物のできばえがよいというので鹿児島の農家の人びとによろこばれ、取り引きするほどだった。

何人かの町内の者は、この仕事で稼がせてもらっていた。山口七郎《やまぐちしちろう》という人もそのひとりで、ガラを詰めた俵を積んだ大八車をひいて工場までの坂道をのぼるのは、さすがに骨身にこたえたらしい。よその町の肉屋をまわっていると、背中から「骨集めのバンゾー」などと汚い言葉をあびせられることがあった。その悔しさが坂道をのぼらせる。

不思議なことに浦上町の部落では、肉屋をする者がいなかった。山側のはずれに屠場はあるにはあったが、それをしているのは浦上川をはさんで対岸にある岩見町の者だった。そして広い地域としての同じ浦上のなかで肉屋をしているのは、キリシタンの末裔たちが多かった。彼らは明治政府の弾圧によって加賀藩を最遠方として各藩に流されたときに学んだ屠畜の技術をもち帰り、肉屋をはじめたのだ。

奈美江はいくら肉屋をまわっても、ガラをくれる店には行きあたらなかった。肉自体がどこにもないのだった。くたびれ果てて浦上駅前まで来たとき、空襲警報が鳴った。どこへ逃げこもうかと迷っているうちに、突然、町全体が黄色い光に包まれて見えなくなった。

同時にものすごい爆発音が聞こえ、地面というか空気というか、とにかくありとあらゆる自分のまわりにあるものがはげしく鳴動し、猛烈な熱風と爆風をあびて吹きとばされた。

同じころ、浦上天主堂では「告解の秘跡」がおこなわれていた。これは洗礼をうけたあとに罪を犯した者があればそれを告白し赦《ゆる》しをうけるという年に一度の儀式であり、身も心もきれいに清め、聖母被昇天の大祝日を迎えようとする準備であった。

神父ふたりと二十四人の信徒が、天主堂のなかにいた。彼らはひとりとして生きて天主堂を出ることはなかった。二十年をかけて煉瓦で組みあげられた天主堂は、一瞬にして崩れ落ちてしまった。

「原爆は長崎に落ちたのではない。浦上に落ちたのだ」

という考えかたが、長崎には根づよくある。

それを端的にしめしたのが、長崎県知事の永野若松《ながのわかまつ》が原爆投下直後に九州地方総監、防空総本部長官、西部軍管区参謀長にあてて打った被害状況報告の第一報の内容であった。

「一、本日一〇・五三敵B29二機ハ熊本県天草方面ヨリ北進シ島原半島西部橘湾上空ヲ経テ長崎市上空ニ侵入、一一・〇二頃落下傘付新型爆弾二個ヲ投下セリ

二、右爆弾ハ広島市ヲ攻撃セルモノノ小型ト認メラレ負傷者相当数アル見込ミナルモ広島ノ被害ニ比較シ被害ノ程度極メテ軽微ニシテ死者並ニ家屋ノ倒壊ハ僅少ナリ」

新型爆弾二個を投下とあるが、それは一個の間違いだし、被害の程度はけっして軽微でなく死者や家屋の倒壊はきわめて甚大だったのに、なぜこうも事実とかけ離れた第一報が知事から発せられたのかというと、彼のいた場所が「長崎」だったからである。

この日の朝、永野知事は県庁に出るとすぐに空襲警報が鳴りだしたので、規定にしたがって警察幹部たちと諏訪神社の境内にこしらえてある横穴防空壕に向かった。壕内は県の防空本部になっており、知事室や部長室、警察電話が用意されていた。

諏訪神社は、憲兵隊本部の目と鼻の先にある。金毘羅山の斜面を背にしているので、爆風から逃れることができたのだ。

原爆が炸裂したとき壕内の電気が消え、真っ暗になった。蝋燭《ろうそく》を灯して明かりをとりもどしたとたん、ドンという大きな音がした。永野知事は「至近弾か」と思った程度だった。NBC長崎放送の原爆追跡録音記録『被爆を語る』のなかで永野知事はそのように語り、自分も外へ出てみると、「そのときはもう裏の山（金毘羅山）の向側のあちこちからモクモクというか、盛んに煙が噴きのぼって、見ているあいだにひろがって、浦上方面が大きな火災になっていることがわかった。防空壕のまえには一〇人ほど作業員がいたが、話をきいてみると、金毘羅山の向こうでピカッと光って、ドーンと大きな音がしたと思ったら、すぐ浦上のほうからあんな煙が上ってきたという。これはえらいことになったと思い、反射的にふり返って見ると、目の前の家なんかはほとんど変わっていない。いつものとおりの姿をしている。旧市内のほうを見ても、どの町もなんの変化もないように見える」

このように長崎方面は平穏無事のようすだったのだ。

壕内本部には、あちこちの警察から報告が集まってきた。広島の新型爆弾に似たような異様な爆弾が落ちたけれども、管内の被害は軽微。人畜にもあまり被害は出ていない。家屋も全壊はほとんどなく、多少半壊がある程度。ただガラスというガラスが全部割れ、その破片で負傷した者もいるにはいるが大したことはない——このような報告と自分の目で見た印象とをあわせて、第一報を打ったのである。

彼は金毘羅山の向こうの浦上に大きな火災が起きていることをわかっていたのに、浦上方面を調査せよとは言わなかった。浦上にも警察の施設はあるのだし、そこからの報告を待ってはいたが、なにひとつ知らせがこない。当然である。彼らは一瞬のうちに瓦礫の下敷きになっていたか、強烈な熱線をあびて死にかけていたか、息絶えていたのだから。

しかし、岡田寿吉《おかだひさきち》長崎市長が翌日の明けがた、煤《すす》まみれの姿であらわれてから変わった。

「五万人が死んだとみられます」

と、岡田市長は、焼けこげた靴底を見せながら言った。浜口町の自分の家は焼け落ちて、妻とふたりの子の骨をたったいまひろってきたばかりだとつづけ、隣りの助役宅でも奥さん、嫁さんが全員死んでいる、と言った。知事は内務省に訂正の報告電報を打ち、各方面に救護を要請するとともに、みずからも爆心地方面へ視察にでかけた。九月はじめ、宮内省から久松侍従が視察にやって来たとき、岡田市長はこのように言上した。

「被爆の中心地は長崎の北部地区で、通称浦上地区と言っています。元浦上山里村と称する部落で、大正九年に長崎市に編入されたのであります。古来からカトリックの盛んなところで、住民の約半数はカトリック教徒であります」

説明には、被差別部落のことが抜け落ちていたが、キリシタン部落であるにせよ「穢多」部落であるにせよ、首長らのなかに浦上を長崎と一緒に見ていない心理が働いているのは明らかだった。

恒信の母テイは、片足をひきずりながら山をのぼっていた。浦上駅で被爆した奈美江は息も絶え絶えに母親を求めて、瓦礫の坂を故郷へと這いずっていた。

三

その日、三女の絹江は銭座町の奈美江の家で被爆した。十人きょうだいの六番目、恒信より六つ上である。

大正十二年生まれの絹江は、十七で隣りの松山町で靴の修繕屋をしている斎藤の家に嫁ぎ、翌年、翌々年とつづけて子を産んだ。このあたりのどの家もそうであるように、いとこどうしの結婚。十三の年の差がある。

口減らしのために嫁に出されたのだと、絹江は理解していた。斎藤からはいくばくかの給金が出る。それを実家のテイにやる。口のほうは嫁ぎ先でしのげということだ。

斎藤は兵隊にとられて家にいなかった。子どもは四歳と三歳で、絹江は二十二歳になっていた。前日、絹江は浦上町の実家に用事があって、奈美江の子と自分の子、三人をつれて行った。母に子の顔を見せたあと、十三歳の弟の靖幸と十歳の妹の花江も一緒に奈美江の家につれて帰った。それで家には大人が絹江ひとり、十三歳から三歳までの子どもが五人。

朝になっても奈美江は帰って来ない。六人で朝飯を終え、しばらくすると、また空襲警報が鳴った。

「爆音のしようよ」

妹の花江が天井を見あげた。絹江もたしかに頭のすぐ上で爆撃機の不気味な音を聞いた。

防空壕に逃げなければ、と子どもらに言いかけた瞬間、大音響とともに家が崩れ落ち、真っ暗闇のなかでうめき声があがった。

一寸先も見えなかった。「あーっ」という子どもらの悲鳴が聞こえたのはたったいまだったが、闇のあちこちからこんどは「かあちゃん」とか「姉さん」という声が聞こえてきた。

自分のふたりの子と妹、そして奈美江の子は、すぐ近くにいるようだった。

「だれかがきっと助けに来てくれるけん、助けてって喚《わめ》きなさい」

と、絹江は定まらぬ方向に声をかけた。子どもらはいっせいに「助けて」と叫びはじめたが、耳をすましてもシーンとして、外を動きまわる人の気配はなく、いつまでたってもだれひとり来てくれない。

紙と板とトタンでできた小さな家は、その粗末さゆえに絹江と子どもらの体を押しつぶさなかった。絹江は自分がどんな体勢でいるのかもわからなかったが、目が慣れてきて、かすかにではあるが、光が射し込んでいるのがわかった。外につながる道があるということだ。

「あすこに光が見えとうよ。助けを待っとってもダメやろう」

絹江が言うと、闇の近くで、

「あの光のとこまで、うちが行ってみよか」

と、花江の声がした。

十歳の花江は体が小さい。ごそごそと音がしはじめたと思ったら、まもなく外から明るい声で、

「姉ちゃん、外に出られたよ。入り口のところまで来たよ！」

と、呼びかけてきた。

「あんたの行ったとおり行けばよかね！」

「よかよ、大丈夫よ！」

絹江はそばにいる上の娘に顔を向けて、

「あんた、ひとりで行っきるね」

と訊いた。

「よかよ、ひとりで這《ほ》うて行くよ」

と、四歳の娘はこたえた。

娘はするすると光に向かって這って行き、無事に外に出た。絹江も下の三つの子を抱いて外に出た。ところが、てっきり自分のあとをついて来ていると思っていた奈美江の子がいない。絹江は蒼ざめて、

「あんた、どうしよっと？」

と、ひしゃげた家に向かって叫んだ。

「なんかが被《かぶ》さって、足が抜けん」

泣きべそまじりの声が聞こえてきたので、

「そこにじっとしておりなさいよ」

と、絹江は言うと、いま出てきたばかりの闇のなかへふたたび潜り込んでいった。

女の力では無理かと思っていたが、被さっている天井や柱は意外に軽く、すっと持ちあがった。

「足、抜かしてみたら？　抜けるね」

するとまもなく子の声がして、

「ああ、抜けた」

外につれだしてほっとしていると、こんどは花江が、

「お兄ちゃんがおらんよ」

と、おびえた声で言う。

「警報が鳴ったとき、靖幸はどこにおった？」

「ええと……」

と、花江は少し考えて、

「ああっ、二階にのぼって行きよった」

と言った。

絹江は、つぶれた家に向かって弟の名を呼んだ。

「助けてえ、ここやあ」

と、声が返ってきた。

でも、どこだかわからない。

「なんか音をたててみない」

絹江は耳をすませると、拳か足の先かで鈍くたたく音が屋根瓦の下からする。まわりに人はいなかった。絹江は自分にできるかと不安になりながら屋根の上にのぼって、音のするあたりの瓦を二、三枚と剝ぎとっていった。下にはスレートが敷かれていて、それを力づくでもぎとると、弟の顔がやっとあらわれて、手を引っ張って助け出した。

自分をふくめて全員怪我もなく、家の下敷きになっていたせいか熱線もあびなかった。

絹江はようやく気持ちが落ち着いて、はじめてあたりを見渡した。

両隣りの家もそのまた向こうの家も、なにかとてつもない巨大な化け物に踏みつけられたようにことごとくつぶれていた。眼下にひろがる街並みや工場もつぶれており、炎がいたるところで燃えあがっていた。火事がすぐそこまで来ているので、

「はよ逃げな焼け死んでしまう」

と、絹江は子どもらを急きたてて山をのぼりはじめた。

家から脱出するのに戸惑っていたら、六人の命はなかっただろう。よその家には床下に防空壕を掘っているところも多かった。その防空壕に隠れた人びとは、崩れた家の下敷きになって出るに出られず、炎に巻かれて死んでいった。

四

山は金毘羅山につながる砲台山《ほうだいやま》という。砲台がおかれていたので、そう呼ばれている。六人はみな裸足、着の身着のままの恰好で、急な山道をのぼった。三つの娘を背負った絹江は、奈美江の子の手をひいていた。

幾人もが山道をのぼっている。家の下敷きになったために傷ついている人たちが多く、ところどころ立ち止まったり、へたり込んだりしている。

途中で絹江は、テイと奈美江を見つけた。テイは足をやられていた。骨折なのか打撲なのかわからないが、とにかく立って歩くことができず、這いずっていた。奈美江は左の肩のあたりから手先

までひどい火傷を負っていて、苦しそうにあえいでいた。浦上駅で吹きとばされて、ここまでのぼってきたという。

靖幸がテイを背中におぶって山をのぼった。

頂上は平らで、多くの被災者が集まってきた。食うものも飲み水もないのに、絹江も子どもらもひもじさをおぼえる余裕などなかった。ただただ衝撃に打ちのめされて、茫然として夜を迎えた。

空にはくっきりと三日月がのぼった。眼下の破壊された町は昼間からそこここで火の手をあげていたが、夜になってもおさまるどころか、あちこちで思い出したように、ぼっ、ぼっと炎をあげ、領域をひろげていった。

原爆が呪わしいのは、何年もたってあらわれる原爆症の症状もさることながら、その超高温の熱のために起こる、いやらしいくらい執念深い火事の出かただ。原爆は建物や人をいっぺんに破壊するだけでは終わらない。ひとたび瓦礫のなかに潜り込んだ熱線は、あたかも地底のマグマを呼びさますかのようにますます瓦礫に熱をあたえ、人が忘れかけたころにぼっと発火する。火の気もないのに、ぐしゃりとつぶれた無人の家から不意に炎が立ちあがるのだ。下敷きになったまま救出を待ちわびていた人たちは、この炎に焼かれて死んだ。

砲台山の頂上には、製鋼所で働かされていた日本人の囚人たちも逃げてきていた。彼らにはどこからか弁当の配給があって、がつがつ食っていたが、それでも足らぬと見えて、山腹の畑から芋を掘り出してきては焼いて食っている。

たったいま弁当を食べたばかりなのに、と絹江はおどろいて彼らを見ながら、自分もほしいとは思わなかった。傷ついた母や姉をどうするか、子どもらをどうするか、そればかりが気になって、自由の身を謳歌する囚人たちの奔放さが羨《うらや》ましかった。

彼らはひと晩いて、あくる朝弁当を食ってどこかへ消えた。

三日目の昼間、「今日はあすこが燃えよるねえ」と、絹江は浦上の町を見下ろした。すると空からビラが落ちてきた。こんなことが書かれてあった。

「山を総攻撃する」

ビラを手にした人から人へとすばやくこの情報は伝わり、山はちょっとしたパニックにおちいった。

「飛行機から機銃掃射さるっぞ」

「はよ山を下りて防空壕に行かんば」

デマではないかと絹江は思ったが、このまま山に残るわけにもいかなかった。

テイと奈美江に声をかけ、娘を背負い、もうひとりの娘と姪の手をひいて山を下りはじめた。靖幸はテイを背負ったが、奈美江まではつれきれず、絹江は「あとで迎えに来るけん、ここにおってね」と言っておいた。

来るときは山側の家並みはまだ焼けていなかったので、らくにのぼって来られたが、いまはすっかり焼けてしまい、熾《おき》のように残った熱で足の裏が焼けた。子どもらは「熱かあ、熱かあ」と泣きながら歩いた。靖幸はテイの分まで重量が足にかかって、ひどい火傷を負った。

絹江は茂里《もり》町の井樋之口《いびのくち》に掘られた防空壕のひとつにたどり着いたとき、自分の足裏を見たら、赤黒く焼けて細かい石粒や木屑がめり込んでいた。靖幸はテイをおくと山に引き返し、奈美江をつれてもどって来た。

絹江はなにもかも自分ひとりでやらなくてはならなかった。防空壕は雨が降れば水浸しになるし、衰弱の色を日に日につのらせる母や姉を寝かせておいたままではおけない。奈美江の火傷の状態はひどくなるいっぽうで、膿がつぎからつぎに出てくる。蠅がたかり、悪臭を放つようになった。

どうしようかと考えあぐねていたところへ、隣りの壕の島原から来たという男衆が、そこらに落ちている木やトタン板を集めてきて器用に小屋をつくってくれた。夜露をしのげる程度の粗末な小屋だったが、絹江はありがたかった。奈美江をそこに寝かせた。

まわりでは人びとが、ばたばたと死んでいった。死人が出ると身内の者は木屑やゴミ屑をひろい集め、その上に死体を横たえて火を放った。火力が弱いので、なかなか焼けない。真っ黒にこげた死体が急に体をくの字にくねらせて、人びとをおどろかせた。死体はそれから静かに炎のなかにもどっていくのだが、このようにしてしか葬ってもらえぬことへの恨みではないかと、見る者はおそれ慄《おのの》いて身をすくませた。

人ひとりが骨になるまで、まる二日かかった。身内の者は夜も火を絶やさず燃やしつづけた。そこへ孫が死んだので燃やしてやってくれないかと泣いて頼んでくる女の年寄などもいて、野焼きの煙がほうぼうで絶え間なくあがった。

絹江は、救護を求めて行った先の施設や病院で、被爆した人たちの死体がまとめて広場で焼かれるのを見たことがある。火のつくものならなんでも広場に持ち出して火をつけ、大八車に無造作に乗せたいくつもの死体をつぎつぎに炎に投げ込むのだった。ベッドの上で寝たまま死んでいたのだから、本人はどうされてもわかるわけがないだろうが、身内の者はたまらないだろうと思っていた。

終戦の報を聞いても、絹江は目のまえの悲惨を生きることに精いっぱいで、なんとも思わなかった。それより奈美江のようすがおかしくて、なんとかしなければと必死だった。

「あすこに行ったら空襲に遭うけん、絶対に行かん」

奈美江はそう言って騒ぐ。というのも、バラック小屋から近い茂里町の一角で憲兵隊が薬のつけかえをしていた。そこへ奈美江を泊まりがけで行かせたら、その晩、はげしい雷雨に見舞われて、狂ったような形相で逃げ帰ってきたのだ。

「空襲警報が鳴りよる。B29が爆弾落としに来たばい！」

空襲なんかじゃないよ、雷の音だよ、憲兵さんのところにもどろう、といくら言いきかせても、「絶対行かん。死ぬときはみんな一緒よ」と聞かない。しかたなく終戦の日まで小屋においていたけれど、火傷あとの腐乱がすすむいっぽうだった。無理矢理つれて行ってみると、治療所は火事で燃えてしまっていた。

諏訪神社の上にある国民学校で負傷者を集めて治療をしているという話を聞いて、母親のテイと一緒に行ってもらったのが八月十七日。絹江は子どもらの世話のために小屋に残ったのだが、奈美江はその日ひと晩じゅう「帰る、帰る」と喚き暴れたという。そしてあくる日、死んだ。

この磯本家の不幸という不幸を一身に背負って生きたような奈美江の遺体も、同じように野焼きにされた。

それから四日後の二十二日、中国に兵隊で行っていた次男の照男《てるお》の戦死の知らせが届いた。

テイはなにかを覚悟したように、骨と皮だけになった体を横たえたまま絹江に言った。

「ここにこうしてじっと寝とってもよかろうさ。ばってん、うちが死んだらあとの始末はおまえたちじゃでけんやろう。死んだあとおまえたちに迷惑はかけられん。新興善国民学校が救護所になっとうごたるけんが、そこにつれて行ってくれんね。あすこに行ったら火葬にしてくれるとじゃろ」

だれから聞いたのか知らないが、テイは救護所の場所を知っており、そこで死なせてくれと言う。絹江は自分が見たことを話して、とてもそんなことはできないと言うと、テイはしっかりした声で励ますように、

「そげんふうに焼いてもろてよか。おまえたちに手はかけさせられん」

足は右膝から下が動かせぬだけで火傷はひとつもないのに、いくら乾パン程度のわずかな配給し

かないとはいえ、なんでこんなに急激に痩せ衰えなければならないのかと、原爆というとてつもない爆弾を落とされたことも原爆症の恐ろしさもまだ知らない絹江は不思議だった。

新興善国民学校までは、とても背負っては行けない。大八車に乗せて、弟や妹たちと丸焼けになった道を長崎方面へ歩いた。

救護所に預けて帰って来てみると、夫の孝幸が無事な姿で立っていた。はやく帰って来たかったが、どこにいるかわからないので佐世保や平戸の親戚に居所を聞いてまわっていた、と言う。せめてもう一日はやく帰って来てくれたら母をつれて行ってもらえたのに、と絹江は積もり積もった恨みごとのひとかけらを口にした。

あくる日、救護所に行ってみると、テイは死んでいた。ひと晩のうちに息をひきとったので、遺体はもう焼いてあるという。あわただしく説明をうけながら渡された粗末な骨壺には「九月四日火葬」と書かれてあった。

絹江は涙も出なかった。苦労するためだけにこの世に生まれてきたような人が、最後は家族に迷惑をかけたくないと言って、みずから消えていったのだ。きっと母の遺体もみんなと同様に焼かれたのだろう。この壺にはいっているのは母の骨かどうかわかったものではない。

でも、と絹江は同じ疑いを口にする夫に、あふれかけた感情を押し殺して言った。

「母と思わんば、しかたなかでしょう。うちだけじゃない。みんな、そうよ」

それから絹江は、自分が産んだ幼い子どもふたりのほかに、弟ひとりと妹ふたり、そして奈美江が残していったひとりを抱えて防空壕で暮らした。夫の孝幸に「臭くてかなわん」と来る日も来る日も言われたが、黙ってなにもこたえなかった。着の身着のままで防空壕暮らしを一カ月もつづけていたし、同じ壕内で暮らしているのは自分たち一家だけでなく、ほかの家族もたくさんいる。死んだ姉もそうだったが、膿んだ傷口に蝿がたかってウジ虫を産みつけており、悪臭がする。来る日も来る日も人が死に、野づらで死体が焼かれている。夫に顔をしかめられても、においなんてわからぬくらいになっていた。

孝幸は戦地へは行かず沼津の内地応召だった。それならなぜもっとはやく帰って来てくれなかったのかと問う絹江に、復員列車のなかで長崎が壊滅したと聞いたので、もしかしたら佐世保の兄のところにいるんじゃないかと佐世保に行ったら、そこにはいないし、平戸の母方のきょうだいを訪ねたら、浦上の防空壕にいると知らされて、急いでもどってきたのだ、と言った。

「平戸のきょうだいは、ここまで来てくれたのか」

「どっかから聞いて、心配して来てくれたとばってん、どうにもならんけん、帰って行ったとよ」

と、孝幸が絹江の抱いている赤ん坊を見るので、

「姉さんはどげんした」

「姉さんも死んだ、八月十八日に」

と、絹江は泣きながら子の顔にかかった髪を手で梳《す》いてやる。

「ここにずっとおると、子どもらの衛生上もようなかけんが、おいが家をさがしてくる。見つけてくるまで辛抱せろ」

まもなく孝幸は、稲田町に小さな家を見つけてきた。子どもが六人もいるので、なかなか貸してくれるところがなかったが、沖縄へ引き揚げるという人の家をさがしだして、頼みに頼み込んで貸してもらうことになった。

八畳ひと間があるきりの家に、夫婦ふたりと子ども六人、それに夫の弟ひとりがころがり込んで、九人で暮らしはじめた。夜になると、家がないので寝かせてくれと磯本の父方の姉夫婦が泊まりに来た。総勢十一人が折り重なるように眠った。

孝幸は家で靴の修繕屋をはじめた。十三歳の絹江の弟が、それを手伝うようになった。

だれも青島へ行った恒信のことを口にする者はなかった。絹江にしてもその日その日を必死に生きていたし、子どもらの世話にも骨が折れる。弟の安否をあれこれと心配するゆとりはなかった。

第二章　水平社のまぼろし

おまえ、裸になってみろ。
おいも裸になるけん。

一

中尾貫《なかおかん》が朝鮮半島南部の鎮海《チネ》にある海軍航空隊で武装解除をうけて佐世保に上陸したのは、昭和二十年九月十日であった。

浦上町にまっすぐ帰って来てみると、砕けた瓦がいちめんに散った丘に変貌していた。身内の居所を知る者もいない。祖母や甥や姪らは、原爆で死んでいたのだ。

靴商いをしている両親は、まだ上海にとどめられているのだろう。ひとり東京から浦上町に疎開していたいとこが、ひどい怪我を負っているのに出会い、これからどうしたものかと思案に暮れた。

ツーはまだ青島から帰って来ていないのかと、いとこの恒信のことが頭をかすめたが、この混乱ではまだ中国のどこかで足止めを食らっているのだろうと、それ以上考えることはしなかった。

恒信とは同い年で、恒信の父の妹が彼の母親という関係。銭座小学校には一緒に一年間だけ通った。いつもふたりはそろっていじめられ、恒信は女の子からも「ツー、ツー」と意地わるく言われ、勉強のできなかった中尾貫は、その名前をもじって「すっからかんのカン」と野次られていた。

浦上町の子たちからもそのようにされるので、遊ぶときはいつもふたりだった。なぜ同じ町内の子からもそうされるのかというと、いつもぼろぼろの身なりをして、できものを顔や腕にたくさんつくっていたからだ。その子らは、自分たちはあのふたりとは違うというところを人に見せるため、つまり自分がいじめから逃れる知恵として、ふたりを邪険にあつかうのだった。

もうひとつ、理由がある。ふたりの叔父にあたる人物が奇矯な人物として知られていた。とっくのむかしにその叔父は浦上町を追われるように東京へ出て行っていたが、ここで暮らしていたころは無産運動に走り、福岡からたびたびやって来ては水平社をつくろうと言う松本治一郎のオルグとなって動きまわったひとりだ。

しかし浦上町の人びとがこぞって水平社に参加したわけではない。この地域には行政や政治家と一体になって公共事業を誘致し、人並みの生活レベルに自分たちの暮らしを押しあげて、それによって周囲の蔑《さげす》みの目から脱しようとする融和運動の流れが色濃くあった。その運動は立派な青年会館の建設につながったりもしたが、浦上町とそこに生きる人びとへの蔑視を乗り越える取り組みまでには程遠かった。ひどい言葉や行為をうけている人びとを、融和運動のボスたちはだれも守らなかったし、また当人たちもこれまでの習慣から泣き寝入りの道を選んできたのだ。

差別をうけたらたとえ相手が国家権力であろうとも、とことん糾弾し謝罪させるという運動方針をうちだした全国水平社にたいして、融和運動の人たちは、そんなことをしたらこの町全体がアカの巣窟として目をつけられ、ただでさえ苦しい生活がもっと苦しくなると反対した。実際、福岡第二十四連隊爆破陰謀事件や徳川家達《いえさと》貴族院議長暗殺未遂事件の首謀者として松本治一郎は世間を騒がせており、長崎に来るのも福岡連隊事件をめぐる控訴審に出廷するためで、彼のまわりには特高警察がぎらぎら目を光らせていた。浦上町にも警察官の姿が目立ちはじめ、そのために人びとの多くは彼を煙たがり、来られては困ると考えていた。

松本治一郎は無実を証明するために裁判を闘っており、部落民としては歴史上最大の受難者としてありながら、人びとはなかなか真実を見ることができなかった。こうして水平社をつくる過程で浦上町は賛成派、反対派に真っ二つに分かれ、親類縁者のなかでも争いが絶えず、離婚させられる夫婦も出てくるほどだった。

浦上町の水平社は、誕生してほんの二、三年のうちに雲散霧消してしまった。世界恐慌の嵐が靴づくりの土地にもまともに吹き荒れて、食えなくなった人びとは土地を売り、それを元手によその土地に出て商売をするようになった。それは大阪であったり福岡であったりしたが、遠くは上海だった。上海へは長崎から一日に一便連絡船が行き来しており、はるか彼方という感覚はなく、海は彼らにとって生活の道であった。その後中国との戦争が拡大し軍需産業が急速に伸びていき、軍靴の生産にたずさわっていた者は莫大な利益を手にすることになる。

いっぽうで浦上町に残った者たちは、靴づくりや下駄の歯のすげ替えを細々とつづけ、苦しい生活を余儀なくされた。土地は売れはしたけれど、建物までは売れなくて、地代を払いながら生活しなければならなかったのである。買う側からすれば、なんの価値もない劣悪な家ばかりだし、おまけにそこが部落ときては住むつもりなど毛頭なかった。二束三文で土地だけを買いたたいておいて、地代をとってやればよいと考えたのだ。

こんな状態では水平社などつづけられるはずもない。浦上町の水平社は滅んだのではなく、たずさわる人間がいなくなったのだ。

叔父の名は磯本信雄《いそもとのぶお》といった。腹巻に世界文学全集の幾巻かをつっこみ、松本治一郎にならってヘルメットのかたちをした鉄板いりの独特の帽子をかぶっていた。立派な髭もたくわえていた。はげしい言動をくりかさねる叔父を、人によっては「気違い」と呼ぶ者さえいたが、暮らしぶりがどうにもならぬところまで来た昭和六年ごろ、父方の弟の娘と所帯をもち、東京へ逃げるように出て行った。トビ職となった彼はその後、佐世保の海軍に徴兵され、上官に食ってかかって岩国の営倉に投げ込まれたあと、台湾の高雄《カオシュン》に配属された。

息子三人、娘ふたりをもうけ、子どもたちを浦上町に疎開させていたが、そのうち息子ふたりが原爆で命を落とした。

その叔父が東京にいるとばかり思いこんでいた中尾貫は、傷ついたいとこをつれて上京し、彼を病院にいれて家を訪ねてみた。しかし家には叔父どころか、だれも住んでいなかった。しかたなく彼は上野駅のガード下で靴の修繕屋をしながら、その日その日の飯にありつこうとつとめた。

浦上町の生家も、もともとは貧しい靴職人の家だ。昭和三年に生まれたとき、父親は姉夫婦の靴商いを手伝うために上海に渡っていた。そして彼を長崎市内の農家に里子に出して、三年ほどして自分の店を上海にひらいて彼をひきとりに来たとき、ひとりの女も一緒に浦上町からつれて行った。貫は十五のときまでずっとその人のことをお手伝いかなにかと思い、母方の祖母のことを実の母と信じていたのだが、真実は違っていたのである。

昭和十二年の盧溝橋事件を発端に中国との戦闘が拡大し上海が戦場になると、父親は徴兵された。お手伝いと思っていた人は彼を避難船に乗せて長崎に帰し、ひとりで店を守った。浦上で恒信と一緒に過ごした一年間はこうしてはじまるのだが、彼は母と信じる祖母の家に暮らすようになってはじめて、自分たちのみじめな境遇を思い知らされた。

祖母は竹の子の皮で草履をつくり、行商をしていた。薄暗い裸電球の下で夜遅くまで仕事をし、数がそろうとリヤカーに積んで、県庁や市役所、芝居小屋や旅館をまわる。十歳の彼は祖母を手伝って、リヤカーを押した。上海を行き来する連絡船の客をねらって大波止《おおはと》の港には旅館が軒をつらねていた。その一軒に勝手口からまわって草履をおさめると、代金を渡すから表玄関にまわれと番頭が言う。

祖母は履いている草履を玄関まえで脱ぎ、帯のあいだにはさんで、裸足で土間にはいろうとする。どうしてそんなことをするのかと訝《いぶか》りながら、貫も同じように靴を脱ぐ。祖母は土間に膝をつく。同じように貫も膝をつく。頭を下げ、金銭をうけとる。

これまでおぼえたことのない怒りと悲しみを貫はおぼえ、はらわたが煮えくりかえった。

「なんであげんこと、せんにゃならんと？」

外に出て祖母に問いつめるように訊くと、

「しかたなか……」

と、それだけを言った。

すでに出自については薄々と知ってはいた。でもそれが、なんなのかはわからない。またどうして、このように蔑まれるのかもわからない。

上海に呼びもどされて日本人租界の小学校に行くようになっても、そこには長崎と違って部落もなにも存在していないはずなのに、同級生たちは一緒に遊んでくれなかった。家業が靴や鞄の製造販売だから、親にそれと知らされたのだろう、「カンちゃんとは遊ぶなと言われた」と言う子もいた。外で一緒に遊んでくれる子はいても、家にはあげてくれなかった。

五年生になったとき、担任の熊本出身の新任教師が何度か家を訪れて、軍隊から帰った父親と話し込むようになった。六年生になったとき、その教師から、

「中尾、この本を読んでみらんか、少しむずかしいかもしらんが」

と、一冊の本をプレゼントされた。島崎藤村の『破戒』とある。

「おれもおまえと同じ部落の出身なんだ。部落民として生まれた者は、一生それがついてまわる。

そして自分ひとりでは終わらない。子や孫にまでついてまわる。だからおまえは、その苦しみに負けない心と体をつくれ。頑張って勉強し、体を鍛えろ」

静かな声で教師は言った。

勉強のできなかった貫はそれから猛勉強し、柔道に励み、同じ小学校から五、六人しか通らない上海日本中学校に合格した。一年生の秋には柔道初段をとった。


日米開戦を迎えた昭和十六年、先輩たちがぞくぞくと兵学校や士官学校、予科練に志願するようになった。貫も三年生の春、予科練を志願し、十月に合格して山口県防府にある海軍航空隊に入隊することになった。

上海を発つ前日、家族と最後の別れをしたとき、父親の口からはじめて自分たちが部落民であることを告げられた。そしてこれまでお手伝いとばかり思っていた人が後妻であり、真実の母は浦上に住む年老いた人ではなく、自分を産んでひと月後に死んだと知らされた。

じつはそのことは予科練を志願してまもなく、偶然に知ってしまっていた。長崎市役所に戸籍をとりに行ったとき、知らない女の人の名が産みの親として記載されているのを見たのだ。その女性はたしかに自分を産んで一カ月後に死んでおり、いま目のまえにいる人はそれから三年ほどして後妻に迎えられていた。

「この人は十二にもならんころに東京の料理屋に身売りされとうとさ。だいぶ歳をとって後妻に来てもらった」

と、父は言った。

聞いていて彼は、その人が漢字や平仮名を書くのはおろか、読むことさえできなかったわけを理解した。学校からもらって帰る書類や通知表を読めなかったその人を、彼は心のなかで軽蔑し呪っていた。冷淡に接したことも一度や二度ではない。それなのに今生の別れを覚悟したいまのいままでひとことも愚痴をこぼさぬどころか、夫と子どもに付き従ってあたたかく包んでくれたことを思うと、自分にたいする怒りや情けなさがわいてきて、涙を流してその人に詫びた。

恒信をあんなに可愛がっていたのも身内だったからなのだな、と貫はふと思い出した。その人はいつも、恒信はどうしているだろうかと言い、青島学院にすすむまえ、はるか北関東の茨城にある内原満蒙開拓訓練所できびしい訓練をうけている恒信をわざわざ上海から訪ねて行ったことがある。彼は軽い嫉妬をおぼえたものだった。

父親はほかにいくつか家族の真実について話した。生後まもない彼を里子に出したこと、三年して上海にひきとったこと、そのとき同時に再婚したのが目のまえの母親であったこと……。

「それからおまえには上に六人のきょうだいがおったとさ、前妻が産んだ子がな。みな小さいときに結核で死んでしもたんだ。前妻もおまえを産んですぐに結核で死んだ。貧乏やったけんが、栄養もろくに与えてやれず、医者にもかからせてやれんかった。かわいそうなことをした」

これも戸籍を見て知ってはいたが、じかに告げられてみると、ひとりっ子だとばかり信じてきた自分が、六人の兄や姉の命をもらって生き延びてきたのかと、神妙な気持ちになる。

父親は予科練合格に感謝して、海軍に零式戦闘機一機を贈った。目録の受け渡し式は、虹口《ホンキュウ》公園（現在の魯迅公園）で盛大にとりおこなわれた。それほど軍靴をあつかう商売は特需にわいていたのである。

だが敗戦によって全財産が没収され、無一文になった両親ふたりは、長崎に帰って来ていた。父親は失意のうちにこの世を去った。母親は上海で知り合った長崎の人の家に身を寄せており、露天商をしながら細々と生きていた。彼はそのことをまだ知らなかった。

靴の修繕に必要な材料を仕入れるために、月に二度は長崎まで来ていた。昭和二十一年になって浦上の故郷を訪ねた彼は愕然とした。祖母の家や恒信の家、いやそれだけではない、焼けたまま手つかずになっている家々の跡地に有刺鉄線が張りめぐらされている。「立入禁止　地主」という看板まで出ている。どうしたことだ、と彼は思った。

墓地を訪れてみると、墓石群が爆風になぎ倒されたまま荒れ放題になっている。彼は墓の入口に「母へ　貫」と張り紙をし、東京の住所をしるしておいた。

二

一葉の集合写真がある。

三十四人が一堂に会したこの写真は、当時の浦上町のようすを伝えて興味深い。

彼らはみな、そのとき自分のもちうるかぎりでいちばんの正装をしており、いくぶん緊張した面持ちでカメラを見据えている。紋付袴の者、羽織の下にちりめんの着物、角帯といったいでたちの者、それからスーツにネクタイ姿の者――いずれも浦上町内ではついぞ見られなかったよそ行きの恰好をした若い男たちが写っている。

「福聯《ふくれん》事件犠牲者歡迎記念」という印刷文字の下に、「全國水平社長崎支部」という文字が刷り込まれているが、いつ撮られたものか、年月日がないので正確にはわからない。浦上町に水平社ができたのが昭和三年と伝えられているので、そのときの写真であろう。「福聯事件」とあるのは、福岡第二十四連隊爆破陰謀事件のことだ。長崎の控訴院で無実を主張して争っていた全国水平社中央委員会議長の松本治一郎ら九州水平社の者たちが、控訴院で敗れ、下獄を決定されたときのものと思われる。

三列にならんだ男たちの、二列目のまんなかに、それがトレードマークになっている独特の白いヘルメット帽をかぶった黒髭の松本治一郎が、丸眼鏡をかけたまだ若い顔で写っている。そしてこれもまた彼を特徴づける、ノーネクタイのスタンドカラーの白シャツ、その上にこれもやはり独特の、尻の下まで裾の伸びた大きな黒いジャケットを着ている。

梅本光男《うめもとみつお》は、このときまだ八歳かそこらだったので、ここには写っていない。少し年長の長門隆《ながとたか》明《あき》も高岡良雄《たかおかよしお》もいない。写っているのは彼らの兄の世代の人たちで、たとえば光男の叔父で、長崎水平社の初代委員長となった梅本末松《すえまつ》は、一列目のまんなか付近に実直そうな着物姿で座っており、磯本恒信と中尾貫の叔父にあたる磯本信雄は、治一郎の左隣りに、いかにもやんちゃそうなノーネクタイ姿で立っている。

写真を見るかぎり、水平社は間違いなく浦上町に生まれている。しかし「全国水平社長崎支部」というのが正しいのか、それとも後年になって梅本光男が語っているように「浦上水平社」というのが正しいのか、はっきりしない。そもそも水平社というものが、はっきりとしたかたちで浦上町に根をおろしていたのかということも、あやしい。できたことはできたけれど、ムラのなかのいがみあい、絶え間ない喧嘩、特高警察のいやがらせなどで、浦上町をまるごと水平社の砦とするところまではかなわなかったのだから。

はっきりしているのは、ただひとつ、ほとんどなんの実績もあげられないまま、世界恐慌のあおりをうけて、わずか二年かそこらで霧のように、まぼろしのように消えてしまったということだ。

ここに水平社が生まれたのは、部落のボスたちにたいする青年団の不信が伏線にある。衛生組長をしていたボスのひとりが、ムラの人びとから一括して集めた金を、納税貯金として長崎の町の銀行に預けていた。盆や正月や病気のときなどに困らないようにと、互助会のつもりで人びとは金を託してきたのだが、衛生組長は銀行の利子の精算もしなければ、困ってお金を借りに行くと「銀行に預けてあるから手もとに現金はない」と、冷たくあしらった。でもこの男は、自分の気にいった者には有り金を渡していた。銀行の利子にしたって、どうしていたのかわかったものではない。ムラの者たちが世の中のことについて無知なのにつけ込んで、いいようにしているのではないかと不信感をつのらせた青年団メンバーは、自分たちで納税組合をつくって独立しようと言いだした。これがムラが真っ二つに分かれた最初の出来事である。

衛生組長は当然、融和派であり、市の役人や警察幹部とも通じている。国の融和事業の一環として長崎市から浦上町へはいくらかの補助金がおりていたが、それを差配しているのもボスたちなのだ。そのなかで町内の将来の指導者を育成するための資金も出ており、たいていは貧しい家の子息にではなく、ボスたちとかかわりの深い中間層の子息の奨学金に充てられた。ところが浦上町を出て大きな都市の上級学校へすすんだ子息たちは、浦上町へは帰って来るなという親の言いつけにしたがって、部落差別をうけることのない大きな都市で働きはじめる。親はその息子を頼って、足抜けするように浦上町を離れて行った。

結局、融和運動なんて一部の特権に浴する金持ち連中の利権のためにあるのであって、けっしてムラ全体の生活の向上のためにあるのではない、というのが青年団メンバーの主張だった。

なにかそのころの記憶を手繰り寄せてみると、梅本光男はやるせない気持ちになる。村が融和派、中間派、水平社派の三つに分かれて、殺伐とした空気に満たされていたからだ。まだ子どもで、右も左もわからなかった彼は、それとは知らずにスパイに使われたりした。

水平社に反対する「寝た子を起こすな」の融和派から、「みっちゃん、津の国屋でいまオイシャンたちが会合やりようけんが、だれが集まっとっか、名前をようと調べてきてくれろ」と頼まれ、のこのこと出かけて行って、ひとりひとりの名前を知らせたりした。何度かそういうことをやっていると、さすがに子ども心にも、このふたつの組は敵どうしなのだな、と人と人の色分けがわかってきて、自分はなにかいけないことに使われているのだ、といやな気分になってきた。

こんなこともした。背中に大きな風呂敷包みを担いだ人たちがどこからかやって来て、広告チラシを一軒一軒配って歩く。銭座町との境にある原っぱでビー玉遊びをしていると、いつものようにそのチラシ屋がのぼって来て、光男に尋ねた。

「おい、エタ町はどこか」

光男も友人たちも、その言いかたにカチンときた。まだ八歳だったが、「エタ」という言葉が自分たちを侮蔑する言葉であることを彼らは身をもって知っていた。

肉骨粉をつくる工場がムラにはあって、そこへ原料となる牛の骨を大波止《おおはと》の港から大八車に積んでもどって来る人がいた。牛骨には肉がくっついているから、腐ったそのにおいが周囲に漂って、町なかでは臭い臭いと言われ、ようやく浦上町へあがる坂道に達したとき、光男たちが手伝って大八車の後押しをしていると「やーい、エタごろ」と、盛んに揶揄《やゆ》される。

学校でもそうだ。年下の浦上町の子どもが「エタごろ」とさんざんいじめられて、泣いて訴えてくることがあとを絶たなかった。

「教ゆっけん、来い」

光男はチラシ屋に言い、水平社の事務所のある津の国屋へつれて行くと、

「こん人が、エタ町はどこかて訊くけん、つれて来たばい」

と伝えた。とたんに、そこにいた大人たちの顔色が変わる。幹部たちが、どやどやと集まってきて、チラシ屋をとりかこみ「糾弾」がはじまった。

はじめチラシ屋は、そんなことは言っていないとシラを切っていたが、光男ら子どもらから、はっきりそう言ったじゃないか、と迫られて、しぶしぶ認めた。でもまだ若いそのチラシ屋には、世間が蔑んでいる者を自分が蔑んでどこがわるいといった高慢な空気がしみついているようで、なんでこんな連中に問いつめられなければならないのかという気持ちが、顔にあらわれていた。

それを見てとった幹部のひとりが、

「わからんけりゃ、うったたくぞ」

と、怒鳴り声をあげて立ちあがり、チラシ屋の胸倉を両手でわしづかみにして、無理やり立ちあがらせた。

「貴様、エタと言うたっちゃろ。エタとはどげん字書くか知っとっとか？」

「知りません」

チラシ屋は蒼ざめた顔でこたえる。

「穢れ多いと書くとさ。穢れ多いとは、どげんな意味かい。おいの体が汚なかかい。ここにおるやつの、どこが汚なかかい」

「おまえ、裸になってみろ。おいも裸になるけん」

と、別の幹部が言う。おろおろするチラシ屋に、「はよ脱がんか」と幹部は自分から裸になり、ほかの幹部たちも脱いで、チラシ屋もやっと脱いでみると、

「よう見てみろ。どげんかい。どっか穢れちょるか」

「いいえ」

「わいもおいたちも、どっちも穢れたりなんかしとらんやないか。わいとおいの、どこが違うとや。おいたちのどこが穢れ多いか、言うてみろ」

これはもう「糾弾」というよりも「吊るしあげ」だった。いまにも噛みつきそうな勢いで、幹部たちは大声で怒鳴りあげ、頭をこづきまわし、足を蹴る。解放理論も、部落の起源論も、その歴史もよくわからずに、蔑みの言葉をうけたら暴力をふるってでも相手を屈服させるというのが、そのころの浦上水平社幹部の申しあわせだったのだ。

三時間ばかりもそうしたはげしい攻撃がつづいただろうか。チラシ屋は詫びる言葉ひとつ洩らさなかったが、ひとりの幹部にこう語りかけられて態度が変わった。

「あんた、簡単にエタという言葉を使いようばってん、エタの意味をあんた、なんも知らんとじゃないか。言われた者の身にもなってみろ。ある娘さんが、エタと言われたために鉄道自殺したそうじゃ。そんとき枕木に、なんて書いとったか。だれも恨まんけど自分を産んだ両親を恨みます、そう書いとった。あんた、どう思うかね。だれもここに生まれたいと思て生まれた者はおらんとぜ。

自殺した娘がそげん書いとったと知った親は、どうやって生きていきゃよかとかい。エタと言われただけで、自殺してしまう娘もおるとぜ。娘に死なれた親は、なおつらかろう」

話が終わるころからチラシ屋の目にはみるみる涙がたまり、聞き終えるとぽろぽろと涙をこぼしながら、詫びの言葉を口にした。

浦上町の水平社はこのようなあんばいで、子どもでも大人でもなにかむかしの身分をあらわす言葉で揶揄され罵倒されたと聞けば、相手がだれであろうとそこへ乗り込んで徹底的にしめあげ、相手の出方しだいでは暴力も辞さなかった。

彼らは実際、ヤクザの親分のところにも押しかけて、組とのあいだで一触即発の事態を迎えたりした。親分の実兄が「エタごろにエタごろて言うてどうあるか」とひらき直り、「喧嘩ならいつでも来い」と凄み、弟である親分も「こうなったら喧嘩じゃ」と、一歩も引かぬ態度を子分を使って伝えてきたのだ。

藤田組というその組は、長崎でも一、二を争う港湾荷役の業界を牛耳る大きな組だったが、水平社のメンバーは錆びた刀まで用意して、決戦のときを待った。

殺しあいの危機を救ったのは松本治一郎である。長崎でおこなわれる相撲や芝居などの興行を一手に仕切っている岩佐《いわさ》駒吉《こまきち》という親分に治一郎は連絡をとり、「あんたがあいだにはいってくれ」と頼み、頼まれた岩佐駒吉は使いを浦上町に走らせて、「博多のオヤジさんからあいだにはいれと連絡をもらった」と、水平社の幹部に伝えた。

「相手は何人か」

「二百から三百」

「そっちは？」

「二十……」

「どうしても相手がやると言うてきかんなら、やれ。二百から三百なら、たいしたことはなか。こっちからも応援ば送るけん」

数日後、治一郎はそう電話で伝えてきて、水平社も勢いづいた。みな仕事も放り出して家に閉じこもり、出撃のときを待った。ところが、藤田組のほうから岩佐駒吉宅で会おうという話が来て、手打ちをしようというのだろうかと岩佐宅へ行ってみると、「こうなったら果たしあいだ」とふたたび親分が言いだして、収拾がつかなくなった。水平社側が、なおも組側を責めつづけたからである。

岩佐駒吉のメンツもどこへやら、こんどこそ決戦をと両者は喧嘩別れになったが、それからまもなく岩佐駒吉から「とにかくここは自分にまかせてくれ。博多のオヤジからも頼まれとうとやけん」と頭を下げられ、水平社側は「任せる以上は、差別撤廃演説会をひらいてくれ」と条件を出した。親分をはじめとする組の衆にも演説会に参加してもらい、部落差別というものがいかに不当で人間の尊厳を踏みにじるものであるかを勉強してもらおうというわけだった。松本治一郎のなんらかの働きかけがあったのだろう、藤田組は演説会の開催に同意し、会場費の三分の一を負担すると言ってきた。

差別撤廃演説会は、長崎市浜の町のどまんなかにある喜楽座という大きなホールでひらかれることになった。昭和四年十二月八日、会場は立錐の余地もなく、千五百人の熱気に包まれた。藤田組も親分をはじめその実兄から組員まで全員が集まり、客席に座って水平社の演説を聞いた。しかし、浦上水平社には論客がひとりもおらず、執行委員長が開会の辞を述べるにとどまり、演説はすべて福岡からやってきた九州水平社幹部がおこなった。

一、開会の辞　藤川利夫
二、見よ此の差別の嵐　井元麟之
三、あゝ残虐一千年　花山　清
四、人間権奪還の為め　西田ハル
五、水平運動の意義　田中松月

演説会終了後、藤田組のほうから「手打ち式」をしようと言ってきた。中国料理店・通天閣に集まった両者は、ヤクザの世界の儀式にのっとって、にぎにぎしく盃を交わした。

このように浦上水平社には、とにかく差別問題について勉強しなければという熱気だけはつよくあった。子どもが学校から帰って来しなに、「今日先生から、獣の皮をあつかうのがエタやて言われた」と駆け込んでくると、幹部たちは津の国屋に大人子どもにかかわらず人を集めて、演説会をひらいた。そこにはつねに警官たちの監視の姿があった。

「皮をあつかうのがエタであるならば、ここにおる巡査のみなさんはどうすっとか。この人たちも毎日靴ば履いとってから……」

と、弁士は制服姿の巡査たちを見て、

「あんたたちは靴の紐ば結ぶとき、革に触らんのか。革に触ったらエタにならんのか」

と、理屈にもなっていない理屈を平気でぶつける。

子どもらも負けてはいなかった。「注意！」と叫ぶ巡査の声に、長門隆明の弟次義《つぐよし》は、客席から声を投げつけた。

「あんたたちも毎日革に手ぇあてるやないか。そいであんたたちは差別をうけんとか。自分はなんも触りもせんのに、親が靴をつくりようけんいうて、なんで差別をうけなならんとか」

次義は十二歳だ。

純真と言えば純真。無知と言えば無知。そんな状態だったから、警察からも地元の融和派からも水平社は危険な連中だと見られ、人を集めることができなかったのだな、といま梅本光男は思う。みんな無鉄砲で、おそれを知らなくて、差別した者をやっつけるということに一心不乱だったけれども、幹部たちはあまりにはげしく突っ走りすぎて、みなどこかへ走り去ってしまった。

梅本は仕事で大波止の港に来ていた。引き揚げ船が人をたくさん乗せてはいって来ようとしている。昭和二十一年夏である。船は上海から来ている。

磯本恒信がそれに乗っていようとは、知ろうはずもなかった。

第三章　生きていく青春

おいが行くのは
隠れキリシタンの村の中学校さ。

一

磯本恒信がいつどんなふうにして中国から帰って来たのか、正確に知る者はいない。生き残ったきょうだいのなかで、恒信からみればたったひとりの目上でもっとも頼りにしていた姉の絹江にしても、どんなふうにして、いつ長崎に帰って来たのか、はっきりとはわからない。

十一人が毎晩折り重なるようにして眠る稲田町の八畳一間の家に恒信が転がり込んできたのは、一家がこの家を出て戦災者住宅へ移り住む直前のことであった。戦災者住宅に住みはじめたのは昭和二十二年になってからだから、恒信が稲田町の家に来たのは遅くとも昭和二十一年の暮れにかかるころと思われる。彼は十八歳だった。

絹江は幼い娘たちや弟や妹たちの面倒見に忙しく、その日その日を生きるのが精いっぱいだったので、恒信がいつどこから、どんなふうにして帰って来たのか、本人に尋ねることもなく、気にもとめないようにしていた。ただ絹江がひとつだけ尋ね、返ってきた言葉がある。

「いままで、どうしとったの」

「逃げまわっとった」

恒信の口は鉛を飲んだように重く、それ以上はなにも語ろうとしなかった。

どこをどうして逃げまわらねばならなかったのか、人に話したくないこともあるのだろう。恒信にすれば、絹江になにもかも押しつけたかたちになって、すまないと思っていたかもしれない。母も姉たちも原爆で死に、絹江は原子野のなかを女ひとりで立ちまわらねばならなかったのだから。

母や姉たちに死なれたことを知った恒信は、絹江にそのときのようすを尋ねるのが恐ろしくて、自分の経験を語りだせなかったのかもしれない。絹江にしても、あの地獄の経験はいまも生々しく胸の底で渦巻いていて、語ろうという気持ちにはなかなかなれなかった。

二番目の兄の遺骨が八月二十二日に「戦死」したとして中国から帰ってきたとき、絹江はだれの遺骨がはいっているのかわからぬ粗末な骨箱を抱えて思ったものだ。「戦死」であるわけがない、と。きっと武装解除されたあと、暴動や略奪行為でひどい目に遭わされて、殺されたに違いない。大陸ではそんな恐ろしいことが頻繁に起こっていると聞いていたので、青島にいた恒信も人にはとても話せない恐ろしい経験をしたのだろうと思い、あえて詳しく訊こうとはしなかったのだ。

しかし時が経つうちに、少しずつではあるが、絹江は原爆のときのことを恒信に語るようになった。そのときの母親の姿、姉の姿を聞いて、恒信は泣いた。

恒信は浦上町へも行ってみた。樹齢三百年と教えられていたクスノキの巨木さえもすっかり焼け落ちていることに、彼はショックをおぼえた。そのクスノキは浦上町の入口に立っていた。父と一緒に行商から帰って来るときも、友だちと遊んでいるときも、その巨木の姿はまっさきに目にはいってきたのに、それまでもなくなっているなんて、と恒信は、家を失ったことよりもむしろさびしい気がした。

「墓だけか、残ったのは」

「墓石もみな倒れてしもとったろ」

「立入禁止の札がどこもかしこも立っとるし、針金までめぐらしてあるし」

「うちの家も、自分とこの土地じゃなかったとやね。墓だけが残った」

子どものころの恒信は甘えん坊だった、と絹江は成長した弟の顔を見て思った。父親のことが大好きで、行商にもよくついてまわっていたし、夜寝るときは父の蒲団にわれ先に潜り込んで寝ようとする。絹江も行商を手伝ったが、靴の修繕の仕事を父親は町の通りに蓆《むしろ》を敷いてする。客からもらったお金を絹江はもってひと足先に家に帰り、母親に渡す。母親はそれをもって夕飯の材料を買いに行く。一日一日をそんなふうにして生きていた。

仕事を終えた父親は、いくらか残ったお金で、町の飲み屋で焼酎を一杯だけ飲んで帰って来る。家にも焼酎の瓶があり、晩酌をする父親はいつも酔っぱらっていたし、酒のにおいを小さな家のなかにまき散らすので、絹江はいやだった。恒信がいつもべたべたしてくれるので、絹江は助かっていた。

でもそんな暮らしも、ながくはつづかなかった。日支事変がはじまるまえに兵隊にとられていった長男が戦死したという知らせがもたらされたとき、両親ともがっくりと肩を落とした。二十歳で中国へ渡った長男は、靴仕事もよくおぼえていたし、これからはこの長男に支えていってもらおうとふたりは期待していた。遺骨が帰って来てからというもの、父親はすっかり気落ちして、もともと病んでいた肺をわるくさせるとともに、脳溢血で死んだ。

父親は自分の死期を悟っていたのではないか、と絹江は思うことがある。それを感じとって恒信は、あんなに甘えていたんじゃないか。

恒信が青島学院に行くとき、絹江はすでに斎藤に嫁いでいた。夫は新しい靴を恒信のためにつくってやり、それを履いて恒信は青島に渡った。終戦になっても連絡がなく、もしかして大陸をさまよい歩いて死んでしまったのではないかと、わるい夢を絹江は幾度も見た。その弟が無事に帰って来たのだから、うれしくないはずがない。

「原爆のときは長崎におったとよ。ばってん連絡もできんかった」

と、恒信は不思議な言いかたをする。絹江はそのときもなにも訊こうとしなかった。原爆投下から終戦直後にかけて、なにが人間のうえに起こってもおかしくはない、と自分に言い聞かせて。

どちらにしても恒信は帰って来た。帰って来てみると、生き残ったきょうだいのなかで、磯本の男では恒信が最年長になっている。

いつ彼が帰って来たかを比較的正確に知るのは、中尾貫かもしれない。知っているといっても、これもちょっとおぼろげで、はっきりとした日時までは恒信に尋ねていない。

昭和二十一年七月というのが、貫が記憶にとどめている年月だ。そのようにおぼえているのは、自分が夏休みで東京から帰って来たときに、母親から恒信の無事の帰還を知らされて再会した、それが昭和二十一年八月のある蒸し暑い一日のことだったからだ。

上野駅のガード下で靴磨きと靴修理の露天商をはじめていた彼は、このままではろくに飯も食えずに人生が終わってしまうと考えて、浅草の靴商に弟子入りした。ところが三カ月とたたないうちに親方に死なれてしまったため、ふたたび上野駅のガード下にもどった。このとき彼は一念発起して、子どものころからあこがれていた技術者になるために大学へ行こうと決め、神田神保町の古書街で受験参考書を買いこんで猛勉強をはじめた。

日本大学工学部機械科に合格したのが、昭和二十一年春。昼間は大学へ、夜は上野駅のガード下へと、絵に画いたような苦学生の生活をつづけながらようやく一学期を終え、材料仕入れのために長崎へもどって墓参りに行ってみると、墓の入口に自分にあてた張り紙があるのを見つけて、母親が長崎の鳴滝《なるたき》で生きていることを知ったのだ。

浦上町からやや遠く東の山手にある鳴滝は、原爆の被害をうけていなかった。低い山と山とがせめぎあうように急斜面を織りなす谷あいに、オランダ軍医シーボルトが暮らした鳴滝塾跡がある。母親の住む家は、その隣りにあった。

上海時代の知人が、住むところがないのならと貸してくれた八部屋もある広い家だったが、ここもそろそろ出て行かなければならないという。父親は失意のうちに死んでいったという。

「お父さんは、あんたが生きとるかどうか、ずっと心配しとったとよ。やっとの思いで長崎に帰って来てみたら、こんなことになっとって、すっかり気力をなくして、抜け殻のごとなって……」

母親の目から涙がこぼれようとする。それは雫となってぽたぽた落ちることなく、下目蓋にたくさんできたしわににじんでひろがり、頬を這うように伝い落ちた。

すっかり痩せこけてしまった顔、顎、首、肩を見て、とてもこのままひとりで東京にもどるわけにはいかないと貫は思った。

「東京に行かんね。東京に行って、一緒に暮らさんね」

「うちゃ、よう行っきらん。東京も空襲でだいぶやられとっちゃろ。お父さんも死んでしもたけんが、うちゃここにおって、みなの供養ばせんば。だれもかれも死んでしもたけんが……」

貫は自分が大学に行きはじめたことを、なかなか言いだせなかった。言えば母は、自分はひとりで大丈夫、あなたは東京で生きなさいと言うだろう。

「恒信が帰って来たのを知っとるね」

「えっ、恒信が？」

「いま、稲田町《いなだちょう》の斎藤のにいさんとこにおるげなよ。うちに呼んで、なんかご馳走ばしてやろうか。あんたも会いたかろう」

「青島に行っとったのに……」

「たったひとりで行って、よう帰って来れたもんさ。青島から徐州、徐州から上海に出て、引揚船で帰って来たとだそうで。まだ会うとらんばってんが、うちに呼んでこんね」

こうして貫は恒信と再会した。

東京日本橋の料理屋で働いていたことのある母親は、とぼしい食材で腕によりをかけて料理をつくり、恒信をもてなした。芸者でもしていたのだろう。三味線を持ち出して小唄を聞かせてくれた。

その日の模様について、貫はこれ以上記憶していない。恒信とどんな話をしたのかということになると、ちょっと内容があいまいになる。

ひとつはっきりしているのは、恒信が長崎に帰って来るまで、五島列島の椛島《かばしま》にいたということだ。

「椛島の漁協で会計のまとめ役をしていた」

と、貫は本人から聞いている。

浦上一帯は原爆で全滅したと聞いているし、帰っても仕事はないだろうと考えて、椛島に渡ったのかもしれない。食料も物資もとぼしいなかで、島ではイワシやアジ、サバといった青魚がたくさん獲れた。それに青島学院は商業学校だったから、経理について彼は習熟していたのである。

どれくらい椛島にいたのかはわからない。とにかく彼は終戦前後に青島を離れ、大陸のどこかを長いあいだ放浪し、上海から引揚船に乗って帰って来たのだという。

後年、恒信は部落解放同盟長崎県連を起こし委員長に就任して、それからしばらくしていくつかの著作や雑誌に青島時代の出来事について書いたり語ったりしている。それは、つぎのようなおどろくべき内容である。

青島学院には王道先生という、流暢に日本語を話す教師がいた。彼は中国共産党の抗日戦線に共鳴しており、ある日、日本人生徒を集めて何枚かの写真を見せた。

一枚は両手をうしろ手に縛られてひざまづかされた中国人の青年が、日本兵に首を切り落とされようとしている写真で、日本刀を振りあげた兵士の両側にはふたりの兵士が立って、薄気味わるい笑みを浮かべて見下ろしている。別の一枚には、銃剣の切っ先を胸に押しつけられた中国人少年が写っている。その背後には、頭をわしづかみにされ銃口を押し当てられた少年がもうひとりいる。

「この写真は、日本兵の訓練として中国青年を殺そうとしているものだ。虐殺以外のなにものでもない」

と、王道先生は言った。

もう一枚の写真には、切り落としたばかりの生首の頭髪をつかんで、勝ち誇ったようにもちあげている日本兵の笑顔が写っていた。鞘から抜かれた刀には血糊がべっとりとついている。またもう一枚の写真には、高い位置にかけられた物干し竿みたいな棒から吊り下げられた人間の首がいくつも写っており、そのわきで日本兵が刀についた血糊を拭っている。

「首切りの腕を競ったあとで、見せしめとして首を吊るしたのだ」

と、王道先生は言う。

集められた婦女子が、どこかへ連行されていく写真もある。

「この人たちは、あなたたちのお母さんと同じくらいの年齢だ。日本兵はこうして強姦や輪姦を、七つ八つの少女から七十のおばあさんにまでおこなったのだ。君たち日本人にはじめて見せるけれども、これは一九三七年十二月に南京で起きた大虐殺の写真なのだ。でもこうした残虐行為がおこなわれたのは南京だけではない」

そう言って王道先生は、満州のマグネサイト鉱山の斜面に累々と積み重なる骸骨の写真を見せ、

「これは人捨て場だ」と言った。

「満州以外の山東《シャントン》や河北《ホーペイ》、遠くは四川《シチュアン》から貧しい農民をたらふく食べられるからと騙してここにつれて来て、働かせた。そうして米の飯を食ったからと言っては経済犯に、三人寄ったと言っては政治犯にして、日がのぼるまえから日が落ちたあとまでこきつかった。豆粕ばかりを食わされて栄養失調で倒れる人たちがつぎつぎに出て、一日に四、五十人もの中国の同胞が使い殺された。生きていても動けなくなった者まで、どんどん人捨て場へ放りこんだ。これはその人たちの遺骨なのだ」

こんなことをしているのは軍隊ではなく、日本の国策会社がしているのだ、と王道先生は言い、

「同じ日本人として、君たちはこれをどう思うかね。これは戦争とは言えない行為だろう。虐殺です。日本人による虐殺です」

と、身を震わせた。

青島学院の卒業式が終わった夜、恒信は「私と行動をともにしないか」と誘われ、その意味もわからぬまま中国人の同級生と学院の武器庫にしのび込み、銃を盗み出して、白い岩山を越えていった。土塀にかこまれた貧しい農村にはいったとき、ここが朱徳総司令官の八路軍の基地だと案内役の同級生に教えられた。

懐かしさが恒信の胸にこみあげてきたという。とても貧しい村だが、浦上町のトタン屋根の家々と同じにおいがする。暗い土間の向こうで自分の母親が藁をたたいているのではないかと思った。

「よく来てくれた。よく決心してくれた」

薄暗がりの向こうから王道先生があらわれて、恒信の両肩を力づよく抱いた。

「王先生！」

恒信も呼びかける。

五十人を超す部隊は出発し、山東省から徐州へと向かった。昼間は奥深い森の木陰で眠り、夜中に行軍する。済南の北百キロの地点まで来たとき、恒信ははじめて日本軍と遭遇し、銃撃戦に加わった。

八路軍は多くの村々を日本軍から解放し、根拠地をつくっていた。夜半の行軍で日本軍と銃撃戦をくり返し、朝にはつぎの解放区に着く。貧しいながらも農家の人たちは食事を彼らにあたえ、休ませてくれた。

日本軍の機関銃の流れ弾が恒信の左の太腿を襲ったのは、徐州市房山での銃撃戦でのことだ。恒信は気を失った。「動くな」という王先生の声で気がつくと、王先生は恒信のズボンの裾を破り、太腿の付け根をきつく縛ってくれていた。

「恒信、いいか。われわれは行かなくてはならない。われわれは君が行動をともにしてくれたことをけっして忘れない。傷は大丈夫だ。君は日本に帰れ。やがて君は日本軍に捕まるだろう。でも抵抗するんじゃないぞ。われわれと一緒に行動したことを、けっして話しちゃいけないぞ。八路軍に拉致されたと言いなさい」

そして王先生は、最後の別れの言葉を継いだ。

「中国と日本のこの不幸な関係は、もうじき終わる。そのときになったら、きっと会える。元気でいてくれ。再見《ツァイツェン》」

ひとり森のなかに残された恒信は、それからふたたび意識を失い、日本軍に捕まった。言われたとおりに拉致されたと隊長に告げた彼は、そのとき十六歳で、日本に強制送還された——。

二

恒信は昭和二十二年五月、三菱長崎製鋼所に勤めた。そして折から盛りあがっていた労働運動に参加した。

王道先生の薫陶をうけたからか、いじめられっ子だった少年時代の面影はすっかり消えて、社会主義に目覚めた彼は弁が立ち、オルガナイザーとしての才覚もまわりの者より抜きん出たものがあった。彼は会社の労働組合の青年部長に推され、長崎県青年婦人会議議長にも推された。多くの大人たちが戦地で死に、ことに長崎は原爆の被害にもあっているので、大人の数は少なくなっていたが、それにしても恒信は十八歳という若さである。副議長はのちに社会党委員長となる石橋政嗣《せいじ》であった。

その年の九月、戦後長崎における大争議のひとつに数えられる川南《かわなみ》争議が起きている。この争議は、川南労組の三人の支部長と全造船中央執行委員長の連名で、つぎのような要求を会社側に出したことが発端だった。

一、労働協約の締結
二、退職金制度の確立
三、結婚資金五千円の支給

この川南工業香焼《こうやぎ》島造船所は、長崎港外の離島香焼島にあった小さな松尾造船所がつぶれ、しばらく放置されていたのを、昭和十一年、製缶工場で財を成した川南豊作《とよさく》が周囲の土地ごと買収して創業した会社だった。戦争の拡大とともに軍船の大量生産を実現し、三菱造船所と肩をならべるほどの大会社に成長した。長崎では飛ぶ鳥を落とす勢いだった。

川南豊作は奇抜なアイデアに富み、頭の回転の速い人物だったが、徒手空拳で成りあがった者にありがちな典型的な独断専行型で、目的のためには手段を選ばぬといったやりかたが目立っていた。彼は終戦とともに公職追放となり、政界や財界から表向きは身を引いていたが、会社の実権を裏で握っており、社長や重役たちは彼の意のままに動かされていた。六〇年安保の翌年、容共派の閣僚や政治家を粛清し臨時政府を樹立しようとした「三無事件」と呼ばれるクーデター未遂事件の首謀者のひとりとして逮捕される。

会社側は組合の要求をことごとくはねつけ、組合側はストライキに突入した。

恒信がこの争議にかかわったのは、助っ人としてである。彼は製鋼所労組としてというよりも、長崎県青年婦人会議議長としてストそのものには直接かかわらず、人助けのためにひと肌脱いだのだった。

川南豊作は会社に命じて、香焼島と長崎を結ぶたったひとつの連絡船の運航を停止させてしまった。島の人びとは生活の足を奪われ、長崎に通学する生徒たちも学校へ行けなくなり、何日も島に閉じ込められる状態がつづいた。恒信は若い活動家たちに呼びかけて、自分たちで船を出すことにした。

団平船二隻に百人の活動家が乗り込み、三菱造船所のもちものであった引き船崎陽丸に曳航されて一時間後に香焼島の桟橋に着けようとすると、上陸を阻止しようとして待ちうけていた会社側の暴力団と取っ組みあいの喧嘩になった。恒信は組長ともみあって、海に突き落とされた。組長の子分のひとりも突き落とされ、青年部の活動家のなかからも数名の負傷者が出るといった、はげしい争闘がくりひろげられた。

生徒たちを船に乗せて学校につれて行くことができたのかどうか、記録に残っていないのでわからない。この川南大争議は第二組合の出現や恫喝《どうかつ》や引き抜きなどで組合側が滅茶苦茶にされ、裁判にもちこまれたが、最高裁まで争って結局組合側にとってはみじめな結末を迎えた。とはいえ会社側も相当な傷を負い、川南工業は昭和三十年に倒産する。

恒信は絹江の家族や自分のきょうだいたちと岩川町に建てられた戦災者住宅に移り住んだ。十三歳になる妹の花江が応募して当てたのだ。昭和二十二年が明けてまもなくのことである。

彼は野心に満ちた若者だった。そう遠くない将来、組合の幹部になって、長崎の市会議員、県会議員になろう。そして、ゆくゆくは国会議員になろうと考えていた。

若くて雄弁術に長《た》けた恒信は、市の弁論大会に出て優勝した。賞品は洋机と小さなテーブル、そして背あてのない本棚の三点セットで、意気揚々とそれらをもち帰った彼は狭い部屋の片隅に念願の机を置いた。テーブルは食事のときの卓袱台《ちゃぶだい》にし、本棚は絹江の頼みを聞いて食器棚のかわりにした。

絹江は弟がなにをしているのか、詳しくは知らなかった。弁論大会に出て優勝したというので、「へえ、あんたがねえ」と、学校から泣いてよく帰って来た子どものころを思い出して、からかってやった。同じ浦上出の人たちに話すと、みなやはり一様におどろいて、「そんな子だったかねえ」と小首を傾げた。

恒信は若くして、その名を知られる存在になった。そのかわり、人には言えない秘密が生まれていた。母親の戒めにしたがって、だれにも出自を話すまいと決めていた。ふたつの重要ポストをつとめ、弁論大会で優勝してみると、その秘密は彼のなかで、ますます大きく重たくふくらんでくる。母親に死なれてみれば、戒めは遺言めいてきて、自分は松山町の出身なのだと思い込もうとしていた。

市会議員、県会議員になるからには、自分の真実の生い立ちは間違いなく不利に働くだろう、とも考えた。だからほんとうの話、もし浦上町に家と土地があったとしても、帰るのはためらわれた。兄たちが生きていてくれたら自分はどこへでも行って、都会の雑踏のなかにまぎれ込んで、それとは悟られずに気ままに生きていけただろう。磯本家でいちばん上の男になってしまってみると、家も土地もなくなったことは彼を身軽にした一面もあった。

故郷はなにもかも焼き尽くされ、ゼロになった。蔑みと赤貧のみじめな生活の地層の上に立って、人生の再スタートを切る必要なんてどこにもないのだ、自分が黙ってさえいれば一からスタートを切れるのだ、と彼は職場や組合で努めて明るくふるまい、仲間たちと酒を飲んでは談論風発し、労働歌を大声で歌った。

でも、ふと浦上町に足が向くときがある。ある日、風の便りで、浦上町にバラックを建てて住んでいる人がいると聞き、残骸がすっかりとりのぞかれて見知らぬ人びとの家が少しずつ建ちはじめた故郷を歩いてみた。

大きなあのクスノキが見られないのはさびしかったが、真冬の山にもちらほらと若い常緑樹の葉っぱが光をはね返しており、あんなにひどい目にあったのに自然は根づよいのだなあ、と恒信は感心した。

目立たない山側に一軒のバラックがあった。声をかけると、なかから返事が来る。四十がらみの痩せこけた男が、足もとがおぼつかないふうによろよろと奥から出てきて、しばらくのあいだ恒信の顔をじっと睨むように見つめていたが、表情をゆるませたかと思うと、曇り空に光が射し込むように笑みをひろげて、

「ツネ坊かい、ああん?」

「七郎さんですよね！」

ふたりは手をとって、よろこびあった。

男は山口七郎といった。地主にとりあげられたかつての自分の土地に勝手にバラックを建てて住

んでいた。肉骨粉工場を営んでいたこの山口七郎のもとで、姉の奈美江が働かせてもらっていた。

召集をうけて宮崎に行ったという。内地配属で家族は安心したらしいが、まもなく不発弾の破裂で足に重傷を負い、別府の病院に入院した。そこで終戦を迎えた。松葉杖をついて下駄履きのまま浦上町に帰り着いたのが八月二十日。母と妻、子どもをいれて五人の家族が原爆で命を落としていた。

山口七郎は、自分は不具になって、行くところもないので、家族と一緒に暮らした土地で余生を送りたいと、強引にバラックを建てたのだと言う。市役所から立ち退き命令を受けたが、それを無視して住みつづけていた。

恒信はなにも言えなくなって、浦上町をあとにした。このおじさんのような度胸は自分にはないと、出自を隠して生きることが恨めしくなり、しかしこれから築きあげていこうとしている人生を考えたらとてもあのようには生きられないと、みじめな気分におちいっていた。

浦上町から坂を下れば、浦上駅前という路面電車の停車場にたどり着く。長崎電気軌道と正式には言うのだが、浦上駅前から大橋間の爆心地付近は原爆によって壊滅していた。それが復旧したのは昭和二十二年五月。自分の勤めている製鋼所も目と鼻の先にある。いつでも故郷はすぐそばにあるのに、わずかな距離が果てしなく遠いもののように感じられた。

こんな日々のなかにも、恵みはあった。それは山口七郎と会ってまもなくの、寒い夜中の路面電車での出来事だ。

夜の十時ごろ、恒信は電車に乗っていた。するとまるで花が咲いたように、美しい着物姿の女性が行儀よく座っている。どこのだれだろう。焼け跡がまだあちこちに残っているのに、こんな艶やかな着物を着ていられるのは、きっと相当の金持ちの娘に違いないと思った。

年齢は自分と同じくらいだろうか。どこか見覚えがある。

でもそのときは声をかけられぬまま、用事があって家の手前の電停で降りてしまった。女性はその先まで行った。

あくる日の朝、いつものように住宅を出ると、恒信は大学病院前の電停に急いだ。そこに昨夜の女性が立っていた。それからもたびたび朝と夜の電車で見かけるようになり、そのうち恒信は、まさかと気づいて、隣りのつり革につかまっている女性に思い切って声をかけた。

「銭座小学校で一緒じゃなかったですか？　木戸典子さんじゃないですか？」

「えっ」

と、彼女は恒信を見あげた。

「そうですけど……」

「磯本恒信です。一年生、二年生のころに同じクラスでした」

彼女はすぐには思い出せないようだった。じっと頭のなかをさぐるような目をしていたが、

「あっ、磯本さん。ご無事だったんですねえ、よかったですねえ」

と、声を輝かせた。

会話はそれだけで途絶えた。大勢の人のまえでは、男女はあからさまにしゃべったりしてはいけないものだと、いままでの教育で教え込まれている。それに恒信は緊張で胸が張り裂けそうだった。いつもこんな美しい着物を着てどこかへ通っている。きっと花嫁修業に行っているのに違いない。きっと金持ちの家と縁談がすすんでいるのに違いない……。

小学二年のころ、典子は何日でも隣りの席に座りつづけてくれたし、話しかけても無視せずに、こたえてくれた。彼は卒業式のとき、典子の姿を遠目にしながら誓いを立てたのだ。大人になったら、この人をお嫁さんにしようと。

でもいま彼女は、手の届かないところにいるように見える。

なんとかして電車の外でゆっくり話すことはできないものかと考えあぐねていると、思いがけないことに、典子はすぐ近くに住んでいたのだ。岩川町内の戦災者住宅の青年部の集まりに出かけてみると、普段着姿の典子がそこにいた。

「あっ」

と、恒信は思わず息を呑んで典子を見つめた。典子も「えっ」と小さく声をあげて恒信を見た。それからふたりは親しく話す仲になった。

典子は市内の私立の女学校を出たあと、昭和二十年五月に奉国隊の一員として同級生と一緒に中国の奉天に渡り、軍の物資配給部で働くようになった。そのおかげで原爆にあわずにすんだ。終戦後、中国軍の目から逃れるために親戚の家にしばらく隠れていたが、引き揚げ船の基地である葫蘆《コロ》島からやっとの思いで乗船し、広島の宇品に着いた。その後、熊本、天草、八代を転々とし、時津に疎開していた両親やきょうだいと合流して、昭和二十二年一月に長崎にもどって来たという。

「聖徳寺にお墓があるんで行ってみたら、焼け残っていたのは銭座小学校だけやった」

と、典子は言った。八人きょうだいのなかで長男だけが原爆が落ちた日に新聞配達をしていて、浦上をまわっているときに被爆死したのだという。

「いつもきれいな着物を着とんね」

「田中洋服店というところで昼間は働いて、夜は洋裁の稽古をしとうけん、洋服、私、もってない」

「じゃあ、あれは洋裁の稽古の帰り……」

「なにそれ」

「いや、最終によう乗っとうやろ」

「そう。私は結婚なんかしないで、ひとりで洋裁屋をやって生きていこうと思いようけん」

「ひとりで?」

恒信はドキリとした。

典子の両親は、いまは岩川町内で履物屋を出している。父親が七十歳を過ぎているので、母親がなにか自分で稼ぐ道はないかと考えて、下駄を仕入れて小売りをしている。下駄の材料は大分の日田から卸してもらっていた。それに母親が鼻緒をつける。

　もともと銭座町に典子の家はあった。小学校の上のかなり広い土地をもっている農家だったが、何代か子どもが生まれなかったせいで、親戚から養子をもらうたびにそれとひきかえに土地を渡してきた。いまではだいぶ小さくなり、原爆でとても住める土地ではなくなったので、戦災者住宅に住んでいるのだという。

「ここの住宅が当たる前日、一富士二鷹の縁起のよか夢を見たとよ、きれいな富士山に二羽の鷹が飛んでてね。それでお母さんに、抽選に行ったら絶対当たるからって言うてね、締め切りぎりぎりの何分かまえに、お母さんが抽選所に行ってみたら、係の人に、いまから申し込んだって当たるもんですかって言われたそうで、でもね、当たったとよ」

　恒信も当然、これまでどこでどうしていたのかと典子に尋ねられたが、ぼんやりした言いかたでしかこたえなかった。典子もしつこくは尋ねなかった。

　結婚せずにひとりで生きていくと言った典子の真意が恒信には測りかねたし、どうも小学生のころの思い出は自分ひとりのなかにあるだけだったのかと思うと、さびしいような気がしたが、やさしくたくましい典子と話をしているうちに、やっぱり子どものころの自分の直感は間違っていないと思い直すようになった。

三

恒信は典子に求婚した。

同じ戦災者住宅のなかにある典子の家には、彼女の父や母もいて、恒信が典子を嫁にほしいと申し出ると、急に黙り込んで、なにもこたえてくれない。

「典子さんを私の妻として迎えさせていただけませんか」

恒信は畳に頭をこすりつけて頼んだが、やっと口をひらいた母親から、

「娘は体が弱いし、無理です」

と、断わられてしまった。

典子は昭和二十四年夏ごろから体の具合がわるくなった。病院をいろいろと訪ね歩いてみたが、病名がわからなくて、勤めていた田中屋も辞めた。それで恒信とは電車の行き帰りにも会えなくなり、もっぱら会うのは戦災者住宅の青年会の席くらいのものになっていた。仕事は長崎大学の研究室の手伝いに変わっていた。病名が肺結核だとわかったのは、ずっとあとになってからだ。

親が反対する理由は、恒信の出自の問題なのか、貧乏暮らしをしているからか、ちゃんと話してくれないのでわからない。恒信は、きっと自分の出自の問題だろうと思っていた。仕事は三菱製鋼所に勤めているのだから、そうわるくはないはずだ。ただ親が問題視しているとしたら、安月給と

労働組合運動をしているということではないか……。

それから何度も典子の家を訪ね、結婚の許しを乞うたが、とくに母親が頑として首を縦に振らなかった。

「親がなかなか認めてくれん。やっぱり部落の出身だからかな」

と、恒信は中尾貫に言った。

川平町の中尾の家では、貫の母親が床に臥せっていた。ときおり咳き込むその母を貫は看てやりながら、

「ツネ坊、じっくりやるしかなかぜ」

と、言葉少なにこたえるしかなかった。

貫は福岡県の久留米工専機械科に通うようになっていた。昭和二十二年、技術者への夢が捨てられず、受験してみたら合格したのだ。奨学金とアルバイトで学費を稼いでいた。いまは冬休みで長崎に帰っていたが、母親の体調が思わしくなく、心配が尽きなかった。

「就職のほうは？」

と、恒信が訊く。

「それがなあ、四つばかり会社をうけたとばってん、どこからも採用通知が来んとよな」

「やっぱ出自の問題があっとだろうか」

「さあ……」

と、貫は少し考え込んで、

「成績はそうわるかこつはなかはずばってん、本籍地が問題にされとうとかもしれんなあ。それしか考えられん」

床から母親が起きてきて、「ツネ坊」と、か細い声で言った。

「うちが話してやろうかのう。木戸さんの家も知らん間柄じゃなかけんが」

この母親は恒信の父の妹である。

貫が、自分の養生のほうをしてくれと言っても、じっとしていられる人ではなかった。息子たちが知らぬあいだに彼女は典子の家に行き、恒信の嫁になってほしいと訴えるようになった。そこに東京からたびたび仕入れのために帰って来る叔父の磯本信雄も加わって、なんとかふたりの結婚を許してやってくれ、と迫るのだった。でも、どうしても親は首を縦に振ってくれない。

典子が体調を崩した昭和二十四年夏、長崎国際文化都市建設法という戦災からの復興計画を定めた法律が施行され、被爆地の区画整理事業がはじまった。これについても恒信と貫は話しあったが、どうすることもできなかった。

都市計画道路三十一路線の最初の一本が通されたのが浦上町だったのである。ふたりが生まれ育った部落は、全長五百メートル、幅十メートルから十五メートルの道路によって分断された。その道路は唯一焼け残った浦上町の共同墓地の敷地を削りとり、わずかに宅地をもっていた部落の人たちから安値でその土地を買いとって、代替地すらあたえなかった。

こうした事業がおこなわれることを想定して、地主たちは部落の人びとを立ちいれさせまいと、札を立てたり、針金を張りめぐらしたりしたのである。彼らは国や県に土地を買いとらせ、大儲けした。

この事業によって、浦上部落は事実上、この世から消滅した。しかし、それとわかっていても、地主でもない恒信たちには打つ手がなかった。いや、むしろ恒信は、組合運動の同志たちにも出自を隠しており、一生それで通そうと考えていたのだから、浦上町が消滅したほうがかえって都合がよかったかもしれない。

やがて浦上町という地名も消えていく。昭和三十九年、戦後からこの地に移り住んできた部落外の住民たちによって「緑町」という名前に変えられる。

「私、静岡に行くことになりました」

典子にそう告げられたのは、昭和二十五年が明けてしばらくしてからだ。

「えっ、静岡に?」

恒信はびっくりして訊き返した。

「伊東温泉のほうに親戚がいて、そこで赤ちゃんが生まれたもんやけん、子守りに行ってこいと言われて……。温泉場やけんが、病気の治療にもなるやろうということでね」

「それで、行くとこたえたと?」

「ええ。どうしても親が行けと言うてきかんとやもん」

「いつ？」

「二月になったらすぐ」

「もうあと何日もないじゃないか」

「あと一週間したら長崎を離れます」

「行ったまま帰って来んつもり？」

「さあ、子どもが育つまではおらないかんとかもねえ」

「君はどう思う。これはわれわれを引き裂くための策略じゃないか」

つい恒信は言葉が荒くなってしまったが、典子も同じように考えていたようで、

「ええ、私もそう思うとばってん、親の言いつけには逆らえんけん……」

恒信はうなだれた。

典子は家族に見送られて、浦上駅から夜汽車に乗った。恒信は遠くの柱の陰から典子を見送った。

いいことは、ひとつもなかった。

勤めていた三菱製鋼所は突然、人員整理を発表し、全従業員の二十九パーセントにあたる三百六十九人の解雇を断行しようとした。レッドパージである。当然そのなかに労働組合青年部長をつとめる恒信の名前もはいっている。

同志たちとともに恒信は経営者側に解雇反対をつよく迫ったが、会社側は警官隊に出動を要請し、組合員とはげしくぶつかりあった。九月三日、会社側はロックアウトで組合員を締め出し、二十二名の組合員が検挙された。

このとき恒信は実力闘争には参加していない。ところが、青年部長の立場にあったので逮捕された。会社からは解雇された。

拘留先の留置所のなかで、この先どう生きていけばいいのかと、彼は思いをめぐらせた。頭に浮かんでくるのは、典子を見送ったあの夜の光景だった。そして知らず知らずのうちに、歌を口ずさむ。

星はまたたく　夜ふかく
なりわたる　なりわたる
プラットホームの　別れのベルよ
さよなら　さよなら　君いつ帰る

ひとはちりはて　ただひとり
いつまでも　いつまでも
柱に寄りそい　たたずむわたし

さよなら　さよなら　君いつ帰る

昭和二十二年に二葉あき子がうたって大ヒットした『夜のプラットホーム』である。タンゴの調べに乗せたこの歌は、服部良一が作曲し、奥野椰子夫が作詞した昭和十四年公開の映画『東京の女性』の挿入歌で、当時は淡谷のり子が吹き込んだものだった。ところが、出征する兵士を悲しげに見送る女性の姿を連想させるとして、発禁処分にされていた。

恒信はまるでこの歌が自分をうたったものであるかのように思い、三番まで何度もくり返し口ずさんだ。

窓に残した　あのことば
泣かないで　泣かないで
瞼にやきつく　さみしい笑顔
さよなら　さよなら　君いつ帰る

末妹の花江が衣類を運んできてくれる。どうしたものか、その衣類にこっそりと一枚の走り書きがしのばせてあるのを見て、恒信は胸が高鳴った。典子が長崎に帰って来たというのだ。そろそろ「おくんち」がはじまろうとするころだった。

典子は伊東温泉にこのままいるのが、いやになってきていた。そろそろ長崎に帰って結婚でもしたらと、伯母にもすすめられ、自分でも長崎の母に「そろそろ長崎に帰りたい」と手紙を出した。やはり浦上駅での恒信との別れがつらかった。その思いは日に日につのり自分が見送られるほうだったのに、典子もまた『夜のプラットホーム』がラジオから流れてくると、胸がきゅんと締めつけられた。

長崎からも伯母たちが訪ねてきて、帰ろうと言ってくれる。そんなまわりからの助けもあって、「おくんち」がはじまるまえには長崎に帰ろうと、身仕度を整えたのだった。

いっぽう、中尾貫には、恒信が拘留されているあいだに悲しい出来事があった。

母親が死んだのである。

就職も決まらずに、貫は母とふたり、露天商をしていた。肺結核だったのだろう。大量の血を吐いた母を、その日暮らしの貧しさゆえに病院にもつれて行けず、家に横たえて、じっと介抱するしかなかった。母親は貫の手を握りながら逝った。

すさみきった心を抱えて、貫は、東京からよく訪ねてくる叔父の磯本信雄にならって、テキヤをはじめた。「おくんち」の祭りがはじまったときも、諏訪神社の境内に露店を出していた。そこへ偶然、留置所を出たばかりの恒信が通りがかり、久しぶりに顔をあわせた。

恒信は放心したような顔で、イカを焼いている貫を見た。

「おい、貫」

ギョッとして貫は顔をあげる。

「おまえ、いつ出てきた」

「一週間ばかりまえかな」

「母ちゃんが死んだとさ。聞いたか」

「ああ」

と、恒信は目蓋を伏せた。

「おまえんこつ、最後まで心配しよったぞ」

「なんにもしてやれんかったのう。すまんことしたのう」

「典子ちゃんが帰って来とうぜ」

「うん、聞いとる」

「おくんちに出て来とりゃせんかな。どっかそこらへんにおるとやなかかい。どうせ、さがしに来たとやろうもん。さあ、行ってこい」

そう言って貫は、焼きたてのイカを恒信に突き出して、笑う。

「おいの奢りや。食え」

「就職はどうなった」

「どこも採ってくれんさ。この姿見りゃわかろう。さあ、行ってこい」

境内にあがってみると、奉納踊りが盛大にひらかれていた。龍船、唐人船、御座船をつぎつぎと担いでねりまわる氏子たち。龍踊り、鯨の潮吹き、太鼓山《コッコデショ》、阿蘭陀《オランダ》万才といった鳴りものいりの踊りがくりひろげられるなかを、恒信は典子の姿をさがしまわった。

でもこの「おくんち」は、浦上町の者にとっては、縁遠い「長崎」の祭りなのである。寛永一一年（一六三四）に遊女たちが神前に謡曲を奉納したことが起こりとされているが、もともとはキリシタン鎮圧のためにはじめられたと伝えられる。浦上町の先祖はそのころキリシタン弾圧の手先としてキリシタンに深い恨みを買った。諏訪神社の氏子にもなれず、この世ともあの世ともつかぬ、ある真空地帯に暮らす下賤の身分にあって、「おくんち」などという絢爛たるこの祭りにも参加できずにきた。

桟敷席のなかに典子の姿はなかった。石段のわきにも注意深く目をやったが、見あたらない。しかたなく境内を出ようとして、貫の露店に寄ろうとしてみると、着物姿の典子を見つけた。母親と一緒に来ていた。

少し離れたところからうしろ姿を見ていると、貫に気づかれて、手招きされた。典子がふり返って恒信を見た。つられて母親も恒信を見た。

彼は逃げ出したくなった。貫に大声で呼ばれて、バツがわるそうに近づいていくと、

「やあどうも」

などと、学生みたいに、ぺこりと頭を下げてみせた。

母親はなにもかも知っていた。逮捕拘留されて、いまは家でぶらぶらしていること。姉の絹江の夫から靴の修繕を教わっていること。なんの定職にも就けぬありさまなので、典子を嫁にやるわけにはいかないと、実際に口に出したわけではないが、母親はそのような顔つきで恒信を見て、典子の手をひいて帰ってしまった。

わるさをして見つかった子どものような目で、貫がこちらを見ていた。ばかやろうと言ってやりたくなった。

戦災住宅のわきに絹江の夫は小さな店を出していた。そこで恒信は靴の修繕を教わりはじめていたが、手先が不器用なためにいっこうに上達しなかった。この仕事をやっていくしかないと思いさだめてはいる。でも、どうしてもやる気がわいてこない。このままでは典子を嫁にもらえやしない。そう思えば思うほど、恋慕の情とあせりがつのってくる。

秋が過ぎ、冬の寒さがしのび寄ってきた十二月初め、貫が岩川町の家にやって来て、自分は教師になる、と恒信に告げた。

「上海中学時代の同級生が心配してくれて、市役所の学事課長ばつとめとんなさる恩師に話を勝手につけてくれたとさ。いま会いに行ってきたら、来年四月から五島の中学校の教員になんなさいと書類ば書かされて……」

「へえ、五島の?」と、恒信はおどろいて貫を見た。

「ばってん、だいじょうぶかい。教員の世界は差別のきびしかて聞いとうぜ」

「五島は、それはなかろうたい。おいが行くのは隠れキリシタンの村の中学校さ」

恒信は、またおどろいて見る。

「教師はやりとうなかったばってんが、このままテキヤをやっとったって、あとでかならず後悔すると先生に言われてなあ。まあ一、二年ばかり勤めたら先生にも友人にも義理が果たせるやろう。そしたらまた長崎に帰って来るさ」

ところで、おまえはどうするのだ、と訊かれた恒信は、しばらく靴屋の見習いをするしかないが、製鋼所時代の仲間がいるから労働運動はやっていく、と言った。

貫はそれからまもなく叔父の磯本信雄と一緒に恒信を典子の家につれて行き、結婚の許しを求めたが、やはりけんもほろろに断わられた。

しかしその後も粘りづよく恒信を支援する人びとが交渉を重ねるうち、典子の親は反対は反対だったが、しかたなく折れるかっこうで、ふたりの結婚を認めた。

式は身内だけで、昭和二十七年一月二十七日に、典子の実家ですませた。恒信は典子の実家の下駄屋の隣りに靴修理の店を出してもらった。そちらのほうは弟の靖幸にまかせて、自分は市役所の失業対策で紹介された道路工事の現場にでて人夫をした。

四

中尾貫は幸運に恵まれていた。

大波止《おおはと》の酒屋に勤めていた上海中学時代の友人が、彼の荒んだ暮らしぶりを案じて、内緒で市の学事課長をしている上海中学時代の恩師に就職の相談をしてくれていた。

母親に死なれて四カ月目にはいった昭和二十五年十二月はじめ、その恩師から突然連絡をうけた彼は、築町市場の二階にある学事課へ出向いてみると、恩師は酒屋勤めの教え子の名前を出して、

「あいつが君のことを心配しておる。このままいまの生活をつづけたら、かならず後悔するぞ」

と、ひと綴《つづ》りの紙を出して、

「この書類を書いて、中学の教師になれ」

と言う。しかも、

「自分の従兄が校長をしているから、五島の中学校に行け」

と言う。

正直言って、教員をするのは面倒くさく、任地が離島の五島ということだから断わりたかったが、恩師と友人の心遣いをすげなくするわけにもいかなくて、まあ一年か二年勤めたら義理は果たせるだろうと考えて、支度にとりかかった。

理科と数学の教師として五島に赴任したのは、昭和二十六年四月。親兄弟、祖父母の位牌と身のまわりの品を、引き揚げのとき父親が使ったリュックサックに詰めて、船に乗った。

それから九年間を五島で過ごし、退職まであわせて三十六年間を教員として過ごすことになろうとは、彼自身、思ってもみなかった。

町は良港に恵まれ、活気にあふれていた。イワシ、アジ、サバなどの青魚がよく獲れ、アワビ、ウニ、伊勢エビなど磯のものも豊富であった。

新任校は、全校生徒が二百五十人くらいの、五島では中規模の中学で、そのなかに四十人くらいの生徒が町から四、五キロ離れた三カ所の里から通ってきていた。

彼らの身なりは、とても貧しかった。漁で潤っている町の子らは良さそうな衣服を着て、桐の下駄まで履いているのに、その子らは継ぎはぎだらけのモンペに、綿がはみ出したドンザを着て、藁草履をはいている。

家の手伝いをさせられるからか、学校を休む子が多かった。授業中もほとんど声がない。休み時間になると運動場の隅っこに同じ里の子らとかたまって、小さく過ごしている。弁当は麦とカンコロ（サツマイモを薄く切って天日干ししたもの）が主で、おかずは大抵いつも漬け物のみ。

貫は子どものころの浦上町の生活を思い出した。

この子らは、あのころの自分たちのように差別をうけているのかもしれない。いや、もっとひどい差別をうけているのかもしれない……。

彼らが隠れキリシタンの末裔だと知って、貫は五月になるとすぐに校長に相談した。

「私をあの子たちの里に住まわせてもらえませんか。学校に来ない子もおりますし、あっちに住んで、子どもらの勉強をみてやりたいんですが」

不思議な存在を見るような目で、校長は彼を見る。これまで隠れキリシタンの里に住みたいだなんて言う者は、ひとりもいなかったからである。

校長は、それはいいことだと言って、許可してくれた。

里は入り江にあった。山が海岸線まで迫っている。平地がとぼしい。とはいえ、山は花と新緑の盛りを迎えて光り輝いており、海はどこまでも青く澄みわたっていた。白い砂浜に打ち寄せる波頭が幾重にも折り重なって、貫はこれまでの苦しかった思い出が洗い落とされていくような気がした。

三つある里のなかでいちばん大きなこの里は、戸数四十二。小学生と中学生があわせて四十二名。教師なんてこれまで一度も住んでくれたことがないと、貫は大歓迎をうけた。公民館がわりに使われていた一軒家に、六畳の居間と三畳の台所をしつらえてくれた。

気楽なひとり暮らしだ。里には電気もなく、水道もないので、夜はランプを灯し、水は川へ汲みに行く。炊事の燃料は、山へ採りに行く。

土地の言葉でビャーラと呼ぶ薪を採りに行くときは、いつも中学生の子どもらが大勢ついて案内役をつとめてくれた。魚獲りも子どもらと一緒なら、ミナ（貝）獲りも一緒。一緒というより、子どものほうが彼をどこへでもつれて行こうとし、自然のなかで生きていく知恵と技術を教えてくれる。

自給自足が基本の生活。でも、里の者たちが畑でつくっている大根や玉ねぎ、唐芋などをもってきてくれるので、ひとり暮らしには充分すぎる生活ができる。

ひとつだけ不思議なことがあった。海が近くにあるのに、里の者たちは海に出て漁をすることがない。

学校へも子どもらと一緒に通い、夜には自分の家に子どもらを集め、むかしの寺子屋のように勉強を教えた。毎晩交代で中学三年の男子が泊まりがけで来るようになった。彼らは家のこと、仕事のこと、将来のことなどを相談するようになり、年が改まるたびにまた新しい子らが毎晩交代で泊まりにきて、学校ではあまり見られない生きいきとした姿に、貫はすっかり魅せられてしまった。勉強のやりかたがわかってくると、彼らの顔も変わってくる。

子どもらが集まるのは、学校の勉強のためだけではない。貫はときどき彼らが家のなかで祈りを捧げている姿を見ることがあった。こうして町から離れた入り江の里で〝隠れ〟の信仰をつづけてきたのだな、と思い、彼らの心を知ろうとして自分も聖書を読みはじめた。そうして、こんどは自分のほうが聖書について知りたくなり、教えてもらう時間を設けた。

子どもらが手にもってくるのは、ぼろぼろになった新約聖書である。声をあげて一節を読みはじめると、その声はふだんと違って、音楽のように聞こえた。学校に来ていない子どもらも、文字の読みかたを教えたせいで、読めるようになっていった。

浦上町では年寄りたちが「クロシュウ」とキリシタンのことを呼んでいた。子ども心に彼は軽蔑のにおいを感じていた。これは「黒門宗」の略で、江戸時代から使われていた。語源は不明ながら、少なくとも近世になってキリシタンへの蔑称として使われる場合が多かった。

後年、国書刊行会から出た浦川和三郎の『五島キリシタン史』（一九七三）を読んで貫は知るのだが、五島のキリシタン弾圧も、浦上キリシタンのそれに勝るとも劣らぬすさまじいものだった。

それによると、五島のキリシタンは江戸時代初期の弾圧でいったん壊滅し、その後、寛政九年（一七九七）以降、新たに大村藩の彼杵《そのぎ》半島から移住してきた人びとで構成されたという。すでに隠れキリシタンとなっていた彼らは、当然、先住者の住む町には住めず、人里離れたところでほそぼそと農地をひらいた。

『五島キリシタン史』には、長崎図書館所蔵の、長崎県が明治二年六月に外務省に提出した文書中のつぎのような報告が引用されており、キリシタンにたいする一般世間の視線が部落差別に近いものであったことを伝えている。

其徒（キリシタンのこと・引用者注）は、元来、彼地（五島のこと・同）人員寡少にて、諸国より渡来者を止め置き、山野開拓の為め小屋を建て、農具を与え、其地に居らしめ、墾畑、開畠を致させ候者を居着者《いつきもの》と唱え、諸国の所謂入百姓の類にて、従来の国人等は大に此徒を卑しめ、縁組は勿論、神木をも結ばず、別種のものの如く取扱われ候。

五島の先住者たちは、新しくやって来たキリシタンたちを「居着者」と呼び、卑しい者として蔑視し、縁を結ぶのはもちろん、親しくつきあうことも避けて、まったく別の生きものとして取り扱った、というのである。また同書は、五島キリシタンは山に隠れて農業を営んできたので、海に出ることを許されなかったと述べ、「実際、ひじき、わかめ、その他の海藻類は、近年まで之を対等に採取するを許されなかった。久賀島《ひさかじま》の如きは、今日でも対等の権利を享有して居ないとか云う話であるのに委ねられるのであった。鯛ノ浦では郷民が三日間採取した残りだけが、ようやく彼等の手る」と、しるしている。

あの人たちは、海で漁をする権利を認められていなかったのだ、と後年貫は思い、まるで自分たちと同じではないか、とあらためて考え込むことになる。そうして、明治元年九月からはじまる五島藩によるキリシタンへの弾圧行為――「五島崩れ」と呼ばれる――を知って、あの人たちのほうがとてつもない被害をうけている、あの里の子どもらは五島崩れの生き残りの子孫だったのかと、目頭が熱くなった。

弾圧には先住者の多数も加わって、リンチ、拷問、殺害がおこなわれ、土地、家屋、場合によっては墓地までとりあげて、放火したりした。久賀島では二百人の信徒がわずか六坪の牢に八カ月間も閉じ込められ、四十人以上が死亡するという事件が起こっている。
大村から移住したころは信仰だけはまだ伸びやかに許されていたようだが、しかし海にも出られず、山あいの悪場を切りひらくしかなかった。非業の暮らしに耐えられず、平戸に逃げていく者も多数いたという。それで平戸では、こんな俗謡が生まれた。

五島極楽
行てみりゃ地獄
二度と行くまい
五島が島

貫が暮らしはじめたとき小学一年生だった子が、中学生になり、それから三年生になって、卒業していった。五島を去るとき、里の人びとはみな涙で見送った。むろん彼らのだれも、貫が浦上部落の出身であることは知らなかった。

五

いまでは平戸は、九州本土の最西端に位置する都市である。かつては平戸藩松浦氏の城下町で、徳川の鎖国までは、中国、オランダ、ポルトガル、イギリスなどの商館が建ちならぶ国際貿易都市であった。

なんということもない島でしかなかった平戸は、天文十九年（一五五〇）、松浦氏が南蛮貿易を開始して以来、ポルトガル船がまず入港、同年九月にはフランシスコ・ザビエルがやって来て、キリスト教の布教をはじめた。

そしてポルトガル船の貿易港が大村藩の横瀬浦にかわると、こんどはオランダ、イギリスが商館をつくり、イギリス商館長のリチャード・コックスが日本ではじめてサツマイモの栽培をはじめるなどして、平戸は栄えた。徳川家康の外国指南役であった三浦按針（ウィリアム・アダムス）が流れながれて死んだのも平戸である。

しかし、徳川の閉国政策によってイギリス商館閉鎖。つづいてオランダ商館が長崎の出島に移されると、平戸での南蛮貿易は幕を閉じた。

五島から十年ぶりに長崎にもどって来た貫は、長崎市立淵中学校で教鞭をとることになった。淵中学校は、いまでは緑町と名前が変わってしまった彼の生まれ故郷、浦上町からも生徒たちが通ってきていた。

もとの家はほかの家と同じように原爆で焼失し、借家だったので地主にとられてしまい、もどる場所がなかった。教職員住宅で暮らしはじめた貫は、ときどき図書館へ行って、五島の歴史を調べているようと、平戸の歴史も調べるようになり、八月九日に旧浦上町民でつくっている郷土親興会の集まりに出てみたところ、親戚筋から、自分たちの祖先はもともと平戸だったと教えられ、なるほど平戸で皮屋をやっていたのが、鎖国になって、商売をするために長崎に移ってきたのかと知った。貫は平戸に行ってみた。古い寺があり、そこの古文書から、関西の丹波地方から平戸に渡って来ていることがわかった。もともとの名字が違っている。では、中尾という姓はどうしたのだろうか、と思っていると、地元の歴史家が古文書を指して、

「徳川末期の安政年間に、丹波篠山《ささやま》で藩主をされておったんですね」

と言う。

「藩主を?」

びっくりして、貫は歴史家の顔を見た。

「ええ。丹波篠山で一揆があって、その責任をとらされて追放されたんじゃないですかな」

貫は古文書を凝視しながら、

「この中尾ユサブロウというのは、藩主と書いてありますね」

「はい。丹波篠山の藩主として生まれる、とありますね」

「この人は、私の曽祖父です」

「ほお……」

「私の父の祖父ですよ」

「なんとまあ」

歴史家には告げなかったが、貫は不思議でならなかった。もとが藩主なら、どういう経緯でエタ身分になったのだろうか――。

墓地を歩いてみると、平戸に来た曽祖父とゆかりのある名の墓が四十基ほどもあった。いまでも墓守をしてくれているという、二軒だけ残っている家を訪ねてみたが、古い話なのでなにもわからないと家人は言った。

追放されてはるばる平戸に来ても、きびしい監視のもとにおかれていたんじゃないだろうか、と貫は思った。それに殿様だけが追放されたわけじゃないだろう。家臣や一揆に加わった民百姓、そしてカワタ集団まで一緒に追放されたんじゃないだろうか。

安政年間といったら、南蛮貿易で潤っていた平戸の栄華は遠い過去のことだ。曽祖父が追放されたときの平戸は、いってみれば九州の西の果ての辺境ではなかったか。身を隠すのにはよかったかもしれないが……。

その後、篠山藩の歴史を調べてみると、篠山藩に中尾という藩主は存在しなかった。安政年間の藩主は青山家であり、幕末まで青山家が藩主として君臨している。したがってユサブロウが藩主であろうはずがない。ユサブロウは青山家に生まれたのかもしれないが、一揆勢に加担した廉《かど》で放逐されたということか？

恒信の先祖も、もとをたどれば平戸の出だ。貫の母親と恒信の父親がきょうだいだ。

長崎にもどって来て、恒信ともよく会うようになった。

長崎地区労の専従となってからの恒信は、貫が見ていても、読書量がものすごく増えた。思案橋にくりだして酒を飲んでいると、むかしのいじめられっ子が嘘のように、よく通る太い声でさまざまな知識や経験を語るのだった。

まだ恒信が結婚するまえ、典子とふたりで写真館で撮った写真を、「これをもっててくれ」と言って、渡してくれたことがある。それをたずさえて貫は五島に行き、いまも大切にしまっていたが、ときどきとり出して眺めてみると、スーツ姿の恒信と晴れ着姿の典子とがいかにも結婚を誓いあった若い男女らしく、少し緊張して、凛々しい感じである。

典子さんの親に反対されていたんだったな、と貫は思い出す。きっと恒信が写真をくれたのは、万が一結婚できなくても、こうして自分と典子とは結婚を誓いあった仲なのだという事実を、友人の自分にだけは知っておいてほしいと考えたからだろう。

ふたりで会うことも多かったが、テキヤをしている叔父の信雄が恒信をつれて押しかけてくることも、たびたびある。東京に所帯をもっているが、流れ者の身にまかせて宮崎の都城《みやこのじょう》で別の女と同棲していた。おくんち祭りなどがあるたびに長崎に来て、露台に商品をひろげて売る。来ればかならず恒信と貫に声をかけ、三人で酒を飲みたがる。彼にしてみれば、恒信が長崎地区労の書記長になったことや、貫が教師として働いていることがうれしくて、誇りなのだ。全九州の大会で恒信が講演をすると聞けば、商売そっちのけでわざわざ都城から駆けつけて、ときに涙を流して聞いた。

貫は叔父のうれしそうな顔を見ながら、恒信よ、それはほんとうなのかと、頭のなかをぐらぐらさせて、ある話を聞いたことがある。

それは青島学院時代のことで、中国共産党の八路軍に加わり、抗日戦争に参加し、足を撃たれて、日本に送り還されたという話だ。あの弱虫の恒信が、と思うと、にわかには信じられなかったが、左の太腿に銃創らしき傷痕があるのを見せられて、そうだったのかと思うようになった。でも時がたつうちに、あやしさがぶり返してくる。

この話を恒信が公然と語ったり書いたりするようになったのは、ずっと後年になってからだ。貫がどうしても疑ってしまうのは、それに被爆体験までが加わってきたからだ。

昭和二十一年七月に恒信が中国から帰って来たことを知っている者としては、恒信が原爆投下の日に長崎にいて憲兵隊本部から抜け出したと語りはじめたことに、せつなさと悲しみをおぼえた。そして、「昭和二十年春に強制送還された」と恒信が語り出すに及んで、それなら真実の帰還までの一年と数カ月、どこでなにをしていたのか、と戸惑いをおぼえた。

ともあれ、三人の酒席は、このような話で盛りあがった。叔父の信雄は粗雑で乱暴な男ではあったが、同じ部落で生まれた年下のふたりを可愛がり、わずか二年ほどで終わってしまった水平社時代のエピソードを話したりして、おまえたちも長崎に解放同盟の組織をつくれ、とハッパをかけていた。

淵中学で貫が受けもったのは、二年生のクラスであった。上海時代、恩師から贈られた島崎藤村の『破戒』を読んでいた彼は、主人公の部落出身教師のはげしい懊悩の姿が自分に重なって、外に向かってはほがらかに笑っていても、内心はつらかった。

春の家庭訪問がはじまろうとしていたある日、職員室で同僚教師がつぶやくように、

「緑町は、むかしエタがおったとこやないか。いまもおるけん、気をつけんば」

と、隣りで言ったとき、貫はいきなりその教員の腕をつかみ、中庭につれ出した。

「いま、あんた、なんて言うた」

「はい？」

「いま言うたこつを、もういっぺん言うてみろ」

「緑町は……と」

「おいはな、いまあんたが言うた緑町の生まれたい。むかしは浦上町って言うたったい。あんたとおいのどこが、どう違うとるかい」

貫は声荒く問いただした。

柔道の有段者。五島で九年間、子どもらと野山を走りまわってきたので、筋骨隆々としている。

相手はなにもこたえられず、真っ青になって震えていた。これが昭和三十五年春のことだった。

貫の生まれてはじめての、ささやかではあるが、「部落民宣言」である。

翌年、クラスはそのまま持ちあがりになるので、吊るしあげた教師のクラスにいる部落出身の男子生徒ひとりと女子生徒ひとりを、自分のクラスにいれてもらった。

差別に負けないで頑張れ、と貫が一方的に励ますのではなく、たがいに励ましあって、一年間を過ごした。

十年後、貫は江平中学校に移った。そこの同僚で教務主任をしている山口恒というカトリック教徒の教師と話していたら、貫の出自を知っている山口が、

「僕は小さいころ、浦上町の近くの農家で育ったんですが、古い人から、浦上のエタの人たちからだいぶいじめられたと聞いて育ったもので、どうしても浦上の人たちに心を許せないところがあるんです」

と、抗議するふうもなく、おだやかな口調で言った。

「たしかに部落のなかには十手を預かって、カトリック信徒を捕まえる者がおったそうですな。そういう話は聞いとります」

と、中尾は言葉を継いだ。

「信徒の人たちからすれば、何十年、何百年たっても、たとえいま住んどる者の血が、むかし暴虐をふるった人たちの血をまったく受け継いでおらん別の血だとしても、浦上出身の部落の者はひどか連中だ、ということになるんでしょうね」

「僕たちは〝クロシュウ〟と呼ばれとったんですよ。先生たちは〝エタ〟と呼ばれたかもしれん

ばってん、僕たちは〝クロシュウ〟と呼ばれて、すさまじい差別をうけとりました」

なんとかしてこの溝を埋めなければ、と貫は思ったが、どうすればよいのかわからなかった。ただ、このようには思うのだ。おたがいにこんなふうに、ざっくばらんに話せる場所があったらいいのにな、と。

第四章　破　戒

――私がそこの出身なんだ。

おいが、その部落民なんだ。

一

昭和四十一年、磯本恒信は長崎地区労働組合の書記長になった。

長崎地区労は九州でも二番目に大きな組織で、恒信はその中枢にいて、労働運動と原水爆禁止運動の指導にあたった。

そのつてで市会議員の江口利作の選挙の手伝いをし、その後国会議員の木原津与志の秘書となって、典子とふたりで東京で暮らすことになった。

選挙運動では地元にもどり、票田を掘り起こすために県内の選挙区を隈なくまわった。そのなかに被差別部落もあったが、彼は自分が同じ出身であることをだれにも打ち明けずにいた。けっして自分の生まれを人に言ってはならないという母の戒めの言葉が胸にあるからだ。それだけではなしに、自分でも出自を他人に明かすことへのためらいがあった。

ときどき福岡の松本治一郎のもとを訪ね、上杉佐一郎《うえすぎさいちろう》ら中堅の解放運動家と酒を飲み、語りあうことがあった。彼らは「松本学校」と呼んでいた。上杉らが語るこれからの解放運動の展望を聞くたびに、彼は羨ましく思った。そして、悔しいとも思った。彼らは同和対策事業法なるものを国に認めさせようと動きだしていた。

「この法律ができれば、部落差別の原因のひとつである貧しく不衛生なムラの状態も変わる。子どもらには、勉強ができるように教科書の無料配布を実現させて、進学率を高めようと思う」

こうした考えは、総理府内に設けられた同和対策審議会ですでに話し合われていた。答申もそろそろ出るのではないかということだった。

話を聞くたびに恒信は、長崎に解放運動の組織がないさびしさを感じた。同和対策事業の実施地区として認めてもらうためには、そこが同和地区として国から認定されなければならない。そのため各都道府県では、実態調査がすすめられていた。調査をしてもらうには、まず自分たちの住んでいる土地が、むかしから差別をうけてきた地区であることを訴え出なければならない。

でも、みずから、すすんでそのようなことをする地区は、解放運動が盛んでオルグの要員も充実している地域に限られた。いままでせっかく隠してきたのに、寝た子を起こすような真似をしないでほしいというのが、ひっそりと生きてきた大方の部落の人びとの考えかたであった。

長崎県内では、もっとも大きい世帯を抱えていたのが浦上部落だったが、そこは原爆で吹きとばされ、この世から消え失せてしまったようなありさまだ。

「イソやん、あんたがオルグしてまわるべきだ」

と、恒信は、上杉佐一郎からも、ときたま顔をあわせる松本治一郎からもつよく言われたが、いまさら自分が部落民であることを世間に知られるのがいやで、ずっとだんまりを通している。解放運動への取り組みのきっかけを失ったまま、恒信が打ち込んだのが原水禁運動だった。

もともと靴職人をしていた時代に、近くの城山小学校に「原爆学級」ができたのが、原水禁運動をはじめるきっかけであった。原爆学級とは、被爆時に母胎内にあった子どもや、その直前に生まれた子どもを集めてつくられたもので、彼はこの原爆学級の子どもたちを中心に「城山平和の子供会」をつくり、折り鶴運動をはじめた。

子どもらの心の支えが必要だと彼は思った。それで平和への祈りを折り鶴にこめてつくらせてみようと、デパートの包装紙、たばこの銀紙、新聞紙などをもって来させて鶴を折らせ、原爆症に苦しむ人びとのもとへ届けた。

ある暑い日、彼は子どもたちをつれて長崎原爆病院に入院患者を見舞った。千羽鶴をかかえ、病室にはいって行こうとしたところ、なかから白い棺が出てきた。子どもらの顔が一瞬蒼ざめたのを彼は見たが、促して、千羽鶴を棺の上にかけさせ、黙禱した。

幼い子どもらが、はじめて見る現実。原爆の恐ろしさが身にしみたことだろう、と彼は思い、大量破壊兵器を発明した人類がこれから起こす戦争は広島、長崎の被害の何倍もの大きさになるだろう、二度と戦争を起こさせてはならない、と子どもらに教えた。

折り鶴募金が開始され、街頭で子どもたちは熱心に道行く人たちに平和を訴えるようになった。

このような子ども会は市全域にひろがり、「長崎平和の折り鶴会」という大きな集まりに発展した。やがて被爆者支援の折り鶴運動は全国的に知られるようになり、被爆二十周年原水禁世界大会長崎総会で「平和を祈る子の像」の建立を支援することが決まった。
彼は像の台座に刻もうと「原子雲の下で」という詩を書いた。

原子雲の下で
　母さんにすがって泣いた
　ナガサキの子供の悲しみを
　二度と、くり返さないように
　大砲の音が
　二度と鳴りひびかないように
　世界の子供のうえにいつも
　明るい太陽が輝いていますように

長崎市松山町の原爆投下中心点の公園に行くと、折り鶴を手にしたおかっぱ頭の少女の二・五メートルの像が建ち、いまも花や折り鶴を供える人が絶えない。その台座に、この詩が刻まれている。

部落解放運動への取り組みから逃げている彼は、原水禁運動や平和運動を指導するなかで、つぎのように考えていった。

あらゆる差別の集大成が戦争である。戦争とは最大の差別であろう。ならば自分がしている原水禁や平和運動はあらゆる差別からの解放運動なのである。平和を守り、闘いとることは、立派な解放運動であるはずだ……と。

ところが、逃げられなくなった。少女の像が建ってしばらくして、自分の出自を直視せざるを得ない事件が起こったのだ。

朝日新聞社会部記者・宮田昭《みやたあきら》は、昭和四十六年九月一日、小倉支局から長崎支局に移ってきた。小倉時代には福岡の松本家や解放同盟の県連本部に通いつめ、松本治一郎の伝記を八十九回にわたって連載した。すでに治一郎は同和対策審議会答申が出された翌年にこの世を去っており、伝説的指導者を失った同盟には喪に服したような時間がしばらく流れたが、答申を受けて成立した同和対策事業特別措置法の運用がはじまると、にわかに活気づいていった。

松本治一郎は、事業面だけを特化したこの法案に反対していた。

「事業法なんて、いらん。利権化を促して、やがて解放運動を堕落させる。実際、もうわしのところにも自分を協議会長にしてくれと言ってくる者がおる。基本法ひとつあれば、それで充分じゃないか」

基本法とは部落解放基本法のことだったが、これは理念法の性格がつよく、部落の衛生・環境問題や子どもらの就学問題を解決に導くためには、どうしても事業法が必要だと訴える上杉佐一郎らに、治一郎が折れるかっこうで見送られた。

事業法は十年間の時限立法で、これに理念法である基本法を抱きあわせることは理屈にあわなかった。しかし部落差別を禁ずるこの基本法の制定は、「部落解放の父」と全国の部落民以外からも慕われた治一郎の悲願であり、それが成されぬまま死を迎えたことは、治一郎の晩年に暗い影を落とした。

宮田昭は部落外の人間であるが、治一郎という人物に共感というか尊敬の念をいだいており、治一郎を支える上杉らにも同様に共感をいだいていた。

「長崎には、磯本恒信という人物がおる。われわれと同じ部落の人間なんだが、出身を隠している。長崎地区労の書記長をつとめておって、長崎労働運動界のボスだ。この男を揺り動かしてくれないか」

と、上杉に頼まれた宮田は、赴任するとすぐに地区労会館に挨拶に行った。地区労会館は支局のそばにあって、恒信と親しくなった宮田は思案橋で酒を酌み交わすようになった。

宮田の目に、大きな体をした恒信は輝かしく映った。長崎といえば原爆問題があるし、平和運動の先頭には恒信が立っているし、九州でも指折りの労働運動のリーダーとして、マスコミ関係者のあいだで彼を知らぬ者はなかった。

治一郎伝の連載を担当した記者ということで、恒信も宮田に心をひらいたようだった。上杉佐一郎ら松本学校の人間たちとも親しく交わってきたということで、酒の席でも話題は長崎の部落問題におよび、恒信は自分が浦上の出身者であることを語るようになった。

同和対策事業特別措置法の成立時、長崎県当局は県内に被差別部落はないとする報告を国にあげている。県内最大の浦上部落は消滅してしまったし、島原や平戸にある部落も、いまさら自分たちの素性を明かしてわざわざ差別の目にさらされるのはいやだとの考えから、同和地区指定をうけようとしなかった、と恒信は言った。

宮田は、なにか割りきれない思いがした。この労働運動のリーダーが部落差別の問題でも動きだしてくれたら、どんなにか盛りあがるだろうに、と思うようになった。

長崎市は開港四百年を迎えて、記念行事などで賑わっていた。社会部記者としてこの方面の取材をしてみようと、赴任から二カ月ほどして宮田は長崎観光資料館十六番館に行ってみた。

土産物コーナーであれこれと物色していると、「えっ」と声が洩れそうになった。

壁に貼られている開港記念の古地図には、むかしの町名や地名が細かくしるされていた。浦上方面に目をやると「穢多村」「非人村」とあからさまにしるしてあるではないか。

不特定多数の人びとに、その場所を特定して教えている。それを売り物にしている。これは長崎市が出している差別古地図ではないか、と宮田は怒りで胸が震えた。

恒信は知っているのだろうか、と彼は思い、おさまらぬ怒りにまかせてその足で地区労会館へ行

き、古地図をひろげて見せながら、

「こんなものが十六番館で売られとるんですよ。磯本さん、知ってるんですか」

と言った。

恒信は黙っている。

いつまでも声を出さない恒信に、業を煮やしたように宮田は、少々荒っぽい声で言った。

「浦上の部落が特定されているんですよ。まだここに住んでいる人もおるとでしょう？　エタを商品にしていいんですか、長崎は。土産物として全国にばらまくのを許していいんですか。長崎地区労の書記長の磯本さん、どうなんですか」

深刻な顔で黙り込んでいる恒信を見て、まさか古地図の存在を知っていながら黙認していたのではないだろうなと、それまで考えていた宮田は、いや違う、この男はたったいま知ったのだ、と思った。

「このまま市販をつづけさせていいんですか。磯本さん、どうなんですか」

「ふう」

と、恒信は息を吐き出して、

「この状態のまま市販をつづけさせるのはいかんだろう。ただちに市側に抗議しなければならんだろう」

と、やっと言った。

宮田は、この古地図が長崎市開港四百年を記念して出版された『長崎の歴史』と『長崎図録』という本にも使われていることを伝えた。

「江戸時代の享和二年の木版画が原画ということなんですがね。これを長崎市は『長崎の歴史』の表紙に使い、『長崎図録』では折り込みの地図として使っているんです。去年の十月と十一月に二千部ずつ刷って、売り切れているそうですよ。これ以上市販させるのは、やはり問題ですよ」

すでに恒信にはなにが問題なのかわかっているが、はたして地区労や社会党長崎総支部として抗議するのみで市を動かすことができるのかと考え込んでいた。

市は、長崎に部落はない、浦上部落は原爆で消滅しており、古地図の記載はあくまでも歴史的資料としての位置づけにすぎない、と主張するに決まっている。

しかし現実には、少数ながら浦上に部落民は残っている。市販を中止させるには、自分がその出身者であることを宣言しなければならなくなるのではないだろうか、と彼は悩みはじめた。

二

「明日にでも市役所に行ってみよう。古地図の市販だけは、ただちにやめさせなければ……」

と、恒信は言った。

「私も同行させてもらってよろしいでしょうか」

「記事にする気かい？」

「市長室にも同じ古地図が貼ってありましたよ。こっちのほうは『穢多村』『非人村』は伏せ字になってましたがね。ということは、地図の差別性を市当局も認識しているということじゃないですか。認識したうえで市販しているということだと思いますよ」

「そういうことやろうな」

「悪質な感じがしますね。いきなり行ってみたほうがいいかもしれませんね」

「うん？」

「事前に連絡したら、地図が取っ払われる可能性がある」

「そうかもわからんな……。まあ、とにかく明日行って、市販だけはやめてもらわんと……」

恒信の言いかたは、歯切れがわるかった。

彼はときどき浦上に行っていた。浦上では離散を余儀なくされた人びとに梅本光男が中心となって呼びかけをし、共同墓地を守っていくために「長崎郷土親興会」という集まりがつくられていた。そこに顔を出していたのだ。

あちこちに散らばった人びとは、八月九日になると思いおもいにもどって来て、原爆で吹きとばされた先祖の墓を元通りにもどしたり、一家全滅した人の墓をきれいにしてやったりしていた。梅本は墓地でそうした人たちと会うたびに連絡先を聞いて、名簿をつくっていた。

「みんな命日が一緒やけんが、せめて慰霊碑なり建てて供養してやりたい」

梅本が言うのを聞いて、そのとおりだな、と恒信も思っている。

大阪や東京や福岡に散っている人たちは、八月九日になると「長崎郷土親興会」の一員として集まり、地元に残った者たちと一緒に墓参をし、そのあと食事をしたり酒を酌み交わしたりしながら、被爆後にそれぞれがたどった道のりを語りあうようになった。

すでに昭和二十四年に長崎市は、戦災復興都市計画によって、幅員十メートルの道路を浦上部落の墓地を真っ二つに分断するように建設していた。その結果、墓地は一方の狭くなった土地にひとつにまとめられ、以前の半分ほどに小さくなってしまった。

長崎にも解放同盟があればいいのだが、と幾度思ったかしれない。でも梅本光男をはじめとする年長者たちは、いまさら自分たちの出自を明らかにすることを嫌がっていた。この人たちが動きださなければどうにもならないと、恒信は自分のことは棚にあげて、ほとんどあきらめていた。いや、ほんとうのところは、考えまいとしてきた。

夜になって城山町の家に帰った恒信は、洋裁の仕事をしている妻の典子と、勉強している息子の恒之、それから長女の美佐代を見て、なんだか不機嫌そうな顔になっている自分に気づいて、だめな男だなあと蒲団をさっさと敷き、体を潜り込ませた。

彼はしかし、このときになっても、明日、市にたいしてわざわざ自分の素姓まで言う必要はないのではないかと考えていた。自分は組合員三万人の地区労書記長なのだ。この立場から厳重に抗議するだけで、市はこちらの要求を飲むだろうと。社会党という革新政党に所属し、原水禁運動の中心を担ってきたが、部落差別というものは、そうした革新勢力のなかにも内在していることをよく知っている。出自を公にしてしまったら、地区労書記長を辞めなければならなくなるような事態におちいってしまうのではないか、と保身の思いがある。

いまの家は、六畳一間に三畳が二間、それと一畳分の台所。家賃は二百七十円。昭和二十七年に生まれた美佐代は十九歳、二年後に生まれた長男の恒之は十七歳。美佐代は働きに出ているが、恒之は高校二年生で成績も良く、大学にすすませてやりたいと思っていた。地区労書記長の給料などたかが知れたもので、妻の典子はずっとつづけてきた洋裁の仕事を家のなかでしながら、いまも家計を助けてくれている。いまさら職を失いたくないという思いが、四十二歳の彼にはある。

しかし、それ以上に大きな問題は、子どもたちに出自についてなにも教えていないということだった。父が部落民なら、母がそうでなくとも、部落民ということになる。自分が素姓を明らかにしたりすれば、子どもらは職場や学校でいじめにあうかもしれない。いじめにあってもはね返す力があればいいが、しかしその力とは部落の成り立ちや歴史をまず知ることであり、なにより自分たちの祖父や祖母、そして父である自分自身が、なにを考えどう生きてきたかを伝えるところからはじめられねばならなかった。それをなにひとつ教えていない。

古地図問題は、それそのものが問題なのだ、と彼は寝床のなかで寝返りをうちながら、自分に言い聞かせようとする。なにも自分の話を持ち出すまでもないじゃないか。どう考えたって、こんな古地図の販売は差別じゃないか。常識というものじゃないか……。

翌日――昭和四十六年十一月二十六日――の午後、恒信と宮田は市役所の玄関をくぐった。

「磯本さん、こんなものがありましたよ」

宮田は一枚の折り目のはいった包装紙を鞄からとり出して見せると、

「これ、なんだかわかりますか？」

「なんや、これ……」

やはり古地図である。

「市長が経営しているキャバレーがあるでしょう。そこの一周年記念品の包み紙ですよ」

これには例の村の名前がそのまま載っていた。恒信はさすがにおどろいて、

「こんなとこにも使っとるのか」

と、さすがに怒りがわいてきた。

市長は留守をしていた。市長応接室にはいってみると、宮田が教えたとおりムラの名前を伏せた古地図が壁に貼ってある。総務部長をはじめとする市の幹部三人が対応に出てきた。恒信は名刺を出して、それから問題の古地図をテーブルの上にひろげると、

「これがなんだかわかりますよね。この江戸時代の古地図には、穢多村、非人村と出ている。市はこれを図版にして本に載せておられますな。しかし、これは明らかに未解放部落が長崎のどこに存在したかの特定につながる。ただちに回収して、市販を中止してもらいたい」

隣りに座って聞いている宮田には、いままでどこか打ち沈んでいるように見えた恒信が、人が変

わったように急に迫力を増したので、頼もしく思えてきた。声は太く、大きく、広い市長室の壁いっぱいに響きわたった。

「いやいや、これは江戸時代の地図でありまして、いまはこの地図に出ている村はございませんので……」

と、総務部長は両手をまえで組んで、笑みを浮かべた。

「いくら古い地図だからといって、地図にちゃんと名前が出とうじゃないか。ここに住んどう人たちは、自分たちが未解放部落の人間だと特定されてしまう可能性が出てくるわけでしょう」

「しかし、これはあくまでも江戸時代の地図でありまして、歴史的史料でもあるわけですからね」

「では、この地図にある未解放部落は、いまのどこにあたるのか言ってください」

「……」

「穢多、非人と書かれてある部落、地名、町というのは、いまのどこにあたるんだい?」

「そういう未解放部落というものは、長崎にはございません。そういう地名のところはございません」

そう言って総務部長は、担当者につぎのように語らせた。

すでに同和対策事業特別措置法が施行されて二年たっている。法律の対象地区になっているところは一地区も長崎にはない。これは調査段階で、どこからも同和地区指定をうけようとするところがなかった結果であり、したがって長崎市内には未解放部落は存在しない——。

恒信は自分が解放運動を封印してきたことを、このときほど悔やんだことはない。長崎には未解放部落は存在しないのだから、部落差別についての啓発活動もおこなわれていない。歴史教育もされていない。まだまだ社会が成熟しておらず、高度経済成長に浮かれるばかりで、解放同盟の組織もないのだから、行政はやりたい放題になる。

「いまはもう、このような地名のところはございませんし、未解放部落というものもございません」

総務部長は同じ話をくり返し、古地図の回収にまったく理解をしめそうとしなかった。平行線のまま三時間ばかりが過ぎたとき、しびれを切らして恒信が言った。

「この穢多という地名のところは、むかしの浦上町にあたるのか」

「はい、そうです」

「浦上町の人は、住んでないのか」

「住んでいたのはむかしのことで、未解放部落はありません。原爆でなくなりましたし、いまはそうでない方々が住んでおられます。したがって、部落差別もありません」

宮田には恒信の顔が紅潮してくるのがわかった。

「開港四百年ということで、むかしの古地図を出したわけですから」

と、もうひとりの部長が言うのを聞いて、

「じゃあ、あそこに貼ってある古地図には、どうして村の名前が伏せてあるんですか。ここにはいろんな人が訪ねてくるでしょう。その人たちに見せたらいかんという考えがあるから、伏せ字にしてあるとやないですか」

と、思いあまって宮田が横から声をはさんだ。

幹部たちは、バツのわるそうな顔をして黙り込んでしまった。

恒信は応接室にはいってからというもの、ずっと気になっている人物がいた。それはまた別の部署の部長で、黙って座りつづけていたが、じつは浦上町の隣りの銭座町の出身で、顔見知りだったのである。当然、彼は恒信が浦上町出身であることを知っており、ほかの者たちも知っているに違いない。にもかかわらず知らんふりをしているのは、こんなことを彼らが考えているからではないのか、と恒信は思いはじめていた。

あなたは地区労の書記長ですぞ。そのあなたに、公式の場で自分は部落の出身だと言えますか？言えんでしょう——。

これはもう一方的な被害感情であった。でも、一度そう思いはじめると、彼には幹部たちの冷ややかな態度から、きっとそうに違いないと感じられてしかたなくなってきた。

「部落はない……と？」

「はい、ございません」

「原爆でなくなったと？」

「はい……」

恒信は両手をテーブルにたたきつけ、立ちあがった。

「私がそこの出身なんだ。浦上町の出身者だ。おいが、その部落民なんだ。これでも部落民はいないというのか！」

宮田は、おどろいて恒信を見あげた。市の幹部たちの顔色もすっかり変わっている。

「浦上に部落はいまもあるんだぞ。原爆でみな離散していったというても、四分の三近くの部落民がいまも生活しとるんだ。こんな古地図を売りもんにしたりして、あんたらは人の心の痛みというものがわからんのか！」

応接室の空気は、凍りついた。

市役所を出て恒信と別れた宮田昭は、支局にもどって原稿用紙をひろげた。恒信には断わりをいれていないけれども、今日の出来事を記事にしようと勢い込んでいた。大きな感動が彼を包み込んでいた。これでとうとう長崎に解放運動が生まれるかもしれない、と。

恒信が部落民宣言をするなんて思ってもいなかった。市への抗議と要求があくまでも社会党長崎総支部と長崎地区労のレベルにとどまるなら、記事にするかどうか決めかねていた。ところが、あんなふうに宣言されて、俄然記事にしようと思い、恒信の実名と出自もあわせて書こうと決めたのだ。地区労書記長として抗議に行き、公式の場で述べた以上、許諾を得るのはかえって失礼だろうと思うのだった。

記事は、翌日の朝日新聞朝刊の社会面に大きく載った。

【長崎】長崎市が開港四百年を記念して、江戸時代の古地図を使って出版した『長崎の歴史』と『長崎図録』に、未解放部落に対する差別的な呼び名「エタ」がはっきりと印刷され、市販されていた。社会党長崎総支部と長崎地区労は二十六日午後、市に対し厳重に抗議し、全部の回収を要求した。

問題の古地図は享和二年(一八〇二)の木版画が原画。『長崎の歴史』では表紙に、『長崎図録』では折込みの地図に使い、昨年十、十一月から二千部ずつ市販され、すでに売り切れている。

このほか、年間約三、四十万の観光客が訪れる市内南山手町の長崎観光資料館十六番館に同じ古地図二枚が張られ、市長応接室にも、差別的な呼称の部分に紙を張っただけで同じ地図が掲げてあるのがわかった。

未解放部落出身者の磯本恒信長崎地区労書記長は「原爆被爆で市内の部落は吹飛んだが、生残りは多い。差別的呼び名をはっきり出した地図を使うのはもちろん、紙を張っただけで市長室に掲げる無神経さにあきれる。四十四年に同和対策事業特別措置法ができたが、長崎市はこの法を生かした対策を立てていない」と抗議した。

これに対し、志岐五十郎総務部長は「本を出すとき気づかなかった。応接室の地図も不用意だった。関係各課と協議して回収に努力し、同和対策事業についても早急に検討する」とこたえ、十六番館にはすぐ取除くよう要請した。

部落解放同盟中央本部・谷口修太郎事務局長の話　本はわざわざ部落はここにあります、と宣伝し、差別をひろげたのと同じだ。いまさらどうしてこんな地図を持ち出すのか。また、長崎県と長崎市は同和対策事業特別措置法に基づく予算請求などをしていない。これは部落大衆に対する差別だとわかってほしい。

（昭和四十六年十一月二十七日付）

母の戒めを破った恒信は、ひき返しようのない場所に躍り出てしまった。

三

「お父さん、ちょっと帰って来てくれませんか」

妻の典子から電話がかかってきたのは、午前十一時を過ぎたころ。

「どうした？」

地区労会館の自室で電話をとった恒信は訊き返した。

「恒之が泣きながら学校から帰って来たんですよ。なんだか学校でたいへんなことが起きとるようやけん、お父さん、ぜひ帰って来て話を聞いてやってください」

典子は自分にはどうにもできないというふうに、おろおろと声を震わせている。

もしかしたらこれのことではないか、と恒信は机の上にひろげっぱなしにしている新聞記事を見て、

「わかった。すぐ帰る」

と言った。

家では、どこかへ旅行にでも出かけるようにすっかり身仕度を整えた恒之が卓袱《ちゃぶ》台のわきに正座をして待っていた。泣き腫らした目を力なく落としていたが、父親の姿をとらえたかと思うと、きっと怒りをこめたように見据えて、

「お父さん、お母さん、いままでたいへんお世話になりました。僕はこれからこの家を出て、おばあちゃんのところから学校に通います」

と、立ちあがろうとする。

「まあ、待て。ちゃんと話を聞かせてくれんか。いったい、どうしたとや？」

と、恒信は右手で制しながら言った。

「学校の先生から、廊下ですれ違いざま、こげん言われました。『磯本君、きょうの新聞に、おまえんとこのお父さんのことが載っとったぞ。お父さんは未解放部落の出身げなね』って。いきなりそげん言われて、僕はびっくりしました。なんで新聞に話したと？」

やはりそうだったか、と恒信は黙り込んでしまった。

恒之の顔は紅潮している。

「お父さんは地区労の書記長やけん、自分の力であれこれ言われても耐えきれるかもしれんばってんが、僕はなんも知らんとよ。これから友だちに『おまえは部落の子げなね、エタの子げなね』と言われたときに、どうすりゃよかと？」

「それで家を出て行くとは、どういうことか」

「そういう親とは住めません」

「うちを出て、未解放部落出身の父親とは関係ありませんという顔をして、学校に通おうというのか」

「この家には、もう住めんということです」

「おまえは……」

と、恒信は、息子から自分が差別をうけているような気がして、急に情けなくなってきた。

「自分の親をなんだと思うとっとか。そこまで言うなら、とっとと出て行け」

息子の鞄をひったくるなり、玄関に向かって投げつけた。

恒之は憎しみに燃えた目で父親を睨みつけると、鞄をひろいあげて、出て行った。

「恒之、恒之！」

あとを追いかけようとする典子に、「ほっとけ」と恒信は怒鳴り、地区労会館にもどって行った。

家出といっても可愛いものだ。行き先もわかっているし、学校を辞めると言っているわけでもない。

恒之は長崎北高校の二年生。県内屈指の進学校のなかでも成績はトップクラス、かなりレベルの高い国立大学を志望していた。

頼って行った先の祖母というのは、典子の母親のことで、家業は下駄の販売をしてきたとはいえ、部落民ではない。それで恒信は息子のすることが、まだまだ幼稚で他愛もないことだと思いながら、なんだか自分のしたことも幼稚で親らしくなかったな、と思いはじめた。

「いやあ、息子の鞄ば投げて、出て行けと言うてしもたばい」

と、伝票の整理をしている書記の宮﨑修《みやざきおさむ》に、恒信は愚痴めいて言った。

「今朝の新聞の件ですか？」

と、宮﨑は恐るおそる恒信の顔を見あげた。

「息子にはちゃんと話しとらんやったけんで……。いきなり新聞に出て、それを学校で先生から言われたそうじゃ」

「そら、恒之君もきつかでしょう。で、恒之君はどうしたんですか」

「家出した」

「えっ、家出……」

「というたって、女房のばあさんの家から学校に通うという程度のもんやけんが、まあ、部落民の親父とは縁を切りたいと思いよんのかもしれんばってん……」

宮崎は恒信の生いたちについて、ほとんど知らなかった。新聞を今朝事務所に出てはじめて読んで、そうだったのかと思ったが、恒信はなにも説明しようとしない。

宮崎は、ひょんなことから恒信と知りあい、長崎地区労の書記になった。九カ月ばかりまえのことだ。それまで、自宅のある千々石《ちぢわ》の一平寿司という店で働いていた。もともと家業は「愛国メタル製作所」というホワイトメタルを研究製作する父親がおこした会社で、羽振りがよかった。ホワイトメタルはプロペラのシャフトに使われる合金で、多くの漁船と取り引きがあった。会社の隣りの家を買って人に貸していたので、家賃収入もある。

東京オリンピックが開催された昭和三十九年に大阪商業大学に進学した彼は、そこで経理や簿記を学んだ。卒業して父親の会社にはいり事務の手伝いをはじめたが、三年ほどでだんだん漁船の数が減り、原料の錫《すず》の値段も上昇してきた。会社を縮小しなければやっていけなくなって、従業員に辞めてもらい、父親とふたりだけで細々とつづけることになった。でも、どこからも注文がこなくなり、隣りの家の家賃収入だけで渡世をするようになったとき、

「おまえ、一平寿司の奥さんが体の具合のわるうなったけん、手伝いに行ってやれ」

と、父親に言われたのだ。

出前の車を運転したり、帳簿の整理をしたり、夜は酒場になるので客の相手をしたりした。そこで知りあった長崎県営バス労働組合の委員長中村辰人《なかむらたつひと》と親しくなって、県営バスの事務所に行った

り——父親の会社の裏に事務所があった——、中村の運転手をするようになった。

ある日、中村が店につれてきたのが恒信だった。恒信はそれからひとりでも来るようになり、宮崎とも打ち解けていった。

中村の誕生日を県庁坂下の焼肉屋で祝ってやろうとしているとき、「誕生日に男ふたりでなにしようとかい」と、笑いながら恒信がふらりとはいって来た。仕組まれていたんだな、と宮崎はあとになって気づくのだが、この席で恒信から「地区労の書記のポストが空いとうけんが、来てくれんか」と言われ、労働運動への関心も高まっていたし、家の事業も成り立たなくなっていたので、しばらく考えて世話になろうと決めたのだ。どうも中村が「宮崎は経理ができるから使えるぞ」と、吹き込んでいたようなのだ。

地区労本部にはじめて出たのが、昭和四十六年二月十六日。大島村に原子力発電所が建設されるかもしれないというので、大量のビラをもって、恒信らと船で島に行った。雨がつよく降ってきて、おまけに過疎地帯なので、ビラを一枚まくたびに遠く離れた別の家まで行かなければならず、ぬかるむ畑の道をずぶ濡れになりながら走って行く。背広と革靴はグショグショになった。

こんなことをしなければならないのか……と、宮崎は先が思いやられた。

書記の仕事は、会計を手伝うほかに、要望書づくりやビラのガリ版切りが主だった。

「漢字は極力使うな。平仮名で、わかりやすく書け」

というのが、恒信が口を酸っぱくして教えた心得で、やっと書きあげて原稿を見せると、

「おまえはわかっとるかもしれんが、これでは人には伝わらん。やり直し」と、何度もだめを出された。それまで文章など書いたことのない宮崎は、これがいちばんの苦痛だった。

初任給は七千円。家業の羽振りがよかったころ、大商大時代には一万三千円の仕送りを毎月もらい、アルバイトは二、三度しかしたことがない。給料はそのころの半分しかなかったが、世の中は池田勇人首相が唱えた所得倍増の時代、たいして間をおかず三万円まではねあがった。

宮崎は、なにひとつ恒信の生いたちについて話してもらったことがない。長崎で生まれたということくらいはわかるけれども、きっと原爆でなにもかも失ってしまったのだろうと想像する程度だった。それが今度の古地図問題で明るみに出て、恒信の素姓を知ってしまった。

でも、どうということはない。相当苦労して育ったのだろうな、と彼は、自分が部落民でないだけに本人に直接聞くわけにもいかず、そのくらいにしか想像しなかった。恒信の「部落民宣言」が、これからどれほどの影響をひろげていくのかも、むろん考えてみもしなかった。

なにも言えなくて黙り込んでいると、朝日新聞の宮田昭がやって来た。

「磯本さん、今朝の記事をごらんになりましたか？」

と、宮田は緊張した声で窓辺に立っている恒信に尋ねた。

「息子さんが家を出て行ってしまわれたそうですよ」

と、宮崎がちょっと暗い声で教えた。

「えっ、ほんとですか……」

宮田は絶句した。

彼はこれまで恒信から生いたちや家族関係について一度も話を聞いたことがなかったので、息子がいることも知らなかった。

「息子さんというと……」

「北高の二年生なんですよ。学校で記事を見た教員から、なんか言われたそうですよ。それで家にもどって来て、これからばあちゃんと一緒に暮らすちゅうて、家を出て行ったそうですわ」

「磯本さん、それはたいへん申しわけないことをしました」

宮田は恒信に向かって頭を下げた。まさか自分の書いた記事でそんな問題が起ころうとは、考えてもいなかったのだ。

上杉佐一郎から「長崎の寝た子を起こしてくれ」と言われていた宮田は、上杉に言われるまでもなく、地区労書記長という立場にありながら素姓を隠してきた恒信にたいして、心ひそかに地団駄を踏む思いはあった。原爆で長崎最大の部落はなくなり、いまはどこにも部落は存在しないと言いはる長崎市を動かすためには、恒信のような実力者に部落民宣言をしてもらい、長崎に部落はあるではないか、と行政に認めさせる必要があった。そこからしか長崎の解放運動はつくっていけないだろうと、宮田は使命感に燃えて記事を書いたのだったが――。

「宮田さん、心配はご無用」

と、恒信が言った。

「家を出たというのはちょっと大げさな話で、息子はばあちゃんのとこに行っただけやけんが。学校を辞めると言うわけでもなかし、まあそのうち帰って来るさ」

「帰って来てくれるでしょうか……。すみません、配慮が足りませんでした。私には、なんとかして長崎に解放運動の火をつけたいという思いしかなくて、それで……」

「まあ宮田さん、そう自分を責めんでください」

恒信は宮田を制して、

「出て行けなんて息子に言うたりして、おれも大人げないことをしてしもたですよ。考えてみれば、そろそろ自分の生いたちについて、息子にちゃんと話してやらないかんかったんです。そのいいきっかけを、あなたにつくってもらったと思ってますよ。私はきょうから毎日ばあさんの家に行って、息子と話しあいますよ。話しあうというか、自分が経験してきたことや、浦上の人たちがどんな人生を歩んできたかということについて、私のほうから詳しく話して聞かせますよ。いつかどこかで襲いかかってくる差別というものにたいして、立ち向かっていくことのできる知識や勇気を、少しも私は息子に伝えてこんかったんです。自分自身が頬かむりしてきたわけやけんが、言い出す勇気がこっちにもなかったわけです。それを古地図の件で、あなたが背中を押してくれた。こっちが感謝せないかんくらいですよ」

恒信が思い出していたのは、小学二年生のころ親しかった同級生から、「新平民の子」と言われたことだ。家に帰って父親に問うてみて、それが差別の言葉であることをなんとなく知り、自分が人びとに蔑まれる立場の人間であることを知った。それでいま彼は、息子にしっかり話しておかなければと胸を張りつめさせていた。

「宮田さんも知っとうやろう。長崎のむかしの部落民がなにをしてきたか。キリシタンの摘発や処刑にあたってきたわけでしょう、権力側の先兵としてね。ですから長崎の部落問題はむずかしいんです。明治のはじめには、同じ浦上のなかで、キリシタンと部落民が血で血を洗う戦いをくりひろげたこともあったわけやけんね。うちの息子だけじゃなくて、長崎の人たちにも、こうしたさまざまな歴史について、これから知ってもらう必要が出てきましたな」

宮田はいつのまにか自分の書いた記事のことを忘れて、恒信の話に耳を傾けていた。ああ、やっぱりこの人は真剣に部落について考えてきたのだなあ、と彼はあらためて恒信の顔に見いった。

恒信は言わなかったが、十一年まえ、三十歳のとき、京都から訪ねてきた部落史研究者の馬原鉄男《まはらてつお》を浦上に案内したことがある。馬原の書いた「未解放部落とキリシタン部落」(『日本史研究』第四十八号、一九六〇年五月号、日本史研究会刊)と題する小論は、研究者によってはじめて書かれた長崎の複雑なふたつの部落の歴史的相関図であった。

長崎の旧市街と新市街とを分ける金毘羅山の傾斜地の、いくぶん新市街、つまり浦上天主堂寄りにあるべきはずの浦上部落はすっかり消え失せ、それに代ってにぎにぎしく建ちならぶ住宅街の谷間に、わずか十数戸のバラックが隠れるように点在しているのみである。私は、部落の一人の青年に連れられてかつての部落の一角、法生寺の敷地に建立されている原爆慰霊塔のまえに案内された。みると、塔の裏側には〈昭和二十年八月九日原子爆弾による四百余名の犠牲者の霊よ安らかにねむれ〉という一文が無表情に刻みこまれている。私は、はじめて、部落の人達の大半が原爆で死に果てたことを知った。福島部落（広島市・引用者注）にみられるような、スラム化するための核すら消滅していたのである。

法生寺で青年と別れた私は、金比羅山添いに天主堂に向ったのであるが、間もなく、十字架を頂いた墓石の群れに出くわした。浦上一帯にキリシタン信者が多数分布していることは知っていたものの、これほど部落と密着しているとは意外であった。とある一軒の民家に立ち寄り、天主堂への近道を尋ね、ついでに例の浦上部落についての話を持ち出してみた。ところが、である。敬虔なカソリックにしては、余りにも不自然な罵詈雑言の数々をあびせられて、私は愕然とした（以下略）。

ここに出てくる「部落の一青年」というのが、恒信なのだった。キリシタン部落にまでは、馬原をつれて行ってやれなかったのだ。

馬原はこの文のあと、ふたつの被差別部落の争いの歴史について図書館で調べたことをしるしていくのだが、恒信もまたこれを機に自分で調べをすすめていった。そうしてわかってきたことは、自分たち長崎の部落民の独特な成り立ちであった。

恒信は馬原の小論が、つぎのように結んであることに胸を痛めた。

第一には（中略）長崎においては、キリシタン弾圧が常に部落民の主要な任務とみなされていたこと、第二に（中略）部落民を使って弾圧の総指揮をとる代官が一度《ひと》び《た》裏に廻れば、甘言を弄してキリシタンを籠絡して、部落民への差別と反感をそそりたてていたということ、そして第三には、第二の当然の結果として、キリシタン自身の弾圧への抵抗が権力そのものに向けられず、権力の最末端に連る部落民への私憤という形で爆発していた（中略）。〝分裂支配の悲劇〟といえば確かにそうには違いないが、宗教的な執拗さがこれにからむと、問題は意識の底深く沈潜して、今日に至るも尚拭いきれぬしこりを残すことになるのである。

長崎で解放運動をはじめるならば、キリシタンとの歴史的な関係について掘り下げて研究し、いつの日にかこの両者が歴史的和解を果たすことに向かって努力しなければならない。これが恒信には気の遠くなるような作業に思われた。

そうしたことも息子に話して聞かせねばならないだろう。

この日から一週間、彼は妻の実家を訪ね、恒之と夜遅くまで話し込んだ。部落の歴史、部落民にたいする偏見がいかに間違いであるのか、戦争と原爆で自分の母や妹や兄や弟がどんなに苦しい思いをし、生きて死んでいったか……。

はじめて聞く話に恒之はおどろきを隠せぬようすだったが、そのうち黙って耳を傾けるようになり、最後の七日目には泣きながら、

「お父さん、よくわかったよ。もう僕は逃げんよ。しっかり勉強するよ」

と言い、肩を抱きあって、ふたりで家に帰った。

第五章　キリシタン弾圧と解放運動の出発

これはたいへんな問題ぞ。
キリシタン側との歴史的和解をせんば……。

一

聖徳寺《しょうとくじ》は、路面電車の銭座町駅のすぐそばにある。人はそこを「丘」と言ったりする。急な崖が立ちあがっており、その上が聖徳寺なのである。

路面電車の走る道は車やバスの往来が頻繁な大通りで、その向こうが長崎湾。聖徳寺はこの大通りに山門をあけて人を迎えているのかと思っていたが、山門は崖をぐるりと裏にまわったところにある。石段がのぼっている。

つまり大通りと海は、聖徳寺にとっては裏ということになる。その大通りに面した崖には、防空壕跡がいくつか残っている。原爆投下のあと、被爆した人びとが長くここに暮らした。

大通りは、明治の中頃までは海だった。それを埋め立てて道路と鉄道がつくられ、三菱造船所が建設された。したがってこのあたりのもともとの風景は、海に向かって岬が突き出ており、その断崖の上に聖徳寺の本堂が建ち、長崎湾を見下ろしているという、風光明媚な一帯なのであった。

ちょうど長崎と浦上の境界にあたる。長崎の北のはずれであり、浦上の南のはずれということになる。

石段をあがって行くと、いまはコンクリート製の本堂が白い柱に支えられている。もとは木造の古めかしい建築であったけれども、やはり原爆で吹きとばされ、たくさん立っていた石塔もばらばらに倒れてしまった。そのころ寺は三菱兵器工場の寮となっており、住み込んでいたふたりの工場作業員が死亡している。いまの本堂は、それから四半世紀後の昭和四十六年になって再建されたものだ。

聖徳寺は浦上——明治のころまでは浦上山里村といった——の本原郷、中野郷、家野郷、里郷、馬込郷の五集落の人びとが檀家として帰依する浄土宗の寺であった。しかし馬込郷を除く四つの集落の人びとはすべてキリシタンであり、江戸幕府のきびしい禁圧政策のもとで信仰を隠し、表向きは浄土宗門徒としておとなしく聖徳寺の指導をうけていた。

磯本恒信や中尾貫の先祖が暮らした馬込郷は、キリシタンの監視役、刑吏役として享保三年（一七一八）、住みなれた西坂から移住させられてきた土地である。馬込郷がのちに浦上町となる。

明治初年のころ、浦上山里村は全体で七百七十戸ほど。そのうちキリシタンの四集落が七百戸、馬込郷は七十戸ほどであったという。

中尾貫と酒を飲んでいるとき、恒信はこんなことを言った。

「貫ちゃん、おいたち部落の者が差別ばうけてきたのはほんとの話ばってん、キリシタンにたいして自分たちの先祖がしてきたことを考えたら、被害者づらばかりしてはおれんとばい。権力の手先になって、キリシタンを捕まえて、拷問にかけたり、殺したりしてきた。そりゃあ、自分たちの先祖は権力側にいいように使われて、やりたくもないことをさせられたという点で被害者ではあるかもしれんばってん、キリシタンには、そういう理屈は通らん。キリシタンとの歴史的問題をなんとか解決していく方法はなかもんかのう」

貫もその話は知っていたが、恒信は資料をよく読み込んでいるようで、むかしの泣き虫の印象がどこかへ吹きとんでしまったように、酒をがぶりとあおりながら、浦上キリシタンの末裔の浦川《うらかわ》和《わ》三郎《さぶろう》が書いた『浦上切支丹史』という本があるが、それを読んでみると浦上部落への恨みや憎しみが燃えさかっていて、耐えがたいものがある、とその本を鞄からとりだして、一節を読みはじめた。

茂十宅にけたたましい騒ぎが起こり「一人も逃さず引ッ摑まえろ」と叫び銅鑼声《どらごえ》が暗《やみ》を破って物凄く響いた。驚いてかっぱと跳ね起き、窃《ひそか》に野外を透して見ると、盆を覆す大雨の中に松明《たいまつ》を打振り、高張《たかはり》を掲げた大勢の捕吏《ほり》（部落民）が茂十宅をひしひしと取り囲んでいる。どうなる事かと胸を躍らしていると、やがて高手小手に縛り上げ「黒の一番茄子《なす》ば上げて来た。太ッかねんし」と部落民特有の語調でからかいながら引き立てて行った。

「どうかね、貫ちゃん、この文章は……。『黒』はクロシュウ、キリシタンのこと。自分が捕えたキリシタンの一番茄子はえらい太かろうっち、誇って言いよっとよ。明らかにわれわれ部落民にたいして、この筆者ははげしい憎悪をもって書いとるだろう」

恒信はそのように言い、こんな文章もあるのだと、また本に目を落とした。

キリシタン信者はありあわせの棒を手に復讐におしよせ、庄屋の屋敷になだれこんだ。これより先、捕吏は各郷で捕えた信者六十八名を引立て、庄屋の米蔵につないだ。信者は血気盛んな若者数百名で、四方から十重二十重に庄屋を取巻き、庄屋にのこっているのが少数の足軽と部落民とみるや、なだれこみ、祭服、祭器をうばいかえし、留守番をしていた部落民数人をとらえ、庭の柿の木にしばりつけてさんざんに打ちのめした。

さらに二階の物置にあった蟹籠《かにかご》の中にかくれていた千代松をみつけ「太ッか蟹が入っとるぞ」といいざま、籠もろとも二階から突き落とし、森へ逃げこんだところを狩り込み、さんざん打ちのめし、血が吹き出るのをやめようとせず打ちのめされ虐殺された。

これを伝え聞いた部落側は、新築中の家をときほぐして、竹槍棍棒をつくり襲撃の準備をはじめた。千代松の女房ふさは首をくくって死んだ。いやがうえにも部落の人びとは怒った。

一方、キリシタン側も、婦女子は山にかくし、中野の辻、土井、宿の坂、坂本などの要所要所に陣どり、小石をつみ、灰つぶてをつくり、竹槍をけずり、包丁を棒先にくくりつけて、にわかづくりの薙刀《なぎなた》にするなどすこぶるものものしい空気となり——


そこまで一気に読むと、恒信はため息をついた。

「そりゃあ、ほんとの話かね」

と、貫が訊く。

「ほんとかどうかは正確にはわからんばってん、この本の浦川和三郎という著者が、自分の親や村の者から聞いた話をまとめて書いたということやけん、少なくともつくり話じゃなかろうと思う」

「四番崩れのときの話やな。キリシタンと部落民とで殺しあいをやっとったわけか」

「浦川和三郎という人は司教をつとめた人さ。この人の母親も鹿児島に流されとうらしい。事件のあと高木作右衛門《たかぎさくえもん》という代官が、キリシタン側にこう告げとるとさ。おまえらはおれの子どもたちじゃあ、穢多風情と喧嘩して割に合うと思うか、と」

「ほう、代官がキリシタンにかい？　弾圧しとう相手にそう言うたとかい？」

「そう書いてあるとさ。おいも不思議な話じゃなと思うばってん、こがんふう書いてしまうくらい浦上部落を憎悪しとるということじゃないか」

「ものすごいことしとったもんやな。解放同盟としても、いずれこの問題についてキリシタンの人たちと話しあわなきゃならんやろう。自分たちが差別されてきたということばかりを訴えとっても、長崎はまた特殊な事情のなかで二重の差別構造があったというわけで……」

「そのとおり。浦上部落とキリシタン部落は、差別される者どうしやった。それを時の権力は一方を捕り手に仕立て、両者をいがみあわせて、下層民どうしでぶつかりあわせて支配構造を組み立ててきたわけだ」

「しかし、それをキリシタン側に説明したところで、理解してもらえるだろうか？」

「さてなあ……」

「ツネ坊よ、これはたいへんな問題ぞ。いつの日か、時間をかけてじっくりと何度も話しあって、歴史的和解というものをせんばならんとじゃなかろうか」

貫はまだ、恒信がつくろうとしている解放同盟に参加していなかった。すでに勤務先の中学では彼の出自をだれもが知っていたし、隠しているわけではなかったが、教師の仕事が忙しくて、幼なじみを助けてやれなかった。

そのかわり、淋しがり屋の恒信が一緒に酒を飲んでくれと言うと決まってつきあい、学校のなかでの差別問題について話したりした。五島の潜伏キリシタンの末裔たちの生活を語り、同僚のカトリック信徒の教師から聞いた、浦上部落にたいしてはまだまだ許せない感情が拭い去りがたくあるという話もして、キリシタン問題は一朝一夕では解決がつかぬむずかしい問題だが、過去の不幸な両者の歴史は、なにゆえ、どのようにしてつくられてきたのか、それらの事実を事実としてたがいに認めあうことのできる一致点に達するまでには相当な時間と努力を要するだろう、と恒信に言いながら、

「しかし、それをだれがするかだな。ツネちゃん、あんたしかおらんぞ」
と、言っておいた。

徳川時代、潜伏キリシタンをあぶりだす方法の最大のものが寺請《てらうけ》制度であった。日本の国民はだれもが仏教各宗派の檀徒とならなければならず、毎年、宗門改帳《しゅうもんあらためちょう》と呼ばれる帳面に、家族の名前、年齢、生死、結婚、移動について書き込み、寺から捺印してもらい、仏教信徒であることを届け出なければならなかった。浦上小教区編『神の家族四〇〇年』には、「埋葬にも檀那寺《だんなでら》の僧に読《ど》経《きょう》してもらい、その立ちあいの下に納棺せねばならず、墓石には必ず、戒（法）名を刻まねばならなかった」と綴られている。

浦上四郷のキリシタンたちも、聖徳寺の檀徒として、キリスト教徒とは悟られぬよう、長らく暮らしていた。しかし彼らは、聖徳寺の僧侶が埋葬に立ちあっているとき、棺のなかの親族の遺体を僧侶に背を向けるようにして納めておいた。また、読経のあいだ、隣室ではお経消しの祈りを唱えていた。僧侶が帰って行くと棺をあけ、頭陀袋《ずたぶくろ》、六文銭などを捨て、自分たちのやりかたで葬っていた。

「おかしなことだが、これは潜伏キリシタンの哀しい、レジスタンスだったといえよう。表面は仏教をよそおうていることに対する、せめてもの罪滅ぼしの心でもあった」
と、同書は言う。

浦上には各地からキリシタン武士たちも逃れてきて、農民となっていたが、この「武士」であったということが、彼らに浦上部落にたいする差別意識をいだかせるところも少なからずあったのではないだろうか。

ここでは四度にわたって弾圧事件がおきている。彼らはそれを指して「崩れ」と呼んだ。最初は寛政二年（一七九〇）、二度目は天保十年（一八三九）、三度目は安政三年（一八五六）。そして中尾貫が言った四度目の「浦上四番崩れ」が日本のキリスト教弾圧史最大規模のもので、明治政府になったばかりの慶応三年（一八六七）、四郷にある七百戸の部落が全村民総流罪とされた。彼らが流された先は、南から鹿児島、萩、津和野、松山、高知、岡山、和歌山、伊賀上野、伊勢二本木、名古屋、金沢、富山など全国二十藩におよび、配流された信徒数は三千三百九十四人。六年あまりにおよぶ拘禁生活のなかで、病や飢え、拷問などによって死んでいったのは、六百十三人。

やむなく改宗した者もいた。彼らは一千十一人いて、一八七二年、つまり明治五年三月になって故郷へ帰ることを許され、身も心もぼろぼろになって浦上にもどって来たのだが、ふたたびキリスト教徒になる「改心もどし」をおこなって、もとの信仰生活にもどった。

キリスト教禁制の撤廃に明治政府が踏み切ったのは、翌年三月のことである。

浦上四郷のほとんど全戸が潜伏キリシタンであることが発覚したのは、大浦天主堂ができた折、浦上キリシタンの者がプチジャン神父に信仰を告白したのが発端であった。自分たちの祈りや洗礼の方法が間違っていないかどうか、彼らはプチジャン神父をはじめとする宣教師たちから秘密の礼拝堂で指導をうけるようになり、いっぽうで聖徳寺の檀徒として仏教の儀式に従わねばならない境遇を恥じるようになった。それで身内から死者が出ると聖徳寺には頼まず、自分たちのやりかたで埋葬するようになり、聖徳寺との確執が表面化した。

四郷の総代十名は庄屋を訪ね、聖徳寺との関係を断つと申し出て、その後あいついで四百戸以上の村民が寺請制度を拒否する書き付けを提出した。これは禁制政策にたいする爆発的なレジスタンスの表明であった。

長崎奉行所は四郷に密偵を放ち、四カ所の秘密礼拝所をつきとめて、手入れにはいった。それが慶応三年（一八六七）七月十五日の早朝。四番崩れのはじまりである。

このときいちばん最初にねらわれたのは、中野郷の聖フランシスコ・ザベリオ堂で、ここを捕り手が襲ったのは午前一時。堂内には松田喜助《まつだきすけ》、守山甚三郎《もりやまじんざぶろう》のふたりの青年と真田善之助《さなだぜんのすけ》という少年が泊まっていた。

喜助がまず捕えられ、善之助は窓からするりと抜け出して逃げおおせたが、甚三郎は捕り手が来たのも知らぬ顔で静かに聖画像をはずし、一カ所に整理して、捕り手のまえにひざまずき、両手を背中にまわして「縄をかけてください」と言ったという。あまりの落ち着きようを見て捕り手たちは、「神通力をもっているのではないか」と、しばらく縄をかけられなかった。甚三郎は津和野に流され、信仰の偉人としてその名を後世まで伝えられることになった。

このとき中野郷で捕縛されたのは男女六十八名。桜町牢に彼らは収容されて、全村総崩れの悲劇がはじまったのであるが、こうした一連のキリシタン捕縛にあたっていたのが、浦上部落の者たちであった。

恒信は本を読みあさり、このような事実を知っていた。馬原鉄男からも浦上でなにがあったのかを聞いており、調べをすすめていくうちに恐ろしいような気持ちになっていた。

歴史的和解をしなければ、と貫は言うけれど、しかしいったいどうすれば相手と話ができるのだろうか。長崎の解放運動にとって、この問題は、大きな足枷《あしかせ》になるに違いない。これからはじまろうとしている解放運動が、この一点で引きもどされてしまうかもしれない。

自分を支えてくれる人間たちは、みなまだ若い。数も少ない。長崎県内には同和地区未指定のところが多く、それも少数点在で、差別事件があとを絶たなかった。でも、たいていの場合、結婚差別をされ涙を飲んで別れるといった、事件そのものが終わってしまってからの報告が多く、自分たちのオルグ活動の手薄さが原因だと思われた。同和地区指定の大切さを理解してもらうには、「寝た子を起こすな」式の住民たちの保守的な気風がつよすぎるのだった。

あれもこれも自分ひとりではできないよ、ましてキリシタンとの歴史的和解だなんて……と、恒信は貫を恨みがましく思った。

いっぽうの貫は、恒信、あんまり酒ばかり飲みすぎるなよ、早死にするぞ、と心配していた。あの泣き虫だった恒信に、解放運動の負担が一身に降りかかっていると、気をもんでいた。

二

部落民宣言をしたからといって、長崎の部落民が、われもわれもと立ちあがったわけではない。むしろその逆で、旧浦上町に住んでいる者や、そこを離れて別の町内に住んでいる者は、黙りこくっていた。

浦上町は、いまでは周辺の町と合併して緑町と名前を変えており、そこに長門隆明が暮らしていた。恒信よりも十歳以上年上の彼は、中国戦線に従軍し、命からがら復員してきてみると、娘が原爆で死んでいた。町そのものが地上から消失し、住むところもなく仕事もないので、松本治一郎を頼って福岡に行き、靴職人として働いていたが、浦上に帰りたいという気持ちを抑えきれず、昭和二十五年に帰って来ていた。

彼は恒信の部落民宣言におどろき、恒信の力になってやりたいと思いながら、どうすればよいのかわからなかった。恒信がときどきやって来ては、長崎にも解放同盟の支部をつくらなければ古地図事件のような差別事件にたいして組織だって対処していくことができないと、しきりに訴える。が、なかなか腰をあげきれない。

梅本光男を会長、高岡良雄を会計にして、長崎郷土親興会がつくられていた。原爆投下によって、大阪や東京や名古屋や福岡などへ、ばらばらに散ってしまった浦上部落の人たちと、ふたたび交流をよみがえらせようとしてできた会だったが、これはあくまでも失われてしまった故郷を望郷する親睦の会であって、政治的な運動をする会ではない。そこをなんとか動かして同盟支部をつくれないだろうかと、恒信は長門だけでなく、梅本にも高岡にも働きかけた。でも、三人は、いまさら自分たちの出身を世間にさらしてまでそんなことをする必要があるのかと、二の足を踏んでいた。

梅本も高岡も外に住んでいるので、わずかな土地をもっていた長門ひとりが戦後の浦上の変遷を身をもって知っている。混乱がつづいた終戦直後からしばらくは、多くの人たちが着のみ着のまま、その日暮らしで、食うや食わずの生活を送っていたから、行商に出たりしてたくましく生きる部落の者にたいする視線に、とげとげしいものは感じられなかった。それが福岡から帰って来て小屋を建て、靴修理の仕事場を設けてこつこつと商売をはじめてみると、同じように土地をもって住み残っている部落の老婆が訪ねてきて、

「長門さん、あんたがこがんか仕事ばすっけん、みんなから嫌わるっとばい」

と、文句を言ったことがある。

ムカッときたが、年寄りの言うことだからと思いなおし、

「こがんか仕事かもしれんばってん、こがんか仕事ばせんと食うていかれんけん」

と、小さな声でこたえた。

同じ部落の顔見知りでさえこんなことを言うのだから、この町に新しく住み着いた人たちはどう

思っているだろうか。

するとき、仕事場のまえを通りすぎようとする新住民ふたりが、

「あら、靴ばしよらすたい」

「うん、ここはむかしから、靴屋さんの町たい」

などと言いあう声が聞こえてきて、ああ、やっぱり自分ら靴職人は部落の者と思われているのだな、と気持ちが暗くなった。

まだ家も少ししか建っていない。原爆で吹き飛ばされた瓦などの残骸が、道端にころがっている。子どもたちが遊ぶのに危険だからと、小さな遊園地をつくることになった。町内を仕切っているのは、よそから住み着いている役員たちである。

自分の仕事を休んで奉仕活動に出た長門は、着流し姿で道具ももたずに現場に来て、たばこを吹かしながらつっ立って世間話に興じている彼らを見て、さすがに怒りを抑えきれなくなった。

「あんたたちは、そこに立っとるだけで、なんもせんとですか」

「みなさん方が気張りようけん、よかろうと思って」

なにを偉そうに、と長門はとうとう「みんな、やめえ」と、大声をあげた。

「なんで自分たちだけ、せんばいかんとか。呼びかけた人間がなんもせんで、偉そうに言うな。あんたたちが会社の社長であろうと、市役所の役人であろうと、学校の先生であろうと、職場に行ってはじめて社長や先生やろうが。家に帰って来たら、ただの一町民。みんなと一緒やろうが」

以来、彼は町内から敬遠されるようになった。「あの靴屋さんは、やかましかね」という声が、耳に届いてくるほどに。

こうした新住民側の役員たちが、市と一緒になって、浦上町の名前を緑町に変えたのである。差別はやっぱりあるなあ、逃げられれんのかもしれんなあ、と長門は思うようになったが、もう浦上はなくなってしまったのだと考えると、気持ちは萎《な》えるいっぽうだった。

そこへときどき、恒信の紹介だと言って、よそから話を聞きに人が訪れるようになった。仕事のないある日、福岡から、上野英信《うえのえいしん》という記録作家が訪ねてきた。この作家は炭鉱の記録で有名であったが、長門はそんなことなど知らないので、なかばうんざりしながら話につきあっていると、

「炭鉱節ってあるでしょうが。知らん人たちは、みんな宴会やらで楽しそうに歌うとばってん、実際に炭鉱で働きよる人たちは、エタ節というて、歌うと嫌われとったとですばい」

と聞いて、おどろいたのだ。

それから上野英信は、二、三度訪ねてきた。最後のときに、

「自分はこれから南米に行って、筑豊におった人たちの追跡調査をします」

と言う。

「南米って、また、なんでですか?」

「炭鉱で食えなくなった人たちが、南米の炭鉱に渡って働きよっとですよ」

「はあ……」

そういえばむかし、自分の祖父や父親たちもウラジオストックや上海に渡って働いていたな、と長門が思い出していると、

「あんたも元気にしときんさいよ。そのうちきっと解放運動ばやるようになるけん、元気にしとかんな、ならんばい」

と、上野が言った。

後日、テレビに出てしゃべっているのを見て、こんなに有名な先生だったのかとひやりとしたが、あのときの言葉がいつまでも頭から離れず、どういうことかなあと思いつづけてきたところ、恒信の部落民宣言に行きあたったのである。


広島から電話がかかってきたのは、昭和四十八年五月であった。

原水爆禁止運動のことかと思って、書記の宮崎修から受話器を受けとってみると、部落解放同盟広島県連からで、結婚差別事件が広島で起きたという。

「どういうことですか?」

恒信は、びっくりしている。

というのも、相手の声に人を詰問するような怒気がこもっていたからだ。広島の話をどうして長崎の自分にしてくるのか、すぐには飲み込めなかった。

恒信の顔がしだいに強張っていくのが、宮崎にはわかった。話は、こうだった。

島原半島の布津町で生まれたある女性が、中学を卒業して県内の企業に就職し、研修生として広島県のある町に派遣された。彼女は部落外の人だったが、その町で部落の青年と出会い、恋仲になった。ふたりは結婚を約束し、青年は自分の出身を正直に告げ、彼女も受け容れた。ところが、布津町に住む両親が、娘の相手が部落の出身と知って、猛烈に結婚に反対したあげく、一通の手紙を送ってきたという。

彼女から手紙を見せられた青年は、その内容におどろき、憤慨して、解放同盟に相談に行った。彼女は、広島までやって来た両親につれもどされ、ふたりの仲は引き裂かれてしまった。

あとで広島県連から送られてきたその手紙を読んで、なんということだ、と恒信は頭をかかえた。長崎弁を丸出しにした文章で、このように綴《つづ》られていたからである。

手紙は受け取りました。よく考えてくれ、結婚はどんなに遠くても良いが、わん（おまえ――引用者注）の気持ちもよくわかるが、わんの一生のことじゃけん、親たちも話したことがある。わんは、××（長崎の部落の地名―引用者註）の××（そこに特有の姓―引用者註）に嫁に行けといったら行くか。親も親類にならんとぞ。××の××といえばわかるじゃろう。いろんなことが書かれんけん電話せろというと。この意味ばいえば絶対につまらんとぞ、さきで泣くことがあるときは誰がすくってくれるか。早く目をさませ。写真と金はどんな気持ちで送ったか。えんば切るつもりか。見たら燃やせ。

電話の相手の声が怒気をはらんでいたのも、わかる気がする。

それにしても、と恒信は手紙を何度も読み返しながら、はらわたが煮えくりかえるような思いと、井戸の底へ突き落とされたような悲しみに包まれた。

長崎県は県内に被差別部落はないとしてきたが、このように現前しているではないか。しかも、この女性は十五歳までしか布津町にいなかったのに、親から「××の××に嫁に行けといったら行くか」と言われたら、そこが部落であるということにすぐに気づいてしまったのだ。布津町内のある地区が部落であるということを、この娘は幼いころから聞かされて育ったということだ。そしてこの親は、青年との仲を引き裂こうとする理由を、青年の出自に求めている。どう考えても、これは部落差別以外のなにものでもない。

恒信には、しかし組織がなかった。それであくまでも地区労書記長として、長崎県や布津町の行政と、こんどの事件をめぐって折衝を重ねていった。

その結果、つぎのような確認書を県、県教委、布津町、町教委からとりつけることに成功した。

一、布津町に同和地区が存在していること。したがって、長崎県内に同和地区が存在しているということ。

二、部落差別が存在している事実。このことは、現在まで同和問題の解決を放置してきた行政の責任であり、行政側は深く反省する。
三、行政として今後、同和問題の解決に取り組んでいく。
このときから行政の取り組みがささやかながらスタートしたわけだが、長崎には解放同盟の組織がなく、差別者である娘の両親にたいする糾弾活動ができなかった。広島から同盟の者たちがやって来て、糾弾学習会がひらかれはしたが、恒信は同じ席で小さくなっていた。

長崎県社会課の担当者と、彼はじっくり話し込むようになった。相手も、これからも同様の事件が起きないともかぎらないので、ぜひ解放同盟を組織してほしいと、熱心に語るまでになった。

「これは、おれの宿命じゃ」

と、宮崎修は恒信が語るのを、車を運転しながら聞いた。

地区労書記長をつづけていれば、国会議員になるチャンスもめぐってくるかもしれない。そう思うことも何度かあって、彼はいまの地位にこだわってきたのだが、同盟をつくるならいまの地位を捨てて、本気ではじめなければならないだろうと考えるようになった。

「宿命……か」

と、宮崎は、恒信の言葉をたびたび思い出した。生まれるまえから決まっていた道筋を生きなおそうとしているのだろうか、と宮崎は、はじめて恒信が部落民であるということを痛切に感じた。

恒信がとりかかったのは、同盟の九州ブロックと話しあって、九月に鹿児島市でひらかれる全九州青年集会に参加することだった。参加といっても、自分が行くのではない。宮崎たち若い者を参加させて、同盟の雰囲気を経験してもらおうと考えたのだ。

長崎支部の結成はすぐには無理だろうと考えて、とにかく同盟に認知される存在にならなければと、彼は県連づくりのほうからすすめようとしていた。県連といっても、同盟の規約では支部が五つ以上ないと正式に認めてもらえない。でも県内に支部は一カ所もないので、県連準備会というかたちで、とりあえず解放運動の端緒につこうと考えていた。翌年は長崎で全九州青年集会の開催が予定されている。これを自分たちの手で成功させて、長崎の解放運動をスタートさせたい。

とはいえ、このとき恒信のまわりにいた若者は、宮崎をふくめて三、四人しかいなかった。鹿児島に行って来いと声をかけたのは、宮崎のほかに松本克義《まつもとかつよし》、山口渉《やまぐちわたる》のふたり。松本は同じ地区労会館にはいっている自治労長崎本部の職員、山口は長崎大学の学生だった。

鹿児島の青年集会に参加したこの三人のなかで、いちばんおどろいたのは松本克義だったろう。閉会式のとき、突然司会者から、「では、来年の青年集会の開催地である長崎の代表者、松本克義さんからご挨拶をいただきます」と言われ、いきなり壇上にあがらなければならなくなった。しどろもどろになりながら、「来年、長崎でお会いしましょう」などと興奮した声で言ってしまった。

松本は二十四歳だった。父も母も浦上部落の出で、彼もまた浦上町で育ったのに、自分が部落の出身者であることを鹿児島の集会に来たこの時点まで知らなかった。しかし恒信はとっくに知っており、「閉会式の挨拶は松本にやらせろ。部落出身だと知ったら、かならず解放運動にはいってくる」と、宮崎と山口に指示していたのだ。

長崎にもどった彼は、育ての親である祖父に鹿児島での出来事を話して聞かせた。すると祖父は、はじめて自分が経験してきたことを話し、「自分たちは部落民だ」と打ち明けた。

最初は口の重かった祖父が、しだいに語りだしたのは、戦前の水平社が浦上にできたころの話で、自分は長男で水平運動を押さえつける側の立場にあったこと、弟たちは水平社に参加して対立したこと、そして浦上部落は融和派と水平社派とに真っ二つに分裂し、ある家では親子別れをし、ある家では兄弟別れをしていったことなど、つらい話ばかりだった。

二歳のときに父親に死なれた松本は、母方の祖父母に育てられた。母は住み込みで夜の仕事に出たきり、いつのまにか長崎を去り、熊本で暮らすようになっていた。その母と高校三年のときに再会し、一緒に長崎で暮らしはじめたのが二十歳のとき。

祖父の仕事は、やはり靴修理だった。昼間は県庁の地下で靴の修理をし、家に帰って来ると、注文をうけた新調靴をつくるという毎日。新調靴といっても、底付けをする仕事で、とても貧乏だった。それで彼は夜間高校に通い、三年生の十月に自治労本部で働きはじめた。

なにも知らずにきた自分のことを、彼は恥じた。恒信に「これから解放同盟の県連づくりをするんだ。手伝ってくれ」と言われたときには、一も二もなく「わかりました」とこたえていた。

県連準備会は、昭和四十八年十二月十日に生まれた。地区労会館内に小さな部屋を借りて、委員長磯本、書記長松本、そして事務局員山口渉という、たった三人でのスタートだった。

翌年、長崎の青年集会には四千人が集まり、彼らは九州ブロックにたいして自分たちの存在を大きくアピールすることに成功した。まがりなりにも、遅れてきた解放運動の旗を長崎に掲げることができたのである。

しかし、肝心の長崎支部は、なかなかできなかった。

県連準備会が旗揚げされたころ、旧浦上町をめぐって地道にすすめられてきたある調査が、旧浦上町で生まれ育ったひとりの人物によって完成した。長崎市によってはじめられた「原爆被災復元調査事業」のことで、準備会の発足から五日後の十二月十五日に、旧浦上町の復元図が完成したのである。

二年七カ月をかけて町内二百四十三戸の復元図をつくりあげた高岡良雄は、その地図のコピーをもって郷土親興会の役員をしている長門隆明の家へ行き、それからふたりで会長の梅本光男を訪ねた。ふたりからねぎらいの言葉をかけられた高岡は、

「解放同盟の県連準備会ができたそうやね」

と言い、何度も恒信の訪問をうけてきた梅本は、

「長崎支部をつくりたいと恒信が言うてくるとばってんが……」

と、言葉を飲み込んだまま黙り込んだ。

「福岡やら関西方面からも偉か先生が来て、浦上の話を聞いていきんさったけんが、ありゃあ恒信に教えられて来たもんじゃろ。上野という筑豊の炭鉱の話を書いた先生が、そのうちあんたも解放

運動をやるようになるちゅうて、帰って行きなはったが」

長門はそう言って、復元図を眺めながら、

「恒信の部落民宣言は知っとうじゃろ」

と、ふたりを見た。知らぬはずがない。

「あれは、ようやったもんさ。書記長の首をかけて言うたもんじゃろ」

高岡がそう言うと、梅本も「そうじゃろな」と相槌をうって、

「あれは親興会を母体にすれば支部をつくれると言うてくるとやけんが、親興会としてはどげんじゃろうか。原爆が落とされるまえは、たしかにここに部落があったとばってん、大阪やら福岡やら、みんなばらばらになってしもとる状態で、支部がつくれるもんかねえ」

「ここに復元図があるが、これがやっと完成して、恒信が準備会をつくったというのも、ひとつの機縁かもしれんのう」

と、高岡が言った。

それを聞いたふたりは、なるほどといったような顔で復元図にまた見入りながら、しかし、それ以上この話をつづけようとはしなかった。

自分たちはいい。浦上を出てよそに住む者たちは、被爆者であることをおそれて隠している。そのうえ部落民であることを知られたら、二重の差別にさらされることになる。

いいじゃないか、恒信が部落民宣言をし、準備会までとうとう立ちあげたのだから、と高岡は

思っていた。高岡は恒信の兄の照男と親しかった。戦前、家業を継いで靴職人となった彼は、照男と一緒に鶴鳴《かくめい》女学校へ靴修理に出かけた。昭和十二年八月三十一日、照男は臨時召集をうけ、華北を転戦後、昭和二十年四月一日、山東省で戦死した。高岡も召集され、運よく死なずに帰って来てみると、浦上は焼失し、両親は死んでいた。妻子は家の下敷きになりながら這い出して助かったが、妻は歯茎から出血があり、せっかく会えたのに、それから二年後に三十二歳で死んだ。

娘は小学一年生くらいまではなんともないようなようすでいたが、三年生のころから真夏になるとまる一カ月間、顔が赤くなる症状があらわれた。でも、中学生になってからは健康になり、結婚もした。子どもを産むまでは丈夫そうに見えた。ところが、三人目を産んでから体が急に弱り、ガンになって、母親と同じ三十二歳で死んだ。

復元図を完成させたのも、やはり家族とともに暮らした浦上が恋しいからだ。

この話は、もとはと言えば恒信からもたらされた。長崎市が復元調査をしたいとやっと言いだして、恒信にまず話をした。それを恒信がもってきたのである。

高岡はそのとき、むかし町内会長をしていた高岡時松がまだ元気だったし、時松が被爆時の世帯主をほとんどおぼえているというので、気楽に考えて調査員をひきうけた。ところが、調査項目は生年月日、職業、被爆時の状況（死亡、負傷、火傷、行方不明、異常なし）などなど、原爆投下から二十年が経過しておこなわれるにしては、あまりにも細部にわたっていた。

被爆時に二百四十三世帯あったことは、時松の話でわかっている。部落の住宅地図を描き、家々の配置と世帯主の名を書き込むところまでは難なくできた。そして、遠く離れて暮らす親興会のメンバーに手紙で応答してもらうのも、容易といえば言えた。こうして二百四十三世帯のうち、七十五世帯まではスムースに作業がすすんだのだが、それからが難航した。

手紙を出しても返事がもどって来ない。もどって来ないということは、その住所に住んでいるということだから、電話をしたり、訪ねて行ったりする。自分にも生活があるので、これにかかりきりになるわけにもいかず、徹夜仕事をして時間をつくり、出かけて行ってみると、長年会っていないので積もる話に花が咲き、ついつい引きとめられて、長居をしてしまう。

それなら、まだいい。行ってみて、別の人が住んでいるということもある。近所に聞いてみると、「去年まではおられたんですがねえ。五島に行かれましたよ」という返事。五島列島のどこか知っているかと尋ねると、「聞いておりません」――。こんな調子で、二年七カ月もかかってしまったのだ。

それでも高岡の調査スピードは速いほうで、ほかの町の復元調査は遅れに遅れ、全体を網羅する「原爆被災復元調査事業報告書」ができあがったのは調査から十年がたった昭和五十五年。それによると、被爆当時の浦上町の総人口は一千三十四人、このうち兵役従事者の八十六人をふくむ百二十五人の「長期他出者」がいた。ということは、被爆時に浦上町に暮らしていたのは九百九人、このうち十七パーセントにあたる百五十五人が即死している。さらに同年中の死亡者は百四十人にのぼり、ふたつを合わせると昭和二十年中に原爆で亡くなったのは在住者の人口の三十二パーセントにあたる二百九十五人。調査時点の昭和四十五年までに原爆症を原因として亡くなったとみられる死亡者数は四百三十六人となり、二百九十三人が「生死不明」とされた。生死不明とは、生きていても連絡がとれないか、死亡して消息がつかめないか、どちらかということだ。

浦上町の十六歳までの子どもらは、調査対象総数二百九十七人のうち、約四一パーセントにあたる百二十二人が亡くなっていた。小学生は百三十六人、そのうち半数近い六十人が犠牲となっている。

数字にあらわれた事実は、なんと冷酷で重たいものか——。

このとき、復元調査の折の調査票に、恒信は、原爆投下時に自分のいた場所を「青島」としるしている。

高岡の復元図完成から三年後——つまり県連準備会発足から三年後ということでもあるが——の昭和五十一年四月十一日、部落解放同盟長崎支部はようやく結成をみた。支部長に梅本光男、副支部長に長門隆明、会計に高岡良雄という布陣。郷土親興会が母体となったのであるが、支部には参加したくないという者もいて、かならずしも旧浦上町あげての結成とは言えなかった。

それにしても長崎支部の結成は、世にもまれな出来事ではある。通常一カ所に集落は形成されているのに、浦上に被差別民の集落はないのだ。支部員は市内に分散して住んでいる。

三

恒信には、難儀な問題が家庭内で持ちあがっていた。娘の結婚問題である。

部落民宣言のときに家出をした息子の恒之は、あれから懸命に勉強して、東京工業大学に進学した。それから名古屋大学の大学院にすすみ、帰省すると支部の会合にも積極的に参加し、解放運動について理解を深めるようになった。

長女の美佐代はカステラの老舗福砂屋の支店長をしていたが、ある日、

「お父さん、結婚したい人がいるから会ってもらえませんか」

と言ってきた。

「うん、よかよ。で、その相手は何者かい」

美佐代ははじめ言いにくそうにしていたが、「自衛隊」とこたえると、父親の顔をじっと見て、

「ほらほら、お父さん、顔色が変わってきたよ」

と、冷やかすような笑みを浮かべた。

社会主義者として、自衛隊には反対の立場だったし、地区労婦人部の女性たちは「私たちは自衛隊とは結婚いたしません」というスローガンを掲げているくらいで、自分の娘が自衛隊員と結婚するとなると面目丸つぶれなのである。

会うのをしぶりはじめた父親の顔を、美佐代は下からのぞきあげるようにして、

「結婚は両性の合意のみに基づいて成立する——でしたよね、お父さん」

と、追いつめる。

「よう知っとうなあ」

「日本国憲法に、ちゃんと書いてあるけんねえ」

「へえ、そこまで知っとるのか」

「お父さんが講演で、そう話してます」

「わかった、わかった。会う、会う」

恒信は折れるしかない。

美佐代は二十二歳だった。恒信は内心、自分が部落民であることが娘の結婚の妨げになりはしないかと危ぶみながら、まもなく家にやって来た青年と彼の両親に会った。

父親は三菱電機に勤めており、労働組合の幹部だという。長崎地区労の加盟労組である。

「磯本さん、お宅の娘さんと、うちの長男坊を結婚させてもらえますか。……でも、磯本さんは、なかなか賛成されないでしょうねえ。息子は自衛隊員ですから」

すでに労組の仲間を通じて、恒信の情報を聞いているのだろう、父親はそう言って話をつづけようとするので、恒信は制して、

「いやいや、お父さん、まず本人の気持ちを確かめましょう。私は、結婚は両性の合意のみに基づ

いて成立すると思っていますから、私の立場とかなんとかは関係ありませんよ」

それから娘の顔を見て、

「どうかい、一緒になる気があるのかい?」

娘は迷いのない声で、

「はい、一緒にならせてください。お父さんにも賛成してほしいです」

と、こたえた。

「いま聞かれたとおりです。君のほうは、どうですか」

と、恒信は青年に向き直った。

「私もお嬢さんと一緒にならせていただきたいです。お願いします」

青年は頭を下げた。

「お聞きのとおりです。私どもに異存はございません。どうか、ふたりを一緒にさせてやってください」

「いやあ、さすが磯本さんだ」

と、父親は大げさに声をあげてつづけた。

「それじゃあ、三日後の十月十六日に結納をとりかわさせていただけませんか。私のところは、結納をかわさないと話がまとまったことになりませんので、三日後の午後五時半からということでいかがでしょうか」

「じつはお父さん、私はここにおる家内と結婚するとき、えらい目にあってるんですよ。私は両親を原爆で失って、家も財産もない。まったくの着の身着のままでした。家内をもらいに行ったら、実家から猛反対されましてね、そのあげく、うちの結婚の場合、持参金、結納は世間の三倍だ、どうしても結婚したいと言うんなら、それだけ出せるかね、と言われましてね、あっちこっちから借金して、たいへん苦労して結婚した経験があるんです。美佐代が生まれたとき、お金で受け渡しするような娘には育てたくない、と私は家内に言うたことをおぼえているんですよ。ですから、それだけは絶対にお断わりします」

「いやあ、磯本さんはすばらしい。じつは率直に申しますが、うちにも金がない。会社からの退職金を抵当に金を借りて家を建てたばかりなんです。息子が結婚したいと言うもんだから、また労働金庫から金を借りらなならんのかとビクビクしていたところでした」

いや、どうもそれはありがとうございます、と頭を掻きかき何度も下げる父親に、恒信は、相手の立場もあろうからと考えて、

「こうしては、いかがですか。結納はしましょう。中身はいれずに、結納袋だけとりかわすことにしていただけませんか」

と、提案した。

「いやあ、これはいよいよ、まいりましたなあ」

と、相手は笑いながら、また頭を下げた。

昭和五十三年十月十六日夕刻、しきたりにしたがって、ささやかな料理を用意し、仲人をふくめて相手の家族が来るのを待っていた。結納などの場合には、ふつう約束の時間より三十分ほどまえにあらわれるのが常識なのに、五時になっても相手はあらわれない。約束の五時半になっても、あらわれない。

六時になっても、七時になってもあらわれず、晴れ着姿の美佐代は泣きそうな顔になった。

夜中の一時になっても、二時になっても、相手は来なかった。

「こんな夜更けに訪ねてくる者はなかろうばってん、向こうさんは、なんかこみいった話でもなさっとっとやろう」

恒信の心には、間違いなく自分の出自が知られ、両親から息子に、結婚をあきらめろという話が出ているに違いないとの確信が生まれていた。

「美佐代、どうする」

父親に訊かれた美佐代は、しょんぼりとうつむいている。

目のまわりには疲れの色があらわれ、目蓋も落ち窪んでいる。口紅をひいているので、唇のようすはわからないが、きっと血の気が失せているだろう。

両親が来たとき、はっきりと自分の口から、部落の出身であることを伝えるべきだった、と恒信は、いまになって思った。相手の父親は労働組合の仲間に素性を聞いてまわったのだろう。それで息子に、部落の娘とは結婚するなと、結納のその日になって言いだしたのだ。

美佐代は相手に、父親が部落の出であることを告げていた。そこまで娘がしているというのに、なぜ彼は両親にこの問題を伝えなかったのか。

古地図問題で部落民宣言をしたので、長崎地区労書記長は部落の出身であるということは、少なくとも長崎の労働界では周知の事実となっていた。当然、青年の両親も知っているだろうと思っていた。

でも、やはり、自分の口から言うべきだった。ほうぼうで起こる結婚差別事件をめぐって、解決のために駆けずりまわってきたのに、自分の娘のことになると、公明さを欠いてしまう。そうして、いつまで待っても相手があらわれない時間の経過のなかで、もしかしたら娘の結婚問題は深刻な差別事件に発展するのではないかと、心がざわめきだした。

そうなると部落解放同盟長崎県連合会委員長としてのみならず、差別をうけた当事者として、相手にたいして糾弾をおこなわなければならなくなる。前代未聞の事態がくりひろげられる。

家のまえで車のヘッドライトが点滅するたびに、「あ、来たんじゃないか」と首を伸ばし、妻と娘と三人で玄関から外へ出てみたりしてあたりをうかがってみるのだが、どれも違っていた。悶々とするうちに、とうとう夜が明けてきた。

明るくなりかけた午前六時半ごろ、家の玄関が静かにあいて、「おはようございます」と、男の声が聞こえた。いったいどこから出ているのかと疑いたくなるような力のないその声に、玄関まで出てみると、青年がひとりで立っていた。

背後に目をやってみたが、両親の姿も仲人の姿もない。青年は精も根も尽きはてたように、呆然と立ち尽くしている。

恒信ははじめ怒声をたたきつけたくなったが、じっと黙って立っている青年の憔悴《しょうすい》した姿を見て、気持ちを入れ替えた。

ああ、これはついさっきまで夜通しで両親と話しあっていたのだな、と恒信は思った。これまでの経験から、部落問題がからんだ結婚話の場合、いざ結納となったときに両親の本性が出るということはわかっていた。青年の両親は土壇場になって結婚に反対し、なんとか認めてもらおうとする青年とのあいだで相当なせめぎあいがあったに違いない。

さんざん人のことを「磯本さんはすばらしい」などともちあげておいて、いざとなったら小狡《こずる》く逃げる父親に腹がたったが、意気消沈した青年をまえにして、「まあ、上がりなさい」と声をかけた。

美佐代がお茶を出してやると、青年は手をつけようとしなかった。

「まあ、いいから、あたたかいお茶をひと口飲みなさい。気持ちが落ち着くから」

恒信に促されて、やっとひと口飲むと、思いつめていた気持ちを爆発させるように、目に涙をためて話しはじめた。

「うちの父と母は間違っとります。どう考えても間違っとります。結納に行こうとしたら、ちょっと待てと言いだしまして……それから両親を説得したんですが、だめでした。なにをどう言うても、わかってくれまっせん。私は両親との縁を切りました。切ったうえで、ここに来させてもらいました。美佐代さんのお父さん、お母さん、私は両親を捨ててきました。どうか、美佐代さんと結婚させてください」

青年の体はなにかにとり憑かれたように、ぶるぶる震えていた。そのまま彼は、畳に額が触れるまで深々と頭を下げて、「お願いします。どうかお嬢さんと結婚させてください」と言った。

「さあさあ、もう顔をあげなさい。君の気持ちは、ようわかったけん」

畳に顔を埋めている青年に、恒信は声をかけて、

「ばってん、親子の縁を切ってきたっていま君は言うたが、それでよかつかい？　そりゃあ、結婚は当人どうしの意思の問題じゃあるばってん、お父さんやお母さんに祝福されんけりゃ、君もつらかろう」

「いや、いいんです。どがんしても許さんと言うんですから。それなら親子の縁ば切るしかありまっせん。どうか、美佐代さんと結婚させてください」

「ご両親は、なにが問題だと？」

「……」

「うちの家庭のことかね。おいの出身のことかね」

青年は、黙ってこたえない。

「はっきり言うてくれ。おいの素性が気にいらんというこっちゃないか」

「そうです」

青年は、苦しそうに声を出した。

恒信は大きく息を吸い込んで、胸にため、ゆっくりと吐き出したあと、胸のまえで腕を組み、しばらく黙っていたが、

「君自身は、どう考える。うちの娘と結婚したら、君はおいの義理の息子ということになるんだぞ。おいとは血はつながっとらんけんが、君個人はいままでの君となんら変わるところはない。ばってん、世間的には磯本と切っても切り離せん関係になるんだぞ。それがどういう意味か、わかっとるのかね」

「私はもう、縁を切ってきたんです。それでわかってください。血筋とか家系とかを問題にして結婚に反対する人間は、親であっても親ではありません。美佐代さんと結婚させてください」

「君がそうまでして美佐代を嫁にほしいと言ってくれるなら、うちとしては問題はなかばってんが……。なあ、お母さん」

「はい、うちとしては結構です」

「ありがとうございます」

青年はようやく明るい声でそう言うと、美佐代を見て、笑みをひろげた。それから恒信に向き直って、

「両親と縁を切って来んことには、美佐代さんにあらためて結婚を申し込むことはできなかったんです。両親については、これから時間をかけて、美佐代さんとふたりで理解してもらえるよう努力します」

と言った。

恒信は、ほっとしていた。もし、この青年が親の考えにしたがって、結婚話はなかったことにしてくれと言いだしたとしたら、ひどく厄介なことになる。美佐代は結婚差別をうけたことになって、深く傷つき、親を恨んだり、世間を恨んだりするだろう。自分個人になにか問題があって、それを理由に破談されるなら、自分でも破談の原因の所在は関知できる。でも個人の問題でなく、家柄や生まれた土地や血筋を理由に破談にされたら、どうすればよいのだろう。

なぜ自分を産んだ、なぜきちんと話をしてくれなかった、なぜお父さんは部落民宣言なんかした……と、まず親を恨み、ほかの部落民までをも恨むようになって、ついには自分自身の生の価値を蔑むようになる。社会を敵視して、やけっぱちになり、傷ついた心をますます傷つけて、あるいは死を選ぶかもしれない。

親子の縁を切ってまで娘をもらいたいというのだから、きっと娘を幸せにしてくれるだろうと、恒信は素直に受けとめることにした。

結婚式と披露宴の日取りを十月二十三日に決めたあと、恒信は青年と娘に連名で案内状をつくらせることにした。

「その案内状をもって、君のご両親のところや親戚の家をまわって、出席をお願いすっけん。そうすれば、いくらなんだってご両親も、ふたりの結婚を認めて、出てきてくれるだろう」

恒信はそう言って、青年に帰ってもらったが、時間をおいて考えるうちに、うまくいくだろうかと不安が首をもたげてきた。

自分たち部落の者にたいして、そうでない者はよく、「あなたはすばらしい」などと大げさに言うことがある。しかし、口で言うことと心で思っていることは正反対の場合が多い。

青年の父親がそうではないか。心のなかでは「部落の者のくせに」と蔑んでいても、正面きっては言わず、逆におだてあげ、褒めそやすのだ。正直にそんなことを言ったりしたら、なにをされるかわからないというのが、太鼓持ちみたいな真似をする理由の大半を占めているのかもしれない。自分を差別者として露骨にあらわすことは、他人によく見られようとする見栄っ張りの願望にそぐわないのだろう。

人間の心理というものを、恒信は経験上よく知っていた。こんどの場合も同じ反応をされるのではないかという、不吉な考えが湧きあがってきたのだ。案内状を一軒一軒もってまわったところで、相手は善人らしく外面をよそおいながら、披露宴当日になるとだれひとり来ないのではないか——。

この考えを恒信はふり払った。娘の結婚を祝福してもらうためにも、自分の足で一軒一軒まわって、話をしていこう。相手方の親戚には、自分の出身が知られているかもしれない。そうだとしても、自分を直接見てもらい、話を聞いてもらえば、わかってくれるのではないか。これ以上、悲しい思いを娘にさせないためにも、一軒一軒足を運んで、最悪の事態を招かないよう努めなければ、と前向きに考え直した。

青年の父親も母親も、結納に行かなかった非礼を詫び、結婚式と披露宴にはぜひ出席させてほしいと言った。紹介された親戚の家々をまわってみると、どの家の者もよろこんで出席すると言い、ある者は恒信の話を聞いて、

「磯本先生のところは、お嬢さんはおひとりだけでしょう。その大事なお嬢さんを、なにを間違って、自衛隊と結婚させるとおっしゃるんですか」

などと言う。

そうか、やはりそうきたか、と恒信は不安をつのらせながら、「どうぞふたりのために、ぜひお越しください」と、頭を下げつづけた。すると親戚の人びとは、「私どもは、ふたりで行きます」「うちは三人で」「私のところは五人で出席させてください」と言い、欠席を口にする者はひとりもいなかった。

新郎側の出席者は九十人近く、これに磯本側の親戚や友人を加えたら、たいへんな数になってしまう。それで双方から子どもの出席者を減らすことにしたが、それでも新郎側は八十名、磯本側は

四十名、あわせて百二十名の披露宴となった。

　結婚式には、青年の両親も出席した。このあと新地の中華街でひらかれた披露宴には、八人掛けの丸テーブルが十五卓ならび、壮観な景色であった。ところが、はじまる時間になっても、新郎側の招待客はひとりもあらわれなかった。それどころか、父親も母親も消えてしまった。

　新郎側が座るはずだった十卓の丸テーブルは、いつまでたってもがらんと空いたまま。磯本側は全員が席に就いたけれども、ほんの五卓だ。広い会場の三分の二がガラガラで、残った三分の一の空間に新婦側の関係者ばかりという、みじめさを通り越して笑いたくなるような景色を目のまえにして、雛壇の新郎新婦は泣きそうな顔をしている。

　料理は人数分が用意されている。途中でだれか来るかもしれないので、もぬけの殻の十卓のほうにも配膳をしてもらったが、とうとう最後までひとりもあらわれなかった。めでたいはずの祝宴は会話もとぼしく、通夜みたいに重たい時間が流れていった。

　恒信は、娘にすまないと思いながら、いままで歩いてきた道が木端微塵に吹き飛ばされたように思えた。このような無視、もしくは無言の拒絶というやりかたで、人は途方もなく恐ろしい差別をする。侮蔑的な発言をしたとか、侮蔑的な文章を配ったり貼ったりしたとか、そうしたわかりやすい差別行為とは別次元の、底なし沼のような差別である。

　どんなに相手を問いつめたところで、これまで彼らは恒信を褒めそやし、もちあげこそすれ、ひとことも蔑視の言葉は吐いていない。なぜ来なかったのだと問うたところで、急用ができて行けなかったと言われれば、それまでの話なのだ。

部落の出身だからこのような仕打ちをするのか、と問うてみても、自分たちはそんなことなど気にしていないし、そもそもあなたがそういった生い立ちの人だとは知らなかった、逆にそこまで言うのは失礼ではないか、と居直られるのが落ちだろう。

自分の娘の場合、青年が最後まで結婚を望んでくれたのだから、まだ救われたほうかもしれない。死ぬほどの苦しみを味わわされている人たちが、この長崎にどれほどいるだろう。恒信はそう考えて、地区労書記長を辞め、解放運動ひとすじに生きていこうと決めた。

第二部

第六章　救世主あらわる

平和を祈るということは
何もしないということではありません。

一

スペインで生まれ育ったディエゴ・パチェコ神父は、いまは長崎に住んでおり、慶長元年（一五九六）冬におきた二十六人のキリシタンや宣教師を処刑したところと伝えられる西坂の丘に建つ二十六聖人記念館の館長をしている。

パチェコ神父が馬原鉄男のリポートから五年後の昭和四十年に『キリシタン研究』第一〇輯（吉川弘文館）で発表した「ホアン・バプティスタ・デ・バエザ神父の二書翰《しょかん》について」という一宣教師の手紙を紹介した文は、新しい発見に満ちて、長崎の部落史研究にもひとすじの光明をもたらした。

このホアン・バプティスタ・デ・バエザ神父というのは、パチェコ神父の文章によると、一五五八年、スペインのウベダ市に生まれ、アルカラ大学で法学を学びイエズス会に入会し、一五八六年、ポルトガルのリスボン港から四年をかけて長崎にたどり着いた。しばらく古賀の教会につとめたあと、小西行長《こにしゆきなが》の領地であった肥後に行き、数年間をそこで送ったが、豊臣秀吉が死んで二年後の一六〇〇年、関ヶ原の合戦で小西が死ぬと肥後領主となった加藤清正《かとうきよまさ》によって追放され、長崎に帰った。長崎では司教の総代理として数年間働き、島原に移った。そして一六一二年から二年間、キリシタン大名の高山右近《たかやまうこん》とともに金沢にいて、一六一四年の長崎のキリシタン百四十八名のマカオやマニラへの追放処分のさい——このとき高山右近も追放されている——長崎にもどって来たが、ひとり彼は市中に隠れ、残留した。

その時から死ぬまで十二年間たえず長崎の信者たちの世話にあたり、町から離れることなく英雄的な布教活動に従事した。その間、多くの書翰を書いており、ローマのイエズス会の文書館に残っている書翰も少なくない。(中略) 小さな、はっきりとした字で書かれたその書翰には、長崎について重要な多くの便りを含んでいる。

(『キリシタン研究』)

パチェコ神父は同神父についてこのように書いており、カトリックの総本山であるローマ法王庁まで行って、長崎の知られざる歴史をひもとく貴重な書簡二通をさぐり出してきたのである。

そのバエザ神父の二通の書簡とは、彼と一緒に日本に渡ってきたモレホンというスペイン人神父に宛てて書かれたもので、モレホン神父はバエザ神父が亡くなってしばらくしてマカオでおこなわれたある宗教的儀式の場で、彼が積んだ徳について証言し、神父の霊を讃えた。

秀吉が敷いた禁教令下の長崎のようすを、バエザ神父の書簡はじつに詳細に伝えていた。とりわけ注目されるのは、当時「皮田町《かわたちょう》」という町方に住んでいた、いまで言うところの部落民がじつはキリシタンであったということ。そして、キリシタン捕縛のさいには、はじめから躊躇《ちゅうちょ》もなしに捕縛にあたったのではなく、逆に代官の命令を拒否し、みずからもキリシタンとして信仰を守るために殉教の道を選んだ、という話が書かれていたことだ。

スペイン語で書かれているのか、ポルトガル語で書かれているのかわかりがたいほど文字はかすんでおり、また書簡中にはラテン語と日本語もしばしば登場するので、はなはだ解読しがたい文面であったと断わりながら、パチェコ神父はこの書簡を日本語に訳している。そのなかに、つぎのようなくだりがある。

平蔵《へいぞう》（末次《すえつぐ》平蔵、第三代長崎代官）は皮田町の者に殉教者を留置しておくよう下命しましたが、町の者達はその命令に従いたくない旨答えました。このように彼等が答えたのは、今回が初めてではありません。又平蔵は馬町の代表者に命じてドミンゴスを炙《あぶ》るための薪を運ぶよう言いましたが、このときもやはり伝言が三回も繰返されたのに、全町民挙《こぞ》ってそれに応じたくない旨伝えました。当地のキリシタンは罪を犯すよりも、斬られ、焼かれたりすることを承知の上でさまざまに驚嘆すべきことを行なっております。更にかかる残酷な殉教を目撃し、又非道さに直面しても彼等は弱くも陰気にもならず、むしろ勇気を奮い起こし、又己が家に私達を匿《かくま》ってくれる者もいるのです。貧者が富者より勇気に溢れているのは事実で、富者は富の重みで我が主なる神の奉仕のためにあまり身軽になれません。

部落民の祖先が住んでいた皮田町は、代官からキリシタン捕縛を命じられても敢然と拒否し、馬町の者もまた火刑で使う薪の運搬を拒否したというのである。彼らもまたキリシタンなのであって「斬られ、焼かれたりすることを承知の上で」代官の命令を拒否したのは「今回が初めてではありません」と綴られている。部落民の祖先ははじめから弾圧者の手先だったのではなく、むしろ殉教者でさえあったことが明らかにされているのだった。

また、パチェコ神父は文末に詳細な「註」を挙げており、代官の末次平蔵について、このようにしるしている。

末次平蔵は長崎で最も有力な信者の一人であった。村山等安《とうあん》と議論して幕府の援助を助けるために信仰をすてた。奉行長谷川権六《ごんろく》の代官として初めは友好的に宣教師は日本から出ることを勧めていたが、後、非常に厳しく迫害を続けた。

そもそも長崎代官の平蔵はキリシタンなのであった。信仰を捨て、弾圧する側へまわったのである。こうしたところにも、禁教令下の複雑な支配構造のありさまが見てとれる。キリシタン代官のままであってもおかしくない者が、キリシタンであるところの部落民にキリシタン捕縛の命令を出し、拒否されるや、おそらく残虐な拷問や処刑をおこなっていくようになったのだろうから。

末次平蔵は、博多から商売のために長崎に移り住んできた末次興善《こうぜん》の息子で、父親は朱印船貿易で財をなし、一家ぐるみでキリシタンとなっていた。平蔵は「ジョアン」という洗礼名をもらっていた。いまも長崎市内にある興善町は、この父親の名前からとられている。

「註」に出てくる村山等安なる人物は、平蔵の前任の代官で、長崎を支配しており、平蔵の家業の貿易にもいろいろと口を出してくるので、彼はおもしろくなかった。もとをただせば等安は末次家の配下の者で、なんらかの奸計《かんけい》をはたらいて末次家を飛び越して代官になっていた。

そこで平蔵は、等安の長崎でのふるまいがいかに過酷であるかを幕府に密告し、加えて大坂夏の陣では等安の息子が徳川方につかず豊臣方についたこと、海外に追放されかかったキリシタンをつれ帰り自宅に匿っていたことなどを暴露し、その結果、等安は江戸で斬罪された。

「註」に「村山等安と議論して」とあるのは、穏やかに議論したわけではなく、等安を代官から引きずりおろし、消すまでにいたる恐ろしい駆け引きのことであろう。そして平蔵は、等安がキリシタンを匿っていたことを告発することによって、キリシタンであった自分の回心ぶりを幕府にアピールし、代官の座を射止めたのだ。イエズス会側から見れば彼は背教者であり、長崎の利権掌握とひきかえに神に仕える者たちの命を奪った悪魔の使者なのである。

平蔵の部下であった長崎町年寄の高木作右衛門《さくえもん》もやはりキリシタンで、平蔵とともに棄教している。このように幕府側からみれば棄教者、キリシタン側からみれば背教者たちが、きびしい弾圧を加えていったのだ。

バエザ神父の手紙には、「ファビアン」なる洗礼名らしき名をもつ日本人も出てくる。この人物についても「背教者」という言葉で語られているが、キリシタンにとってはひどい仕打ちをした姓名不詳の謎の日本人であった。

バエザ神父は、「背教者ファビアンは当地におり死に瀕しています。彼は異端と冒瀆《ぼうとく》に満ちた書物を一冊著わしました」と短く書いているだけだが、とするとこの手紙を読むほうのモレホン神父も「ファビアン」なる日本人についてはよく知っていたわけであろう。

パチェコ神父は「註」でこのわずかな一節について、「このファビアンは背教者になったたえるまあのファビアン・ウンギョウであった。本は『破提宇子』という有名な本で、一六二〇年二月二〇日京都で出版された。コウロス神父は一六二一年三月十六日の書翰でその本を訳してローマに送ったと書いた」としるしている。「ファビアン・ウンギョウ」という名の日本人が書いた『破提宇子』という本の題の読みかたは「はだいうす」で、「破（は）」は破教の意で、「提宇子（だいうす）」はキリスト教の神である「ゼウス」のこと。すなわち題名は『キリスト教を破棄せよ』という意味であって、布教妨害と棄教を求める日本初の書物なのであった。

ファビアンは戦国時代の一五六五年から江戸時代初期の一六二一年を生きた、日本人イエズス会修道士であった。一五八三年に京都で母親とともに受洗し、セミナリオ（神学校）で学び、修道士となってイエズス会に入会するが、秀吉の伴天連《ばてれん》追放令を逃れて山口、長崎、加津佐《かづさ》などを経て天草のコレジオ（大神学校）で日本語を教え、キリスト教の布教にあたり、仏教を批判する論陣をはった。

徳川幕府が開府した一六〇三年、京都にもどったファビアンは、それから五年後、修道女と駆け落ちして棄教、一六一四年には、高山右近をふくむ長崎のキリスト教徒百四十八人が国外追放された一連の迫害劇に協力し、晩年、キリスト教にたいする批判書である『破提宇子』を著したのだ。

ここでも棄教者で力をもつ者が、キリシタン弾圧に深くかかわっている。

当時の皮田町がどんなところであったのか。スペイン商人アビラ・ヒロンの『日本王国記』にはつぎのように書かれている。

〈市外の、最もひどい町はずれにいる、鼻高 Bicos、雪駄 Xequindas、金剛 Congo などの履物や草履をつくる者たち、これらの人々は漁師らよりも低く見られているが、鹿皮をなめす連中も、彼らと一緒に住んでいる。しかし鹿やかもしか革で足袋 Tabis や手袋や袴（カルソン）をつくる職人は尊ばれている。なお、こういう、職人たちのための特定の町々がある一方では、とくに足袋職 Tabis や、金銀細工師や刀剣師 Cataneros など、彼らの店がとびとびにある〉

皮田町は履物をつくる町であって、鹿皮をなめす職人も住んでおり、なめした革をつかって製品をつくる毛皮屋町に住む職人は尊ばれていることが整理して書かれている。その町のおそらくすべての住民がキリスト教を信仰するキリシタンだったわけだ。この町の人びとが代官の命令を自分の生命を差し出してまで拒否したというのは、代官が背教者だからという認識があったからではないか。背教者の命令どおりに同じキリシタンを牢屋にぶち込むようなことをしたら、二重の意味で深い罪を犯してしまうと彼らは考えたのではあるまいか。

パチェコ神父の登場は、長崎のキリシタン史ばかりでなく、これまで正しく理解されてこなかった部落史の真実にまで光をあてようとしていた。

二

ディエゴ・パチェコ神父――正式にはディエゴ・パチェコ・ロペス・デ・モルラという――は、一九二二年（大正十一）十月十七日、スペインのセビリアに生まれた。十一人きょうだいの次男であった。

日本国籍を取得したのは昭和五十三年、五十六歳のとき。日本名を結城《ゆうき》了悟《りょうご》とした。この名前は寛永十三年（一六三六）に殉教した日本人司祭、ディオゴ結城了雪からとられた。

イエズス会の任務をおびて戦後二度目となる来日以降、終生を長崎で送り、多くの貴重なキリシタン史料を発掘し、たくさんの本を日本語で書いて出版した。いま「貴重な史料」と言ったけれども、それは彼が所属するイエズス会にとってばかりでなく、日本人にとっても、キリシタン史抜きにしては知ることのできない日本中世から近世にかけての歴史に深く光を浸透させた点で、たいへん貴重な仕事であった。

曽野綾子《そのあやこ》との対談集『愛のために死ねますか』（中経出版）は、彼の八十六年の生涯で最晩年の出版となったものだが、その終わりのほうで「結城神父は、日本に帰化されて、長いこと日本にいらっしゃいます。ぶしつけかと思いますが、今、神父のいちばんの悩みというものをお聞かせ下さい」と問われて、このようにこたえている。

わたしの悩みは、大きく言って、二つあります。

一つは、自分は司祭として十分な務めを果たしているかどうか、ということです。

二つは、日本に限らず、世界の人の宗教心がだんだん低下していると思えることです。経済に恵まれると、人の宗教心は低下し、お金だけが大切なものに見えてきます。苦しみの多い時代には、宗教心が深くありました。しかし、経済力だけが発展していく今の時代は、生き方の教えを頼む人も、宗教心を深めようとする人も、昔に比べれば、少なくなりました。

けれども、この歴史の流れは止めることはできません。私は私の出来ることをするだけです。

この対談は平成二十年三月、二日間にわたっておこなわれた。四月一日、神父は聖フランシスコ病院に入院し、十一月十七日に他界する。

勤勉で、実直で、研究のためには労を惜しまず……と言えば四角四面な感じがするが、ふだんの神父はユーモアに富み、文章もけっして研究者のそれのように堅くなく、のびやかで、詩的であった。もっとも、彼のそばには、とても有能な日本人秘書がついていたのではあるが。

ここからは彼の名をスペイン名では表記せず、結城了悟と呼ぶことにする。

セビリアはスペイン南部のアンダルシアの州都で、バロック様式の建築が美しい大きな都市だ。ジブラルタル海峡までそれほど遠くなく、北アフリカのモロッコまで難なく渡って行ける。

生家は郊外にあって、広大な敷地を有していた。彼は自伝を残していないので、詳しいことはわからないが、いまも長崎に暮らす元同僚のアギラール神父によれば、

「お母さんは公爵ですよ。彼に届いた手紙を何度も見ましたが、立派な紋章がついていました」

と言う。

九歳のころ、王制から共和制を求めるデモが各地でおこり、国王が退位した。それによって第二共和制が成立したが、右派と左派の対立が激化し、治安は悪化した。

翌年、彼は隣国ポルトガルのエストレモスという、大理石の産地として有名な城のある田舎町の中学校に通いはじめた。もともとその学校はスペインにあったのだが、政情不安のために移転したのだ。家からの距離は二百キロ近くある。歩いては通えないので、寮にはいった。それでも学期初めと学期末にはセビリアから国境のバダホスへ行き、そこから国境を越えてすぐの町エルヴァスへ、そこから三十キロばかりを行ってエストレモスに向かった。

彼は思ってもみなかっただろうが、長崎との縁はこのとき生まれている。エルヴァスとエストレモスのほぼ中間あたりに、ボルバという小さな町がある。そこは天正遣欧少年使節団が歩いたところでもあり、長崎で殉教したベント・フェルナンデス神父の出身地でもあったのだ。

十三歳の夏に、内戦がはじまった。スペイン領モロッコからジブラルタル海峡を越えて軍隊が押し寄せ、すぐにセビリアは占領された。前掲の対談集のなかで、この時代のことを、

「食べ物がなく、ひどく辛い時代でした。その時食べたのは、サツマイモでした。パンもコーヒーもなかったのです。コーヒーの代わりに小麦を焼いて、それで代用していました」

と、話している。

彼の家はカトリック教徒だったし、共和制をとる人民戦線政府は社会主義政策を遂行しようと、資産家や教会から財産をとりあげたので、あまりいい思い出はないかもしれない。

内戦は二年八カ月つづき、ファランヘ党を率いるフランコ総統による独裁政権が生まれた。この年（一九三九年）の九月、第二次世界大戦が勃発したが、フランコ政権は同じく独裁体制を敷くドイツやイタリアに近い立場にありながら、終戦まで参戦しなかった。

ちょうど大戦開始と同年同月、彼はイエズス会に入会している。あとひと月ほどで十七歳になろうとしていた彼は、聖母信心会――ヨーロッパのイエズス会の神学生たちによって運営される自主活動組織。この組織から幾人もの司祭が誕生した――に参加し、政治犯や殺人犯など二千人が収容されている刑務所を訪れて受刑者たちに奉仕した。食料をめぐって不正がおこなわれているのを

知った彼は所長に改善を求め、これを実現させた。

最初に日本を訪れたのは、戦争が終わって三年が過ぎた一九四八年のことだ。それまで彼は日本について書かれたさまざまな書物を読んでおり、「素晴らしい印象」をいだいていたという。


きれいな富士山、きれいな海、里村の山々などのことを学んでいました。上海からプロペラ機に乗って日本へと来ましたが、途中の瀬戸内海はきれいでした。あちらこちらの小さな漁港の水は澄んでいて、海の底まではっきりと見えました。

第二次大戦が終わって三年目、こうして私は、プロペラ機で羽田空港に着きました。そして、その戦争で破壊された風景にショックを受けました。どこに来たのか、と思いました。すっかり焼かれた焦土となっていたのです。

木炭バスでガタゴト揺られて空港を出て、羽田から上智大学（結城了悟はここで本格的に日本語を学んだ・引用者注）まで二、三時間かかりました。ところどころに、復員帰りの兵隊服の人々が立って働いていました。東京には一、二日いて、横須賀の田浦へと行きました。そこには木が生い茂り、落ち着いた雰囲気の村のようでした。その時ようやく、日本と出合った感じがしたものでした。


（『愛のために死ねますか』）

以後二年間、日本語を学びながら、はじめて長崎を訪れている。日本にキリスト教を伝えたフランシスコ・ザビエルの渡来四百年祭がおこなわれるからである。ザビエルの右上腕部——信徒たちは「聖腕」と呼んでいる——が来るというのである。

最終的に中国への布教を試みようとしたザビエルは、数々の不運に見舞われて中国本土へはついに上陸できず、病魔にとり憑かれたまま、マカオ近くの上川《サンシアン》島で最期を迎えたが、その遺体は腐らずに残った。おそらくミイラとならぶ永久死体のひとつ、死蠟《しろう》となったのであろう。いくつかに細かく切り分けられた遺体は世界各所のゆかりの場所に運ばれ、右上腕部はいったんは日本へ送られながら、禁教令のもとではなにをされるかわからないと、使者たちはマカオにもち帰った。その聖腕が来るというのだった。

このイベントは長崎のみでおこなわれるのではなく、鹿児島、平戸、博多、山口、京都、長崎、奈良、広島、名古屋、大阪、東北各地にかけてザビエルゆかりの土地を十五日間にわたってめぐることになっていた。敗戦国日本にとっては、ローマ法皇の特使としてナンバー2のギルロイ枢機卿をはじめとして世界二十カ国から参列者を迎える戦後初の国際的行事であり、被爆都市広島、長崎にとっては、復興に拍車をかけられる一大祭典であった。むろん長いあいだ迫害と差別にさらされてきた日本のカトリック信徒にとっては、ことさらに喜ばしい出来事であった。

三

浦上にも聖腕を心待ちにしている人物がいた。みずからも被爆し、妻を失いながら、ふたりの幼い子どもたちとも死別する運命にある医師、永井隆である。

結城了悟は聖腕もさることながら、永井の姿を目に映すのを楽しみにしていた。スペインにいるときから永井の名は聞こえていたし、ちょうどこの年の一月に出た『長崎の鐘』を読んだばかりで、感銘を受けていたのだ。

昭和二十四年五月二十九日午前九時、浦上の空と山に教会の鐘が鳴りわたり、廃墟の天主堂前広場では、二万の参集者が崩れ残った壁にしつらえられた祭壇に安置されている聖腕にじっと目を向けていた。そして聖歌がうたい出されると、二万の声は拡声器で高められ、遠くまで流れていった。

結城了悟はこの人ごみのなかにいて、聖歌をうたっていた。永井隆もまた、すでに歩けなくなってしまった体を担架に横たえて、静かに口ずさんでいた。

ミサは亡き被爆者の霊と、いまも原爆症に苦しんでいる人びとを慰めるために特別に組まれたもので、終われば「聖腕」は大浦天主堂に運ばれる。そして、日本での最初の大殉教となった二十六人が処刑された西坂の丘に運ばれて、正式な祭典がとりおこなわれる。

ミサが終わって、広場のわきに建てられている信徒会館にほかの二十二人の被爆信徒たちと永井がいると、ひとりの神父が聖腕のケースをもって来て、ひとりひとりに見せ、接吻を許した。すっかり腹水がたまって腹がぱんぱんに膨らんでいる永井も人手を借りてようやく担架から腰を起こして、聖腕に接吻した。

歓喜に満ちた時間であった。永井は冷静な観察眼でこのようにしるしている。

ケースの蓋は開いていて、カーネーションとカスミソウが飾ってあった。右腕は腕の形に合わせてつくられた厚い、少し黄色を帯びたガラスの器に納められてあった。私はまざまざと、近々にこの目で見た。その腕は腐っておらず、貧しくひからびてもおらず、屍ろうのように白くなってもおらず、普通の死体に見られる変化はおこっていなかった。まったく生きた人の腕の皮をはいだもののようであった。薬を用いた跡もなかった。ただ埋めたり、掘り出したり、切り取ったり、運んだりしたときに傷付けられた跡はあったけれども。この手、この腕——これが、あの大きな仕事をした聖人の右手なのだ。

（『いとし子よ』講談社）

ザビエルの死体はまったく腐乱しなかったという伝説が、作り話ではなく事実であったことを説明するような、でもやはり不思議議としか言いようのない話である。

永井はさすがに大浦天主堂と西坂までは行けなかった。結城了悟は永井に会うことはできなかったが、大浦へも西坂へも行った。
午後二時から大きな十字架を先頭に、聖腕が納められたケースと、ザビエルがその最期のときまで肌身離さずにいた十字架がつづき、二万の人びとは大浦から西坂まで長大な行列をつくって行進した。

結城了悟は二十八歳のとき（昭和二十五年）、広島のイエズス会修練院でラテン語教師として教鞭をとったあと、翌年、南米コロンビアの首都ボコタにあるハベリアナ大学で神学をふたたび修め、三年後には司祭叙階を受けて、しばらくのあいだコロンビアとペルーの日本人移民コミュニティにはいり込んで、布教活動をした。日本語のできる彼はすっかり気にいられ、勤勉で朗らかな移民たちのことを彼もまた好きになった。
彼は永井隆原作の映画『長崎の鐘』をもって行き、上映会をおこなった。

平和を祈るということは何もしないということではありません。平和の道を選ぶということなのです。私は南米へ十六ミリの映画『長崎の鐘』を持って行き（中略）故・永井博士の詩を読んで聞かせました。人々は泣きました。祈りの力は強いのです。

（長崎新聞、一九八一年二月十二日）

ふたたび来日したのは昭和三十年（一九五五）のことで、三十三歳になっていた。広島県福山市のカトリック教会で助任司祭をしながら、広島大学大学院でキリシタン史の研究にあたり、一九五七年、広島市の長束修練院の修練長補佐に任じられ、二年間その職にあたった。

そして、これは日本に骨を埋めることを決心したからであろう、昭和三十三年八月十五日、日本の終戦記念日に「最終誓願」——神とイエズス会に生涯を捧げることを誓う——の儀式にのぞんだ。そして昭和三十五年から、あと二年で「聖人」に列せられてから百年を迎える二十六人の殉教者たちを顕彰する二十六聖人記念館を長崎に建設するために、資金と史料収集を命ぜられて、日本国内はもとより、ローマ、スペイン、ポルトガルの諸国を訪ねてまわるようになった。

長崎に移り住んだのが昭和三十六年（一九六一）、三十九歳のとき。そのまま彼はその後の生涯を長崎で送ることになる。

日本にキリスト教を伝えた宣教師たちの手紙をはじめとする厖大な史料を集め、それを丹念に読み解いて、日本語に翻訳し紹介する。その作業は、カトリック神父でしかたどり着き得ない教会の奥の院に秘蔵され、解読されぬままになっている中世から近世にいたる史料類との汗みどろの格闘であった。

このセルビア人神父の孤独な作業によって、日本へのキリスト教伝播以来、数多くのイエズス会宣教師によって本国やカトリックの総本山であるローマ教会にたいして報告書や連絡書のかたちで書き送られてきた厖大な数にのぼる書簡類が発掘された。そのなかには、すでに見たように、被差別部落民の住む町がまるごとキリシタンの町であり、彼らはみずからの命まで差し出して、キリシタンや宣教師を守ろうとした事実を伝えるものがあった。はじめから部落民が取り締まる側に立っていたのではなく、むしろ長崎奉行所に一命をもって抵抗した事実までが書かれていて、歴史の再考を迫る重要な研究となっていった。

長崎駅から山側へ徒歩で十分ほどのぼったところに、西坂の丘がある。二十六聖人記念館がそこに完成したのは昭和三十七年。四十歳の彼は初代館長に就任した。

結城了悟が帯びていた使命は、殉教がどのようにおこなわれたのか、殉教した者はだれとだれとだれであり、その人の姓名はなんというのであったのか、可能なかぎり正確に調べあげ、彼らを「福者《ふくしゃ》」とする手続き――カトリック教会では生前の善行（殉教）が認められた人びとを「福者」として顕彰する儀式がおこなわれる――を担っていた。

そうした儀式は、イエズス会にとって、世界中のカトリック信徒に勇気を与えることにつながる。死を恐れず、キリストの教えを最後まで守り、火炙《ひあぶ》りと磔《はりつけ》の刑に服したという歴史的事実を、とりわけ長崎という、被爆都市で積みあげてゆくことは、カトリックの世界的布教につながると考えられていた。

長崎は悲劇の場所ではあるが、悲劇が大きければ大きいほど、聖地として称賛され得るのだ。

もともと長崎は、さびしい漁村でしかなかった。そこが国際都市として発展していったのは、領主大村純忠《すみただ》がカトリックに入信し、イエズス会に長崎をそっくり寄進したからである。

このとき、浦上は長崎ではない。浦上は有馬領であった。領主の有馬晴信もやはりイエズス会に浦上をそっくり寄進した。

ふたつの村の新しい歴史は、このときからはじまる。長崎と浦上はイエズス会がつくった町や村なのであって、彼らにとっては極東の島国の西の果てに位置する深い入り江の奥のこの一帯は、だれにも侵されてはならない故郷なのであった。

四

二十六聖人記念館のホームページには、「記念館創立者・前館長」として、結城了悟の経歴や著作リストが掲げられている。そのなかに、館長職以外にかかわってきたさまざまな研究会活動に加えて、「部落解放運動などに携わってきた」とある。

こうした経歴をわざわざ載せる外国人も、珍しいのではないか。日本人でさえなかなか理解する者が少ないのに、運動に携わってきたと、経歴に書いているのだから。

では彼は、どのようにして解放運動と出合ったのだろうか。

それを述べるまえに、長崎に来てからの足取りをしばらくたどってみたい。

西坂の丘が二十六聖人殉教の地として長崎県から指定を受けたのは、終戦から十一年たった昭和三十一年のことだ。その聖なる場所がどこにあるのか、カトリック信徒にとっては、古くからの重大な関心事であった。記録には残されていなかったからである。

大浦天主堂を「日本廿六《にじゅうろく》聖人天主堂」と命名するほど彼らにたいして深い尊敬の念をいだいていたプチジャン神父が、殉教の地として考えていたのは西坂ではなかった。そこよりずっと東の内陸部にひろがる、立山町の茶臼山ではないかと考えていた。これにたいして西坂説を唱えたのは、『浦上切支丹史』を著した浦上出身の司教、浦川和三郎だった。そのときから西坂が殉教の地ではないかとの見方が、キリスト教関係者のあいだに定着した。

二十六聖人の殉教から二十五年後にも、十六人の宣教師やキリシタンの殉教（「元和の大殉教」）があったと史実にはある。この磔刑《たっけい》のもようを伝える絵画などを見てみると、殉教の地はたしかに丘の上の平らな土地のように見えるが、すぐ眼下には海が描かれている。それで、海から距離のある茶臼山ではない、と考えられた。いっぽう、当時の西坂は海から近く、片方の耳を削ぎ落とされた凄惨な姿で二十六聖人が歩かされたと伝えられる浦上街道を行くと、西坂の地が順当ではないかと考えられたのだ。

長崎から浦上にかけて、いまではすっかり風景が変わってしまっている。いまの風景から十七世紀の風景を思い浮かべるのは、むずかしい。本来、このあたりは、海から急に山が立ちあがっており、言うなれば北欧のフィヨルドを縮小したような地形なのだ。それを相当埋め立てて海側に平地をひろげていったものだから、西坂もいまでは海からすっかり離れてしまっている。

殉教のころは、足もとがもう海だった。大きな南蛮船がすぐ近くの海に浮かんでいるようすが、南蛮絵には描かれている。

西坂が殉教の地であることを先達の研究などから総合的に分析し、立証したのが、永井隆とも交流の深い浦上キリシタンの末裔で、のちに長崎純心女子大学副学長となる片岡弥吉《かたおかやきち》であった。昭和三十年に「廿六聖人殉教地の位置とその崇敬」という論文を発表し、それを翌年、長崎市の教育委員会が「西坂が殉教の聖地」と認め、県指定史跡地としての認定にいたった。

ここでおもしろいのは、とうのむかしに長崎市が、西坂を史跡指定にしようと動きはじめていたことである。それは戦後まもない昭和二十二年のこと。この年、親和銀行頭取の北村徳太郎《きたむらとくたろう》を会長、前市長の岡田寿吉を副会長として「廿六聖人聖地保存会」が組織され、公的に西坂を史跡に認定するかどうかの議論を待つこともなく、その地に公園の整備や記念館の建設をすすめていったのだ。

原爆と空襲で焼け野原となった長崎市としては、復興のために観光客にたくさん来てほしいと考えていた。もちろん、戦争の深い痛手を負っている貧しい日本人に、観光などする余裕はない。彼らが思いめぐらしていたのは、アメリカ兵をはじめとする戦勝国の人びとをどう呼び込むかであった。佐世保には米軍が基地をつくっている。そこから観光客に来てもらいたい。

しかし、なにを目玉にすればよいのか、見当がつかなかった。なぜなら、長崎はついこのあいだの終戦まで、国によって秘密主義を義務づけられてきたからである。戦艦武蔵をつくった三菱重工業長崎造船所をはじめとする軍事工場が長崎を埋めていたので、よそから人が来たとしても、長崎の者は町のどこになにがあるか教えてはいけなかったし、観光をさせてもいけなかった。そのため観光名所となるはずの土地や建物の由来について、ほとんど詳しくなかったのである。

長崎市はそこで文化財や史跡となるような物や土地について検討を迫られた。外国人の呼び込みを手っとりばやく可能にするのは、南蛮文化とキリシタン史跡ではないかと、ねらいをつけたのだ。

親和銀行頭取や前市長など有力者をトップにそろえて「廿六聖人聖地保存会」がつくられたのを考えてみると、それがイエズス会の聖地づくりのためでなく、観光名所をつくるための火急の課題であったことが窺《うかが》われる。

このような有力者たちは、しかし、なにも知らなかった。キリシタンの末裔を指して、「浦上《うらかみ》者《もの》」と蔑むようなニュアンスをもって呼んできたのは、長崎の「町」の者たちだ。「原爆が落ちたのは長崎ではなく、浦上だ」と言って、キリシタン部落と被差別部落がやられたのだとのニュアンスをにじませたのは、当時の岡田寿吉市長であった。

長崎市が文化財や歴史について検討してもらおうと声をかけたひとりに、長崎市立博物館の越《えっ》中《ちゅう》哲也《てつや》がいる。のちに彼は結城了悟と兄弟のような深い交わりをもつようになる。

この人は近年、「精霊流し」のテレビ中継の解説者としても長崎では広く知られ、九十歳を超えたいまも健在でおられた。

私が会ったのは平成二十四年のことであるが、もうかれこれ十五年ほどまえに、精霊流しの舟を見ながら、「来年は私があの舟に乗っておるでしょう」などと言って、女性アナウンサーをしどろもどろにさせた。つぎの年になると「来年こそ」と言い、その明くる年も「来年こそ」と言って、そうしてそのまた翌年には「今年も乗らんかったばってん、来年は……」と、テレビのまえの人びとを笑わせた。

「長崎学」というものが、戦前から市内にはあった。明治十二年生まれの古賀十二郎《じゅうじろう》という郷土史家が言いだしたもので、東京外国語学校（現在の東京外国語大学）時代に永井荷風《ながいかふう》と同級生だった古賀は、広島で英語教師をつとめたあと長崎に帰り、第一期の長崎史談会を組織して『長崎評論』を創刊した。

その古賀が、終戦前後には食い詰めて、長崎を離れて大村に引きこもっていた。その弟子の長崎県立図書館司書をつとめる永島正一《ながしましょういち》という人物が、兵隊から帰って来て、長崎市の求めもあるので「長崎学」のつづきをしようと提唱した。声をかけられて越中哲也も参加し、月に一度、大村から古賀十二郎に出てきてもらい、長崎の歴史について勉強会をはじめた。

永島正一は大正元年生まれ、終戦当時三十三歳。のちに県立図書館の館長となり、「長崎の生き字引」と言われ、構成と語りを担当した長崎放送のラジオ番組『長崎ものしり手帳』は二十数年間つづいた。昭和六十二年に亡くなっている。

勉強会がはじまると、越中は古賀十二郎に、

「片岡弥吉という若い人がいる。しっかり勉強しているから、呼んできなさい。片岡君は浦上の人で、カトリック信徒だ。長崎はキリシタン史というのも重要だからね」

と、言われた。

それで浦上から片岡を呼んできた。

片岡弥吉は明治四十一年生まれ。やがて『日本キリシタン殉教史』をはじめとする数多くの著作を生むが、終戦当時は三十七歳の無名の人であった。永井隆とも親しく、『永井隆の生涯』という伝記も書いている。越中が呼んできたときには、原爆で焼け野原となった浦上の復興のために、永井とはつかず離れずの関係で身を粉にして働いていた。

学びや研究の場というものは、たいへん尊い。思想、信条、信仰を跳び越えて、人間どうしの絆を育む。独りよがりな研究を乗り越えて、深度と振幅のある学術や芸術の方法を個人にもたらしてくれる。大正十年生まれの越中は、光源寺《こうげんじ》という浄土真宗の寺の息子で、この集まりではいちばん若かった。古賀と永島の家もまた仏教徒で、キリシタンの流れではない。そこに浦上キリシタン末裔の片岡がはいってきたのだから。

越中哲也は、子どものころ、被差別部落の人たちとも接した経験をもっていた。それは浦上の人ではなく、別の土地に住む人たちだった。

「その人たちは、うちの寺にお経をあげてもらいに来ても、庫裏《くり》のなかまではいらないんです。

ですから、お茶も出してあげられなかった。帰りがけになって庫裏の外で、お土産ですと言ってお菓子を渡していたわけなんです。私は子どもでしたから、なにも知らずに、なんでこっちに呼んでやらないのか、と言いました。そして、こっちにはいりませんか、とその人たちに言うと、やっとはいって来られました」

浦上だけではない。長崎にはそうしたところにも被差別民が住んでいて、彼らは浄土真宗に帰依《きえ》していた。

「光源寺は三百年まえ、いまで言う福岡県の柳川から来たんです。長崎がキリシタンの町から転向するときに、よそからいろんな人たちが集まってきて、お寺をつくるのですが、そのなかに柳川一族が、いまで言う筑後町などに来た。そして、つくったのが毛皮屋町というんです。ですから、鹿《しし》解川《ときがわ》という名前の川が長崎の町を流れていました。鹿の皮を洗うわけなんです。唐人船がマカオから、鹿の皮をたくさん持ってくるんですね。それを洗うんだ。鹿を解体するときに血が流れるでしょう。そういうのが町なかにあったらいけないから、毛皮屋町においたということでしょう。その後、毛皮屋町というのはいやがられて、山のほうに移転させられる。そこにこんどは墓をつくるというので、大きな寺ができて、また移転させられた。移転させられた先が、浦上だったんです」

浦上部落は、越中氏の言うとおり、二度移転させられて、最終的に浦上に行き着き、浦上キリシタンの監視役をさせられ、あの悲劇的な「浦上四番崩れ」を迎える。ところが、越中氏が子どものころ、光源寺には檀家として被差別民が来ていたというのだから、まだ光源寺の付近には彼らの係累が暮らしていたのである。

さて、古賀十二郎をまんなかにおいてはじめられた長崎の歴史や文化の掘り起こしは、長崎の観光開発と深く結びついていた。すでに彼らの研究をもとにして西坂の観光開発がすすめられ、そしてそこにカトリックの聖地発見の願望もあいまって、二十六聖人殉教の地が西坂に決定した。開館準備のために長崎に来ていた結城了悟は、片岡弥吉と出会い、越中を紹介された。

「片岡先生が、二十六聖人記念館をつくるときに、結城神父とあなたは同い齢なんだから、あなたが彼に日本語をちゃんと教えてやりなさい、と言って、私を結城神父に引き合わせてくれたんです」

と、越中氏は言う。

「私はセビリアから来ました。広島から長崎に来ました。私、一九二二年生まれ……」

と、たどたどしい日本語で、結城は自己紹介した。

「私も一九二二年生まれです」

と、越中がこたえると、

「いい年ですね」

と、結城が言った。

「いい年ですね、とはなんだろうと思いましたが、きっと同い齢という意味だろうと、私は思ったんです」

と、越中氏は笑みをひろげる。

五

「長崎の港に入港するまえに、ポルトガル船は福田に入港したとあります。私、福田に行きたいです。一緒に行きましょう」

と、結城了悟は越中に言った。

「福田は長崎から稲佐山の峠を越えて行ったところにある、小さな漁村ですよ」

「そこには殿様のお城やキリシタンの教会があったはずです。大村純忠はどの道をたどって来ましたか」

「さあて……」

キリシタン史に明るくなかった越中は、首をひねってみせる。

つぎの日曜日の午後、ふたりはバスで山坂道をのぼり、半島をひとつ越えて、福田村——現在は長崎市福田本町——に行った。小さな入り江がすぼまるように外海に向かってひらいている福田浦は、山もまた海にせり出して、平地が狭かった。

「ここは入り江が、あまり深くありません。それでポルトガル船は場所を長崎に移したんでしょう」

と、結城は言った。

大村純忠の領地であった福田浦は、一五六五年から一五七〇年の五年間にわたって、ポルトガル船が入港した。

そのまえ、種子島に鉄砲が伝来したのは一五四三年、キリスト教がもたらされたのが一五四九年。これは鹿児島に上陸したのだが、その一年後にザビエルは平戸へ向かい、ポルトガル船もまた領主松浦隆信《まつうらたかのぶ》の庇護のもとに平戸で貿易をおこなうようになった。

戦国時代のことゆえ、松浦隆信は隣藩との戦《いくさ》に勝利するためにキリスト教の布教を許しつつ、鉄砲や大砲をそろえ、南蛮貿易によって巨万の富を築いたが、そうしたことを好まなかった仏教勢力からきびしい圧力をかけられた。

平戸の商人とポルトガル人がふとしたことから大乱闘になり、ポルトガル人十四人が殺害された「宮の前事件」がおこると、翌年からポルトガル船は平戸を避け、佐世保湾の一角の横瀬浦（現在の西海町）に貿易の拠点を移した。

横瀬浦を支配していたのは大村純忠で、彼は松浦隆信やその他の藩から領地を侵されぬためにキリスト教徒となり――日本で最初のキリシタン大名の誕生であった――、武器を大量に入手した。横瀬浦は栄え、多くの者たちがキリスト教に入信し、美しい商人屋敷やキリスト教会が生まれた。純忠はイエズス会への帰依の証を立てようと、領地内の寺社仏閣の打ち壊しを命じ、ことごとく破壊していった。

こうした純忠の態度に怒った家臣たちが反乱をおこし、横瀬浦を焼き討ちし、純忠と宣教師を殺そうとした。横瀬浦は内戦の様相を呈したので、ポルトガル人は横瀬浦に入港できなくなり、ふたたび平戸に向かったが、めぼしい実績をあげられなかった。このような流れから、純忠はポルトガル船を自分の領地である福田浦に廻航させた。

松浦隆信はポルトガル人の背信に怒り、福田浦に入港するポルトガル船を攻撃したものの、歴史的な大敗北を喫した。福田浦はその後五年間、南蛮貿易によって繁栄し、寺社仏閣が破壊され、キリスト教会が建ちならんだ。

ただし福田浦は、ポルトガル人たちにとって評判がよくなかった。外海に近く、船泊《ふなどまり》は大風が吹くと転覆の危険にさらされた。それで島原半島の口之津《くちのつ》を使うようになったが、まだしばらくは福田浦にも寄港していた。

彼らは長崎を開港するよう、領主の大村純忠に求めた。深い入り江が外海の急潮の侵入を防ぎ、波静かな天然の良港だったからである。

ポルトガルの地図を眺めてみれば、容易にわかることだ。大西洋に面した南北にのびる海岸線が、東に向かって洞窟の入り口のような穴をあけ、細長い入り江となって大地に切れ込んでいる。そこから湾奥は湖のようにひろがって、凪いだような静けさだ。最初に海から長崎にはいったポルトガル人たちは、おお、わが故郷のリスボン湾とそっくりではないか、と感嘆したことだろう。

深い湾の奥にぽつんぽつんと点在している小さな漁村の集まりでしかなかった長崎が、一五七一年のこのときに開港し、大村純忠はイエズス会に長崎をそっくり寄進した。そうして長崎は貿易都市として急激にふくれあがり、博多のみならず京都からも大阪からも商人たちが住み着いて、奉行所の代官から商人たちまでほぼ全員がキリシタンとなって、独特の繁栄を誇るようになる。

「古いお城があったはずです」

と、ひととおり福田を見て歩いたあとで、結城は言った。

どこにも建築物は残っておらず、木立に蔽《おお》われて、壊れかけた石垣がわずかに見えるばかりだった。浦を一望する道なき山に、ふたりは藪を漕ぎながらのぼって行った。

しばらく海を見下ろしたあと、山をくだろうとしているときに、

「あっ」

と、結城が小さく声をあげて、立ち止まり、左の手首のあたりを見ている。足もとの藪や木立を見渡して、呆然としているので、

「どうしたんですか」

と、越中が訊くと、

「時計をなくしました。どこかにひっかけたんでしょう。でも、いいです。しかたありません」

と、結城はため息を吐いた。

「大切な時計なんじゃないですか。探しましょう」

と、越中は言ったが、

「気にしないでください。さあ、くだりましょう」

と、結城は、越中を気づかうように背中に手をやった。

外国製の腕時計である。とてもいまの自分たちには手の出ない高価な代物だろうと、越中は気の毒な思いがした。

不思議と人に気をつかう外国人宣教師だと、越中は思った。もしかしたら故国を離れるときに親からもらったものか、恩ある人からもらったものかもしれないのに、歩き疲れて汗だくになっている同伴者のために、大切な時計をあきらめてしまうのだから。

博物館に学芸員制度が生まれたのは、昭和二十七年。そのとき国家試験を受けて合格した越中は、長崎県立博物館の学芸員となった。

当時としては、九州でただひとりの学芸員の誕生だったのだが、なぜほかになり手がいなかったかというと、告知が行き渡っていないこともさりながら、博物館がなんであるかを理解する人間が少なかったのと、もし知っていたとしても、自分で旅費を出してまで東京に試験を受けに行かなければならないのを厭《いと》う気持ちがあったからではないか。

なにぶん、戦後まもないころの話。その日の糧を得るのに人は必死だったから、余裕などなかったのだろう。

越中は九州にある公立博物館の運営にたずさわっている人たちと連絡をとりあい、博物館館長会議を九州各県で催して、学芸員というものがあることの周知と、博物館がなんであるかとの認識を深めてもらうための講習会をひらくことにした。

佐賀県鹿島市にある祐徳稲荷神社に付設された博物館でひらかれる第一回講習会に、結城にも参加してもらおうと呼びかけ、ふたりして長崎から出かけて行くと、会議が終わったときに、

「皆様方を特別参拝者として奥殿までご案内いたします」

と、宮司から言われ、そろってそちらに向かうことになった。

越中の心のなかは、ざわめきだした。カトリック神父である結城の気持ちを想像したからである。

甲冑や刀剣、陶磁器など宝物類の特別参観を終えたあと、奥殿の神前で一同にお神酒《みき》がふるまわれようとした。そこには別のカトリック信徒も何人かいて、つぎつぎとお神酒を拒否していくので、神父はどうするのだろうかと隣りの席でもじもじしていると、結城はさっと立って、ふだんはめったに口にしないのに、時間をかけてゆっくりとお神酒をいただき、もどって来た。

「馬鹿が……」

と、信者のひとりから憤りの声が洩れるのを、越中は聞き逃さなかった。それで、なにか複雑な気持ちで参拝が終わるのを待って、

「神父さん、よかったのでしょうか」

と、結城に尋ねると、

「日本のみなさんが大事にしている行事は、私も大事にします」

と、涼しげな顔でこたえる。

なにか胸の奥から、じんわりと熱いものがこみあげてきた。それ以上なにか話しかけたわけではないが、妙に心がひとつになったような気がした。

「日本の古い伝統文化は大切にしますよ。私、日本の茶道を広島で少し習いました。長崎にはありませんね」

と、ある日、結城が言った。

なるほど、と越中はしばし考えて、

「そう言われてみると、被爆後の長崎では、ほとんどの茶室という茶室が失われ、茶道の稽古をする人も少なくなっていますね」

「私、広島でちょっと覗いてみました。千利休は秀吉にお茶を教えたでしょう。高山右近がお茶をやってないわけがありません。だから、私、お茶を習いたい。長崎には、いいところはないんですか」

「一軒だけ、あると言えばあります」

「つれて行ってください」

思いついたのは、玉園町《たまぞの》にある迎陽亭《こうよう》という古い料亭である。営業していたのは戦時中までで、いまは個人宅となっている。そこに茶室がしつらえてあった。頼んでみれば、見学させてもらえるのではないか。

迎陽亭は、各藩や長崎奉行所の役人の集会所御用のみに応じていた料亭で、もともとは諏訪神社近くの出来大工《できだいく》町にあったのを、料理人の杉山藤五郎が玉園町の高台に移転させた。敷地から日の出が拝めるので、このように命名された。空襲からも原爆からも難を逃れ、いまは杉山藤五郎の子孫が暮らしている。

後藤象二郎や岩崎弥太郎も訪れ、ロンドンに留学する夏目漱石が日本を離れるまえ、ここに立ち寄って、食事や風呂を楽しんだという。

敷地は千三百平方メートルあって、庭園の築山から滝が落ち、水路が引かれていた。多種多様な木々のなかには、水平に枝をひろげる「臥龍《がりゅう》の梅」もある。結城は庭園を歩きながら、うっとりとした声を何度もあげた。

茶室は庭園に接してあった。師範の女性に茶をふるまわれた結城は、

「私、お茶を習いたいです。来てくれませんか」

と、師範にいきなり頼んだ。

「どこに来てもらうんですか」

と、横から越中が師範の心中を慮《おもんぱか》るように抑えた声で尋ねると、

「私の記念館に」

と、結城が言う。

「あはは」

師範が楽しそうに笑って、

「私はお茶室がなければ、お教えできかねますよ」

はらはらして越中は、結城の横顔を見た。

「日本の博物館には茶室がいります。私のところにも茶室をつくります。そこでお茶を教えてください。自分もします」

「二十六聖人記念館に茶室を？」

「なんですかあ」

と、結城は素っ頓狂な声をあげた。

これがいつまでも親しい人びとの耳に残る、彼独特の言いまわしであった。講演のときでさえ、冒頭から「なんですかあ」と尻上がりな声を発するので、はじめて接した人はびっくりし、親しい人びとは、またこれだ、と笑みをこぼすのだった。

記念館の二階に畳を敷いて、急づくりの茶室とした。壁に掛け軸をたらしたが、書いたのは結城本人で、漢字や平仮名ではなく、ポルトガル語だった。週に一度程度の割合で師範に来てもらい、越中も座った。

正月には茶会をひらき、親しい人たちを招いた。『長崎崇福寺 論攷』などを書いている酒好きの宮田安という学者が、「お茶より、わたしゃ、おチャケがよか」などと冗談を言い、同じ呑み助の越中も「私もおチャケがよか」と言うと、結城は怒りだして、

「What!?　Ocha-ke!?　なんですかあ」

と、大声をとどろかせるので、座はしらけ、言ったふたりは気まずい感じになった。

このような日常を送りつつ、越中と結城はキリシタン史跡を訪ねまわった。大村、口之津、加津《かづ》佐《さ》の教会をめぐり、禁圧時代のキリシタンが隠れた場所を丹念に見た。

結城の先輩神父が同行し、加津佐のキリシタンが隠れていた岩戸山に行きたいというので、そこへ行ってみると、文字どおり岩の山であった。その上に穴があり、キリシタンたちが隠れ暮らしていたらしい。

突然、先輩神父が結城に向かって怒りだしたので、何事かと見ていると、先輩神父に頼まれた史料を忘れてきたらしい。加津佐の隠れキリシタンに関する史料を、結城はローマから日本へ持ち帰っており、それをこの山上で先輩神父は読んでみたかったのらしい。

「しまった、忘れた」

と、頭を掻いてみせていた結城だったが、帰りがけに越中の耳元に、こんなふうに囁くので、思わず吹き出してしまった。そうして、ますます結城の人柄がおもしろくなって、旅をともにした。

彼は、こう囁いたのだ。

「あれは重たいから、持って来ませんでした」

第七章　運命の浦上天主堂

なんで壊すんですか。
残すと言うとったじゃなかですか。

一

高原至《たかはらいたる》が結城と出会ったのは、神父が二十六聖人記念館の館長に就任したころであった。カメラマンの彼は、やがて幾たびか神父の故国を訪れ、ザビエルのたどった長大な布教の道をたどることになる。

高原も越中と同じ浄土真宗門徒で、何度か入信を誘われたが、堅苦しい祭事がいやで断わりつづけた。このふたりが結城の生涯にわたる友となり、ひとりが行かなければもうひとりが行き、もうひとりが行かなければひとりが行くといったふうに、長く旅の連れとしてあった。

大正十二年十一月十二日に長崎市で生まれた高原は、長崎湾を見下ろす小高い丘の中腹に住んでいる。私が会いに行ったとき（平成二十四）、八十九歳になっていた高原はとても元気で、酒をいまでもよく飲むのだと明るかった。傍《かたわ》らには夫人もいて話に加わってくれたが、ふたりは八月九日の長崎で原爆を受けた被爆者であることを知った。これまで公には語らずに来たという。

その日、県立高等女学校の三年生だった夫人は、爆心地から一・二キロメートルの近距離にある三菱兵器製作所に勤労動員で行っていた。すぐ近くに原爆が落ちたからか、「ドンともピカとも言わなかった。音はなにもしないんです」と言う。

工場内には始終炎をあげて燃えあがる溶鉱炉があり、その火が外に洩れて空襲の目標にされてはいけないからと、ガラス窓が一枚もなかった。入口は四カ所しかなく、屋根は鉄骨にスレート葺きで、炎天下に加えて溶鉱炉の熱で猛烈に熱かった。

「お風呂にガスを点けたときに、ボッと炎があがりますでしょう、あんなふうにして入口から炎がはいってきたんです。そのときはじめて、ボッという音がしました。ドーンという大きな音がしないので、工員さんが最初は、ガスタンクの爆発だと言ったくらいでした。それから屋根がぱらぱらと落ちてきましたが、私は工場の構造のおかげで助かったんです。工作機械なんかの工場にいた人は、ガラス窓が粉々に割れて全身に突き刺さりましたから。

空襲警報が鳴って、それが解除されて、警戒警報に変わっていたときに、原爆が落とされたんです。これも私には幸運だったというか、兵器工場の向こうに鉄道の線路があって、その向こうの崖の上にお寺がありました。そこにこんもりと緑を繁らせている森があったんですが、そこが避難所になっていました。もし空襲警報が解除されていなければ、私たちは遮るもののない森にしゃがみ込んでいて、全員死んだでしょう。兵器工場にもどっていたから助かったんです」

崖の上のお寺というのは、聖徳寺のことである。

高原至はそのとき、夫人が通っている県立高等女学校——戦時体制であったから授業はおこなわれず生徒たちは市内の軍需工場に出払っていた——の校舎にいた。彼は県庁の職員で、西山にあるこの校舎が県の仮庁舎になっていたのだ。

爆心地から二・五キロ離れたそこは、山の稜線がいくらか爆風や熱線を抑えてくれたが、それでもやはり被爆の現実はすさまじい。

係長たちと立ち話をしている最中だった、と高原は言う。

「ちょうど十一時ごろで、突然、部屋のなかが真っ黄色になったんです、ほんとうに真っ黄色に。そんなことなんて、はじめてでしょう。私は軍隊で訓練を受けていたから、反射的にデスクの下にもぐって、耳を両手で塞いだんだけれども、ほかの人たちはみな吹きとばされてしまいましたよ。風圧はすごかったけど、熱は感じなかった。それでも鉄筋コンクリートでできた県立高女の鉄製の窓枠が全部吹きとんでいました。残った窓枠も、ひん曲がっていました。私は幸い無傷でしたから、傷ついた人たちをつれて林のなかに逃げたんです。みんな急げ、と叫びながら。軍隊帰りでしたから、元気だったんです。

いまのはいったいなんだったのかと言っているうちに、ボトッ、ボトッと、なにか重たい液体が落ちるような音がする。天気はいいのに、葉っぱに大粒の雨が降りかかってきたんです。おおっと思ったのは、その色が真っ黒だったから。私の白いシャツを真っ黒に染めてしまったくらいに。これは危ないと、壊れた校舎のほうに傷ついた人たちをつれて逃げもどりました」

高原至は、みずからも被爆しながら瀕死の被爆者の救済にあたった医師秋月辰一郎《あきづきしんいちろう》の師で、長崎市内では結核の専門医として広く知られた高原憲《けん》の息子であった。

高原憲は信仰心の篤い浄土真宗門徒ながら、カトリック教徒たちがつくろうとする浦上第一病院（現・聖フランシスコ病院）に自分の病院の患者を大勢送り出すことによって経営に協力し、原爆投下直後にはそこを訪れて患者たちを励まし、弟子の秋月辰一郎を励まして、あまりに無慈悲な惨状に大声で泣きだしたかと思うと、

「私たち日本人は、戦争の悲惨さを知らなかった。日本人は、戦争に勝つことばかり知っていて、負けることを知らなかった……。それをいまやっと知ったのだ！」

と叫んだ。「もう日本が負けてしまったような言いかただった」と、秋月辰一郎は回想している（『死の同心円』長崎文献社）。

高原至は、永井隆とも親しかった。終戦後は県庁を辞めて毎日新聞社の写真部にはいり、長崎の町の者が歩きづらかった浦上をめぐり、倒壊した天主堂がやがて解体されていく姿と、そこを心の拠りどころとして暮らしてきた浦上の人びとの情景をカメラにおさめていった。寝たきりになって執筆する永井隆の姿も数多く撮影した。カメラを片手に長崎と浦上を行き来し、やがて結城とも出会う彼は、戦後長崎の貴重な記録を後世に伝えることになった。

そうしたことができたのも、自己の存在感を他者にたいして極力消しながら、どこへでも出かけて行ってシャッターを切るカメラマンとしての才能に恵まれていたからであろう。それに加えて、

長崎でも浦上でも人びとから尊敬される父をもっていたからであろう。

仮庁舎から電車通りに沿って家に帰る途中、ついいましがたまで慣れ親しんできた風景がまったく変わっていることに高原は肝をつぶした。銀屋町の高原病院にたどり着いてみると、山を挟んだ眼鏡橋近くに立地しているからか、外観は窓が割れている程度だったが、しかし内側は畳がめくれあがるほど破壊されていた。家族は全員無事。

県の本庁舎に向かうと、信じがたい光景を目撃した。

「あれは異常でした。県庁はユニークな建物で、屋根のいちばん上がドームになっていたんです。そのてっぺんからスーッと一本煙があがったかと思うと、とたんに一気に炎が燃えあがって、みるみる建物全体を焼いていった。私は途中までそれを見て、恐ろしくなって、ワーワー言いながら逃げまわりました。そこからプツンと記憶が途切れています」

そこから矢上《やがみ》の家に行ったらしい。矢上というのは山をひとつ東側に越えた、いまは東長崎と呼ばれるところで、そこに東望浜《とうぼうのはま》という美しい浜がある。その浜を見下ろす小さな山懐に、父親は家と診療所をつくっていた。小学校にあがるまえから高原はそこに住み、祖父母に育てられたのだ。

山に隔てられているとはいえ、西の浦上方面を向いたところはガラスが全部吹きとんで、玄関をはいってつきあたりに据え付けてある電話機の周囲の壁に無数に突き刺さっていた。

毎日新聞に引き抜かれたのは、終戦から四カ月が過ぎた十二月。東京写真工業専門学校（現・東京工芸大学）理学部で、写真を撮るのではなくフィルムや乳剤をつくるケミカル分野の勉強をし、大東亜写真協会に務めたという経歴を知ったデスクから声をかけられたのである。

若い男たちは戦争に行ったまま、帰って来なかった。新聞社としては、カメラを自前でもっている高原のような若者がほしかったのだ。

写真記者として高原が会ったのが、永井隆であった。

「もう滅茶苦茶にこき使われました。永井先生は、畳二畳のあんな小さな家に浴衣姿で臥せっているというのに、私は振りまわされましたからね」

と、高原はつづける。

「自分の会社の仕事だけじゃないんです。東京から雑誌社の取材が来るたびに、私に写真を撮りに来てくれと、毎週のように呼び出されましてね。当時はカメラマンは同行しなかったんです。カメラをもってる雑誌記者なんて、いないんだから。それで私に達筆な巻紙の手紙をバイクで届けさせて、『高原君、あなたの腕をふるってもらいたい』と頼んでこられるんです。君の仕事じゃないだろうと支局長に怒られながら、でも私は永井先生のもとに自転車ですっとんで行きました。あの先生は、殺し文句で若い男を弄ぶのが上手だった。『もうつぎからは来られません』と言うと、『高原君、あんたなしじゃ、おれは困ったばい』なんて言うんですから。いまとなっては、手紙をとっておかなかったのが残念です。もう腹が立って、保存しておこうという気持ちがなかったですから」

「浦上というところは戦争が終わるまでは、なんとなくはいりにくいところでした」

と、夫人が言う。

高原がひきとってつづける。

「浦上天主堂の向かって右隣りは、長崎医科大学の運動場でした。中学生のとき、陸上競技をしている友人がそこに練習に行くというので、私もつれて行ってもらったんです。天主堂とのはじめての出会いでした。そのとき私は、小型のカメラをポケットにいれていたんだ。へえ、浦上天主堂ってこういう建物だったのかと思って、こっそり一枚だけ撮ったんです。その写真は、私の写真集のなかにおさめてあります。

戦争中の長崎市内は、カメラをもち歩くことが絶対にできませんでした。魚雷をつくったり戦艦をつくったりしていましたから、ちょっとでも町のようすが外に知られたらいけなかったんです。写真を撮って発表するためには、学校の卒業アルバムですら憲兵隊から判子をもらわなければなりませんでした。でも、どうしても撮ってみたくて、さっとポケットからとりだして撮ってみたんです」

高原には二冊の写真集がある。一冊は結城了悟との共著『ザビエルの道』(ナガサキ・フォトサービス)と、もう一冊が『長崎 旧浦上天主堂 1945－58—失われた被爆遺産』(岩波書店)。

いま話している写真集は後者のことで、タイトルが示すとおり、天主堂が原爆によって倒壊し、解体撤去されるまでの貴重な記録となっている。

一枚一枚、正確な年代が付されていないのが残念ではあるけれども、壊れ残った天主堂の残骸のなかでザビエルの聖腕を迎えておこなわれたあの盛大なミサの模様や、大浦天主堂から西坂までの行進のありさま、かと思えば、廃墟の庭で縄跳びをして遊ぶ子どもたちの姿、仲人に手を引かれていく花嫁の姿などが写されて、平和な時代が到来したことを伝えている。

「声をあげて遊んでいる子どもたちを見ていると涙がこぼれ、光が見えたような気がした」

一九五三年に撮った縄跳びの写真にはこのような高原のコメントが添えられ、花嫁の写真には年月は付されてないが、

「廃墟からマリア様が出てきたと思い、夢中でシャッターを切った。また生きる力をもらった」

とあって、高原の感動が伝わってくる。

写真集の最後のページに、「高原至が中学生時代に撮影した、在りし日の旧浦上天主堂。1936年」というキャプションが付された写真が掲げられている。なるほどあわてていたのだろう、縦長のその写真は輪郭が少しぼやけて、逆光気味ではあるが、かえって浦上をはじめて訪れた中学生の心の震えと天主堂の悲劇性を語りかけているようで暗示的である。

「だめと言われれば、やっぱり撮りたくなるでしょう。で、その一枚だけ撮ったんです。でも私は運動場にいただけで、周辺の住宅にはいり込めませんでした。なんだか白い目で見られるような感じで……。浦上天主堂の奥には見えざる塀があって、その向こうにはとても行けないといった感

覚です」

終戦後もそのような雰囲気はあったのだろうか。

「特殊な雰囲気はなくなったんじゃない？」

と、夫人が隣りから言うと、

「原爆で消えたんだ。だって、みんななくなっちゃったんだもの」

と、高原が言う。

天主堂が解体撤去されるのは、昭和三十三年である。それが決まったとき、たまたま高原は天主堂に来ていて、見るからに元気のない顔をして坂をのぼって来る中島万利《まり》神父に、どうかしたんですか、と訊いた。

「いま長崎市長と会うてきた。替え地はなかと言われた」

と、神父は言った。

替え地とは天主堂の移転先の土地のことで、いまと同程度の広さの代替地が見つからないので、天主堂の残骸を撤去して同じ場所に新しく建造せよ、と市長に言われたのだという。

「替え地のなかけん、こん廃墟ば壊して、新しい御堂をつくれということになった」

「なんで壊すんですか。残しておくと言うとったじゃなかですか」

「替え地がないんです。ばってん、御堂はいる。御堂をつくるためには、これを撤去するしかない。仮御堂がそこにあるばってん、あんたも知っとるように、日曜日のミサをするのに、何べんもせんならん。浦上の人間を収容するには、どうしたって大きな御堂が要るったい。どっちをとるかと言われたら、信者を救う道をとるしかなかっさ」

それでもしばらく高原は食ってかかったが、どうなるものでもなかった。大酒飲みで豪傑をもって知られる中島神父が、すっかり意気消沈しているのだから。

原爆の悲惨さと、二度とこのような出来事があってはならぬという教訓を後世に伝え残すためには、天主堂の廃墟は残さなければならない。そのように神父たちのあいだでも話しあわれてきたのだ。市長も同じ考えと聞いていたのに、どうして変わったのだろうか。

「絶対にあれを残すべきだった。長崎市がわるいんですよ」

と、いまも高原は言う。

「松山町に平和公園があるでしょう。あそこに天主堂を移せばよかったんです。それをあんな平和祈念像を建ててしまって……、あれは愚劣ですよ」

愚劣というのは、青銅製の相撲の土俵入りを思わせるような、あの巨人像──平和の像のことである。

「私はそれから天主堂の解体撤去工事に張りついた。そうしたら坂の登り口に『入場厳禁』の立札が立てられた。クソーッと思って、かまわず写真を撮りに通いつづけたんです。それがこの写真集になったんだ」

解体撤去にいたる長崎市の動きは不気味である。原爆投下国アメリカとその被害国である日本の奇怪な関係が水面に揺らめいている。長崎市は原爆の記憶を、市民からも、国民からも、世界からも失わしめようとしたのだろうか。贖いがたいアメリカの罪とともに。

それはまた浦上カトリックの総意であったのかもしれない。なぜなら、浦上カトリックの代表者として世に知られた永井隆が、このように述べているからである。

「こんなもの（天主堂の廃墟のこと・引用者注）を見るごとに私たちの心がうずくばかりでなく、これから生まれ出る子供たちに、われわれの世代が誤って犯した戦争によって神の家さえ焼いた罪のあとを見せたくない。むしろ平和な美しい教会を建て、ここを花咲く丘にしたい」（『花咲く丘』アルバ文庫）と。

二

長崎というところは、不思議な都市である。原爆が落とされて多くの人が死んだ、あるいは原爆症に苦しんだというのに、奇妙に明るい。拷問や配流によって無惨な死をとげた多くのキリシタンの記憶さえも、すっかり観光化されている。

累々たる死者たちの堆積がこの長崎ではロマンティックに物語化されて、いまでは県内に点在する多数の教会群を世界遺産に登録させようと県をあげての運動がすすめられている。登録されれば浦上天主堂は、それらの筆頭としてより多くの観光客を集めることになるだろう。

同じ被爆の地にあっても、天主堂は広島の原爆ドームとはまったく趣きの異なる世界遺産となる。広島は原爆の悲惨とそれを投下した人類の愚かさを語り伝えるための文化遺産であるのにたいし、天主堂はそうではなく、あくまでもキリスト教弾圧を生き抜いてきた信仰の聖地として意義づけられるのだろうから。

原爆ドームが世界遺産に登録されたのは平成八年。そのさいアメリカから猛反対を受け、「世界で初めて使用された核兵器」という文言を削除された。当然、浦上天主堂もそうであってもよいはずなのに、地元の長崎がはたらきかけているのはキリシタンの聖地としてなのだ。

それは、やむをえぬ話かもしれない。いま建っている天主堂は、原爆で破壊されたときの遺構ではなく、昭和三十四年十月に新しく建ったものなのだから。被爆地としての気配が薄い——したがって不思議と明るい——のは、原爆ドームに匹敵し得る、長崎で唯一といってよい被爆遺産を解体撤去したことに由来するのではないか。目に見える遺構は、わずかにその断片が天主堂周辺と爆心地公園に見られるだけである。

私は永井隆のいう「花咲く丘」には与《くみ》できない。「これから生まれ出る子供たちに、われわれの世代が誤って犯した戦争によって神の家さえ焼いた罪のあとを見せたくない」という心情は、空襲も原爆も戦争を終わらせるために必要だったとするアメリカの自己正当化に通ずるものがある。アメリカの場合は加害者としての罪の意識の裏返しであろうが、永井の考えもそれに順応している。

こうした心情が文字となって発表されたとき、浦上の人びとはどう思っただろうか。一度に彼らを収容できる施設はなかったし、日曜日のミサは何組かに分けておこなわなければならなかった。仮聖堂は建っていたが、これで満足はできなかったろうとは思う。永井が死んだのは昭和二十六年。「花咲く丘にしたい」との彼の言葉は、遺言のように受けとめられた。あるいは解体撤去への自己正当化として利用されなかったか。

こうしたことについてはなにも記録に残っていないので、想像を重ねるしかないが、時がたつにつれ永井が言うように新しい子どもたちが生まれ、古い人たちが死に、若い者は大人になり、やがて老いていった。川面に落ちる木の葉のように古い記憶は流れ、新しい記憶がつぎからつぎに川面に落ちて、そしてまた流れてゆく。頑なに古い記憶を守ろうとする者が煙たがれるのは世の常だが、私もやはり高原がいうように、天主堂の遺構は多少敷地内を移動させてでも残すべきだったと思う。

もともと永井本人は浦上の人ではないし、異郷から来た者としての使命感と自由な心に依拠していたと思われる。代々浦上に育った者ならば、「四番崩れ」のあとに命からがら帰還した先祖たちがいまの地に三十年の歳月をかけてこつこつと完成させた、被爆直前まで存在した天主堂を撤去解体し、「花咲く丘」につくり変えようなどとは、そう簡単には言いださなかったろう。

そもそも天主堂が建つ丘は、禁教令以来二百五十年にわたって彼らを苦しめてきた庄屋屋敷の跡地で、ここでは「絵踏み」もおこなわれていた。明治初年、世襲の庄屋が死に、その長男も炭鉱の爆発事故で死んで、生活に困った妻が明治九年に千六百円で手放したのを、「四番崩れ」の生還者たちが買いとったのだ。

彼らにはそれまで浦上全体で集まることのできる大きな御堂がなかった。広大な跡地と屋敷を手にいれた彼らはここに集まるようになったが、しかしここを彼らは「仮聖堂」と呼びあっていた。そして材木を伐り出してきて新しく建てたのが明治十三年。でもまだまだ旧屋敷を活用せねばならぬところもあって、「神の家」とするにはあまりに凄惨な記憶が詰まりすぎていたのだろう、やはり「仮聖堂」と彼らは呼びあった。

大浦天主堂のような立派な聖堂を建てようとはもともとの考えにあったことであるが、「四番崩れ」からの生活の立て直しをするのに必死で、すぐには資金を集めきれなかった。ようやく正式な聖堂づくりが開始されたのは明治二十八年。彼らは自分たちの手で煉瓦《れんが》を一枚一枚積みあげて、大正十四年に完成をみた。双塔の鐘楼をもつ威容は、東洋一の大きさを誇った。

庄屋跡を壊して新しい聖堂を建てたのだから、原爆の遺構の撤去と新しい聖堂の建設も同じ理屈ではないかという向きもあろう。でも、それとこれとは違う。

庄屋跡を買ったのは、二百五十年の惨酷の歴史を後世に伝えるために保存しようとしたのではない。忌まわしいその地に共同の祈りの家を築くことによって、「信仰の勝利」を満天下に知らしめようとする意図があった。いっぽう被爆遺構の撤去は、たんに同じ場所に新しい天主堂を建てるためであって、この地に存続させたいという気持ちは本音としてはあったろうが、近くに代替地さえあればそちらに新しく建ててもかまわないというのが、当時の浦上教会の神父たちに共通する考えであったと伝えられる。つまりなにがなんでも同地に再建したいと熱望の声をあげていたわけではなく、むしろ被爆遺産として廃墟を残し、原爆の酷たらしさと平和の尊さを後世に伝えていこうとの考えで一致していた。これは長崎市の原爆資料保存委員会も同じ考えで、その証拠に同委員会は毎年市長にたいして「保存すべし」の答申を出し、市長もまたそれを受けるまでもなく「保存」で心は固まっていたという。

突然それが「解体撤去」へと展開していった過程については、テレビドキュメンタリスト高瀬《たかせ》毅《つよし》の『ナガサキ 消えたもう一つの「原爆ドーム」』（平凡社）に詳しく描き出されている。同書によると、米国ミネソタ州のセントポール市から姉妹都市提携の話がもち込まれ、これに応じて田川務市長（当時）が昭和三十一年におよそ一カ月にわたって訪米する。セントポール、ニューヨーク、ワシントンをまわり最後はハワイを経由して帰国した田川市長は、天主堂をめぐる考えを一変させ、「解体撤去」へとこれまでとは正反対の考えを表明するようになった。この市長の変心こそが、天主堂と浦上の運命を決したというのである。

また、田川務の訪米に先んじて、浦上教区の山口愛次郎司教が訪米していた。聖オウグスチノ会が経営する米国のウィラノヴァ大学から名誉博士号の学位を贈られるというので、その贈呈式にのぞむというのが訪米の理由とされていたが、同書によると、「しかし本当の理由は、教区の仕事で渡米する必要に迫られていたためだった。『必要に迫られた教区の仕事』というのは天主堂再建のための資金集めのことだと思われる」。

高瀬毅は、リサーチャーが見つけ出してきた「セントポール・サンデー・パイオニア・プレス」というセントポール市――山口司教はカトリック信者の多いセントポール市にも田川市長に先んじて訪れていた――の地元紙の記事を見ておどろく。

山口司教の写真入りだった。日付は一九五五年十二月十一日。現地の主任マーレー大司教と並んだ山口司教が、使い古した十字架をマーレー大司教に見せているシーンが写っていた。十字架には冠雪の富士山が刻まれている。

記事には、「三十二年前ローマで司祭となった山口司教（六一）は、破壊されたカトリック教会、浦上天主堂を、昔の敷地に再建する資金を集めたいと願っている」とあった。それに関連して山口司教はこんな発言をしていた。

「長崎とセントポールが姉妹都市の関係を結んだことにより、再建プロジェクトを進め、残りの爆破の傷跡を消し去ることを望んでいる」（前掲書）

つまり浦上教区でもっとも力をもっている山口愛次郎司教は、長崎や浦上ではそういった発言を控えていたが、セントポール市では天主堂の「解体撤去」「現地再建」を訴えていたのである。

浦上天主堂が発行している『神の家族四〇〇年』（浦上小教区編）を見ていくと、どうも浦上教会自身は被爆遺構として残そうとする意志は薄弱であったことが知れてくる。瓦礫は昭和二十四年のザビエル祭までには片付けられており、天主堂の正面左側と右側面の壁だけが残されていた。市の原爆資料保存委員会などから「残してほしい」というつよい要望があったからだという。

そして昭和二十九年七月には「浦上天主堂再建委員会」が発足し、会長には高原至とも親しい主任司祭中島万利神父が就任した。委員会は設計図に基づいて計画書を作成した。建設様式は鉄筋コンクリート造り、建坪四百坪、総工費六千万円。

こうして見てくると、浦上の神父たちは廃墟の解体撤去を望み、同地に天主堂を再建することで一致していたが、原爆資料保存委員会からの「保存」の答申を毎年受けて、外に向かっては「保存」を語り、内に向かっては「撤去」を望んでいたことがわかる。「撤去」こそが本音だったといえるだろう。

とりわけ、そうした意志をつよく持ち浦上教区を引っぱっていったのが、山口愛次郎司教だったのではないだろうか。

彼の経歴を見れば、それはそうだろうなと、うなずかされるところがある。山口愛次郎は浦上の生まれである。明治二十七年に同地で生まれ、天主堂に近い山里尋常小学校を卒業し、長崎公教神学校哲学科に入学した。大正九年に卒業するとイタリアに留学し、ローマのプロパガンダ大学（ウルバノ大学のこと。「プロパガンダ大学」は、伝道師養成学校の総称）というところで学んだ。

四年後日本にもどり、五島列島一円を布教してまわり、神学校教員、司祭を歴任、昭和十一年には鹿児島教区長、翌年長崎司教となり、以後浦上天主堂を中心にこの「撤去」か「保存」かをめぐる議論のときまで同地で暮らしていた。

被爆体験などについては書き残されたものがないのでわからないが、山口司教には「四番崩れ」の話から帰還後の暮らしぶりまでさまざまに聞いて育った経験があり、地元の者として天主堂が抱きかかえてきた血と涙と祈りの歴史をまざまざとその身内に刻みつけてきたであろうから、なんとしても天主堂の再建は移転先ではなくいまの場所にしたいとの思いがつよかったのではないかと想像される。

高瀬毅は前掲書のなかで、一九五六年（昭和三十一）五月五日付の「ニューヨークタイムズ」に山口司教に関する記事を見つけたと言い、つぎのように記事の一部を紹介している。


港町に伸びる二万二千人のローマカトリック信徒の町では、八千五百人が原爆によって殺された。

「多くの日本人が、比率でいくと最大のクリスチャンコミュニティーのある長崎を原爆が襲ったことに対し、皮肉を感じている」と長崎司教区の大司教、ポール山口（山口司教のこと）がふり返った。

「しかし、カトリック教徒は、この試練を、戦争を終わらせるための殉死とみなし、罪に対しての神の最後の鎮静だと考える」と述べた。

「私たちは、広島で日本人が受けた犠牲は神の前では十分ではなかったのだと感じている」

山口司教は、新しい教会は米ドルで約二十五万ドルかかるだろうと見積もっていた。彼は「最近の訪米で四万ドルを得ることができた。日本からの募金でもかなりの額を集めることができたが、まだ十万ドルの資金が不足している」と語った。

これは高瀬毅も指摘していることだが、山口司教の原爆をめぐる考えは、永井隆の語った「神の摂理」論と相通じている。広島の犠牲ではまだ神のまえに戦争を終わらせるのには不充分であって、長崎に住む自分たちがさらなる犠牲とならなければ戦争を終わらせることができなかったとする考え方である。この身勝手で一方的な、カトリック信徒以外の人びとや広島の犠牲者を無視する宗教者の独善的な物言いは、人の道を説かず神の道のみを説き、人を神のよろこびのために犠牲として差し出す山羊か羊のごとき存在として扱う点でグロテスクでさえある。

高瀬毅は、アメリカが投下国であることの罪の象徴としていつまでも天主堂の残骸を保存することにつよく反対していた事実を伝え、額はわからないけれども、かなりの再建資金を与えたことも示唆している。そして一カ月にわたる米国の招待旅行から帰国した田川市長は、一歩もあとに引かぬ頑強な解体撤去論者となって、保存を訴える市議会議員との論戦を子どもじみた論理で強引に切り抜け、いっぽうでは浦上に隣接する平和公園に天主堂を移転再建するという案も無にして、この方針を浦上教会の中島万利神父に伝えたのだ。

ちょうどその話しあいを終えて帰って来た神父と、高原至は天主堂でばったりと会ったのだった。高原の印象では、中島神父のようすは、ひどく疲れた感じだったという。ということは、中島神父はこの段階では「保存を断念させられた」と悲しんでいたわけで、それでも食ってかかる高原に向かって、信徒のためにどうしても御堂は必要だから、どちらをとるかといわれたら撤去再建をとる、とこたえたのだった。

以上のような流れを見てくると、そもそも浦上教区としては永井が言ったように「花咲く丘」にしたいとの考えがあり、同地に天主堂を再建したいと思っていた。けれども原爆資料保存委員会の答申や田川市長の「保存」の考えに沿って、やむをえず「保存」の立場をとりつづけてきたと考えられる。アメリカからの支援と田川市長の大転換こそ、じつのところ浦上教区の本意であって、市長の方針転換にこれ幸いとばかりに乗っかったというのが真相ではないだろうか。

高原至は以後、天主堂の解体作業を写真に撮りつづけた。土ぼこりをあげて倒される南側の壁、首にロープを巻きつけられて転がされているヨハネ像……写真集を見ていると、高原の怒りや悲しみが伝わってくる。

解体撤去作業がはじまったのは、昭和三十三年三月十四日、七月十一日には廃墟の一部が原爆落下中心地公園の片隅に移築された。そして翌三十四年十月、コンクリートむき出しのままの状態で新しい双塔の天主堂が完成した。

第八章　真実を見よ

——歴史というものを変えてはいけません。

一

天主堂問題などには、結城了悟はあまり関心がなさそうで、出しゃばることなく、遠くから見ていた。

「だれか私の助手になってくれる若い娘さんを知りませんか。机のまえに座ってくれているだけでいいんです」

ある日、結城はアギラール神父に訊いた。

メキシコ出身のアギラール神父の頭には、すぐにある女性の顔が思い浮かんだ。

「ひとり、いま自宅で静養している娘がいるんだがねえ」

娘は松江《まつえ》暉子《てるこ》といった。

「地元の短大を出て、一年ほど三菱に勤めていたんだが、喘息《ぜんそく》持ちでけっこう苦しんでたんだ。親に引きとられてね。いまはお母さんとふたり暮らしをしています」

「どうしてあなたが知ってるんですか?」

「彼女が通っていた短大で、一年間だけ英会話を教えたことがあるんだよ」

まもなく、懐かしい顔が彼女の家の玄関先にあらわれて、

「アギラールですよ、わかりますね。私はアギラールですよ」

と、いかにも教室のなかでやっている、人をおもしろおかしくするようなそんな言いかたをした。

「結城神父様という方が、秘書を求めているんだ。彼のまえに座ってるだけでいいから、なにもしなくてもいいから、座ってるだけでいいから、やってみませんか」

二十六聖人記念館に来てほしいということだった。

病気がちの体を、この世に生を受けてからずっとかかえてきたので、なかなか仕事に恵まれない暉子だった。でもすぐに来てくれないかという知らせが来て、

「では、一週間だけなら」

と、条件を出して、二十六聖人記念館の坂道をのぼって行った。

威厳たっぷりのきびしそうな結城の顔を見て、最初は少し緊張したが、すぐに思い直し、深呼吸をときどきしながら、結城のまえに座るようになった。

結城ははじめから仕事を与えたわけではない。一応テスト、実習期間として暉子を見ていた。

「まず手紙を書いてください」

それで書いてみて、声に出して読みあげてみる。

「ああ、いいですね」

「では、サインをお願いします」

結城はペンを渡してもらって、サインをする。

こうして静かな時間が流れはじめた。

「結城神父様は、ほとんどなにもおっしゃらなかった。まだお若いし、顔がきびしい方だったから、神父様がどういう方だかわからなくて、ただただ怖くてね。だって、こうやって座ってるとするでしょう。すると、うしろから近づいて来られることがある。まったく音がしないんです。それでまたびっくりさせられてしまう」

と、いま松江暉子はふり返る。

「ほんとうに静かな生活を送っておられて、お祈りばかりなさってました。しょっちゅうどこかに行かれるなあ、と思っていたら、それは全部取材だったんですね。それで取材から帰って来るたびに、はい、これ書いてくださいね、と現地で録音したテープを渡されて清書するようになったんです」

松江暉子の家は、曹洞宗を信仰していた。

朝、学校に出かけるとき、かならず仏壇のまえに正座し、チーンと鉦《かね》を鳴らして手をあわせ、子どものころからの習慣で、「行ってきます」と挨拶する。帰って来たときも「ただいま帰りました」と、鉦を鳴らす。それが子どものころからの習慣で、はじめて西坂を訪れた二十代のときも変わらずつづけていた。

最初、二十六聖人記念館がイエズス会の根拠地であるということすら知らなかった。でもそうと知ったからといって、長崎はキリスト教によってひらかれた市《まち》だからと、なんの抵抗も感じはしなかったのだが。

記念館は、外壁のコンクリートがむき出しのままだった。内部も変わらぬ感じで、だだっ広い四角い洞窟に迷い込んだような気がした。ザビエルらを描いた九つのステンドグラスが外光を採り込んではいたが、薄暗かった。

神父が収集し、そしてなおも収集をつづけているキリシタン関係の史料を納めたガラスケースが、電気の明かりを冷たく反射させていた。身の置き場もないくらい静かなのである。昭和四十一年十一月、記念館が開館して四年が過ぎたところだ。

神父のいる部屋は、中二階の展示室の脇の、人目につかぬところにあるドアをあけて、階段をのぼっていった三階にある。そこは資料室と言ったほうがよい雰囲気で、スチール製の本棚が立ち並び、紙の匂いばかりがした。

彼女は少し、ほっとした。歴史が好きで、図書館へはよく通っていたから。

南側には窓が広くとられており、外光もいくらか採りいれられていた。でも冷暖房の設備がないらしく、底冷えするのをおぼえて、自分は喘息持ちなのにこの先大丈夫だろうか、などと心配になった。

「まあ、一週間の約束なんだから」

と、そのとき彼女は思い直してみたのだが、それが一週間ですまなくなったのは、神父にもう少し手伝ってほしいと頼まれたからである。自分としても、もう少しいてもおもしろいかも、と思った。

神父の立ち居振る舞いは独特で、威厳がある。家で養生していたものだから、これまで一度もそういう人を見たことがなかった。背が高いうえに、いつでも背筋をぴんと伸ばして、廊下を歩く。表情はきびしく、いつも真一文字に唇が結ばれている。それで同僚の神父さえ、おいそれと気軽に話しかけられないようすなのだ。

司祭として指導する立場にもあるわけだから、同僚や後進の者にきびしく接するのはわかる。でも神父は、自分自身にもきびしかった。それは、すさまじい拷問を受け、磔にされて殉教していった多くの宣教師や日本人信徒の詳細を調べているからだろう。彼らがどのように生き、どのように捕縛され、殉教していったか、その勇気と信仰心のつよさを知っているから、神父は自分にたいしてもそのようにしていられるのではないか、と暉子は見ていた。

この記念館が、豊臣秀吉という当時日本の最高権力者によって、キリスト教信仰を理由にはじめて処刑された二十六人の事績と霊魂を祀る場所であることを、彼女はようやくわかってきた。神父の話を聞き取りし、紙にメモしていきながら、これまで学校では教えられてこなかった日本史の新しい発見があるので、知識欲を刺激されたのだ。自分が働きはじめた記念館の由来を神父の著作などから知って、彼女は胸が震えた。

慶長元年（一五九六）の冬、京都や大坂で捕縛された二十四人の宣教師と日本人信徒たちは、翌年二月に長崎で処刑されるために、沿道の見物人から石を投げつけられながら、気の遠くなるような道のりを歩かされていた。捕縛されたわけではなかったが、道中彼らの世話をしたいとみずから望んで同道しているふたりの日本人信徒も、やがて処刑者に加えられ、計二十六人となった。

彼らの姿は、たまに市中引きまわしの囚人の姿を見てきた日本人の目にも異様に映った。両手をうしろで縛りあげられ、ひとりひとりの首と首は縄でつながれていた。むろん着ているものは、ぼろぼろに破れていた。来る日も来る日も裸足で歩かされるものだから、皮膚が破れ、血と土くれが混ざり合い、異人の黒い靴を履いているように見えた。

とりわけ沿道の目を集めたのは、彼ら全員の左の耳たぶが削ぎ落とされていることだ。そのようにしろと、秀吉が命じたのである。

なぜここまでキリスト教は憎まれたのか。

すでに一度、秀吉はキリスト教にたいする追放令を出している。天下統一を果たした秀吉にとって、キリシタン大名が存在し、長崎や大村のように自分たちの領地を教会にそっくり与えている現実は許しがたいことであった。自分の国に他国の領地が存在するからだ。ことに大村純忠の長崎はポルトガル領といっても過言ではなく、貿易によって大村藩は栄えていた。ポルトガルと組んでこの国を乗っ取ろうとしているのではないかと、秀吉は危ぶんでいた。

当然の感情であったろう。大村純忠や有馬晴信、大友宗麟《おおともそうりん》といった九州のキリシタン大名は、信仰の証をたてるために神社仏閣をことごとく破壊し、日本人僧侶たちを迫害した。ポルトガル船による日本人奴隷の売買も公然とおこなわれ、女性や子どもまでもが安南（現在のベトナム北部から中部にかかる地域）やインドにまで売られた。これでは長崎はポルトガルの極東前線基地といってよく、宣教師は世界戦略の尖兵であることは疑いを容《い》れなかった。

秀吉の追放令によって、宣教師たちは平戸に集められた。だが多くは各地に散らばり、潜伏した。秀吉は京都や大坂、堺の宣教師の館と、長崎、浦上、茂木の教会領を没収し、大村と有馬両藩の教会を廃棄させた。

これでひとまず落ち着いたかに見えていたが、イスパニア（現在のスペイン）帆船サンフェリペ号が土佐沖に漂着した事件で事態は一変した。没収した積み荷のなかに武器のたぐいがあって、取り調べにあたった奉行から、秀吉はこのような報告を受けたのだ。

「イスパニアは宣教師を送り込んで布教にあたらせ、民心を充分掌握したのち、兵を送って領土を手に入れるだろう」

この船は、そもそも日本を目的地に定めていたのではない。すでに自国の領土としていたフィリピンのマニラから太平洋を渡りメキシコ――ここもすでにイスパニア領であった――へ向かう途中、難破したのだった。

報告を聞いた秀吉は、このふたつの国と同じ運命をたどってはならないと驚愕した。それが二十六聖人の捕縛より約二カ月まえの出来事である。

サンフェリペ号には、宣教師たちも乗っていた。彼らはひそかに土佐を抜け、京都で布教活動をはじめた。そのことも秀吉の感情をいたく刺激した。

こうして秀吉は、石田三成《いしだみつなり》に命じて捕えさせた二十六人全員の左の耳たぶを削ぎ落とし、山陽道を延々と歩かせて、キリスト教を信仰すればこのようになるのだと、見物人に混じっているかもしれない宣教師や信徒たちへの見せしめにした。あるいはまた、信仰に傾きかけている者たちを震えあがらせ、そうでない者たちには惨めで哀れな彼らの姿を見せることによって、キリシタンへの蔑みの心を植えつけようとした。

松江暉子は、磔にされる順に並べられた二十六人の名前を目で追った。

1フランシスコ吉　年齢不詳、京都生まれ、大工、二十四人に同道し捕縛
2コスメ竹屋　三十八歳、尾張生まれ、刀剣師
3ペトロ助四郎　年齢不詳、京都生まれ、フランシスコ吉とともに同道し捕縛
4ミカエル小崎　四十六歳、伊勢生まれ、弓矢師
5ディエゴ喜斎　六十四歳、備前生まれ、イルマン（助修士）、殉教直前イエズス会員に

6 パウロ三木　三十三歳、摂津生まれ、イルマン
7 パウロ茨木　五十四歳、尾張生まれ、弟とともに貧者、病人を救済
8 ヨハネ五島　十九歳、五島生まれ、イルマン、殉教直前イエズス会員に
9 ルドビコ茨木　十二歳、尾張生まれ、修道院の待者
10 アントニオ　十三歳、長崎生まれ。父は中国人、母は日本人
11 ペトロ・バプチスタ　四十八歳、イスパニア人、フランシスコ会司祭
12 マルチノ・デ・ラ・アセンシオン　三十歳、イスパニア人、同会司祭
13 フィリッポ・デ・ヘスス　二十四歳、メキシコ生まれ、同会修道士
14 ゴンザロ・ガルシア　四十歳、インド生まれ、同会修道士
15 フランシスコ・ブランコ　二十八歳、イスパニア人、同会司祭
16 フランシスコ・デ・サン・ミゲル　五十三歳、イスパニア人、同会修道士
17 マチアス　年齢不詳、京都生まれの日本人
18 レオン烏丸　四十八歳、尾張生まれ、パウロ茨木の実弟、フランシスコ会伝道士
19 ボナベントウラ　年齢不詳、京都生まれの日本人
20 トマス小崎　十四歳、ミカエル小崎の息子
21 ヨアキム榊原　四十歳、大坂生まれ、医者
22 フランシスコ医師　四十六歳、京都生まれ、大友宗麟の元待医

23トマス談義者　三十六歳、伊勢生まれ、フランシスコ会伝道士
24ヨハネ絹屋　二十八歳、京都生まれ、織物師
25ガブリエル　十九歳、伊勢生まれの日本人
26パウロ鈴木　四十九歳、尾張生まれ、フランシスコ会伝道士

イスパニア人神父ばかりが捕縛され処刑されているのは、サンフェリペ号事件が直接この弾圧に結びついていることを示すものであろう。

それにしても縄をかけて長崎まで引きたてられていった日本人は、無名の市井の人たちばかりではないか、と松江暉子は思った。それだから正確な名前が残っていないのだ。

最年少が十二歳。ほかにも十三歳や十四歳の少年がいる。

十二歳のルドビコ茨木は、捕縛から除外されたにもかかわらず、司祭に縄が打たれたとき、「自分も捕えてくれ」と願い出たという。そして処刑場では「自分の十字架はどこ？」と尋ねたという。

十三歳のアントニオは、マルチノというイスパニア人神父によって長崎から京都につれて行かれ、ほかの少年たちとともに教育を受けたのだそうだが、処刑場に駆けつけてわが子の悲運を嘆き悲しむ父と母に向かって、慰めと励ましの言葉をかけたという。

三十三歳のパウロ三木は、処刑場のまわりを取り囲んだ群衆に向かって、「私はなんの罪も犯し

ていない。キリシタンの教えをひろめただけで処刑されまする」と叫んだという。四十八歳のイスパニア人司祭ペトロ・バプチスタは、イエス・キリストの最期にならって両手に釘を打ってくれと懇願したが、無視された。

彼らが西坂の処刑場につれて来られるまで集められていた場所は、「慈悲屋」と呼ばれる浦上の癩《らい》病院であった。浦上キリシタンは、いまではハンセン病と呼ばれる「癩」を患う者たちをケアしていたのだ。

そこへ長崎の市中から数多くのキリシタンが押し寄せてきた。当時はまだ長崎の皮屋町の者たちもキリシタンだったから、彼らの姿もそのなかにあったことだろう。

暴動が起きるのではないかと恐れた処刑責任者は、ただちに二十六人を刑場へ引きたてろと命じた。慈悲屋を出て海を見下ろす丘に着くまでの道のりを、たくさんのキリシタンが祈りの声をあげながらついてきた。

処刑は槍で下から両脇を突きつらぬく方法でおこなわれた。おびただしい血が流れ、死亡が確認されると、まわりを遠巻きにしていたキリシタンたちが思いあまったように二十六本の磔柱《はりつけばしら》に向かって駆け寄ろうとした。彼らは執行人たちによって抑えられたが、夜になって警備の手が緩まるのを見計らい、血に染まった聖者たちの衣服を千切りとり、丸裸になってもなお、こんどは彼らの毛髪や皮膚をむしりとっていった。聖なるものの証としたかったからである。

二十六人の遺骸はそのまましばらく磔柱に結ばれたままにされ、鳥についばまれ、腐っていった。そして白い骨になった。キリシタンたちは、警備の目を盗んで、その骨を小刀で削いでもち帰った。

長崎の湾からは、二十六本の白い骨が立ち並ぶようすが眺められた。

いま自分がいるこの西坂の丘で、このようなことがあったのかと、松江暉子は涙がこぼれた。

神父は、彼女がここにやってくる四年まえの昭和三十七年、記念館のオープンにあわせて『二十六聖人の殉教史 長崎への道』（二十六聖人記念館）という小さな本を出版していた。日本語の文章を上手には書けぬ神父のこの本は、きっとだれかに翻訳してもらったのだろうが、翻訳者の名がしるされていないので、だれが翻訳したのかわからない。殉教直後の西坂の光景を、神父は格調高くこのように綴っていた。

丘は夕やみに静かに包まれてゆき、喜びにも似た悲しみの平和があたりを占領しはじめた。見張り人も去り、更《ふ》けてゆく夜と共に、寒さは激しさを増した。そして蕭々《しょうしょう》として渡る北風のなかに、高く十字架の遺体だけが黒々と動かなかった。長崎の人々の視線が暗黒のしじまを貫いて、この十字架を凝視した。

しばらく時が流れていった。そしてこの丘に、何やらうごめきを感じ始めた。黒い人影がいくつも十字架の方へ走ると見る間に、その前で動かなくなり、つぶやくような祈りの声が聞こえてきたりした。マルチンス司教も、その日参詣した一人であるが、そのことによって殉教者への崇敬を人々に認めたことになった。その後、他の宣教師や刑がすべて終わった後で報告に接した大村と有馬の大名も訪れた。さらに後日、朝鮮戦役への途中、キリスト信者の武士らが立ち寄り、近くの村々から質朴な百姓たちも馳せつけた。

こうして衣類をむしりとる光景が描かれるのだが、刑の執行後も骨になるまで見せしめとしてさらされていたようすを、海の上から眺めた証言者の資料を引いて、神父はこのようにしるした。

宣教師の一人、イスパニア人のイエズス会士、フランシスコ・カルデロンは、「磔刑にされてからすでに三十七日たっているのに、まだ十字架に架けられたままの聖なる列を『船の港』から目の前にしながら、私はこの手紙を書いています」と認《したた》めている。

ついに日本の地をあとにするサン・フェリペ号遭難者の眼底に焼きつけられた光景は、この二十六本の柱であった。

「われわれは、二十六の聖なる殉教者をそこに残してラングサク（長崎）を去った。彼らは、海から百歩ほどのところにそれぞれ十字架に架けられていた」

海から百歩――。この丘の足もとは、すぐに海だったのだ。松江暉子は歴史の地層を抱きかかえようとする。

二十六聖人殉教の話は、当時、日本国内ではほんの一部にしか語られてこなかったが、処刑のさまを海上から見つめた宣教師や、ルイス・フロイスらがローマに送った報告、また処刑にのぞむ宣教師らが死の直前に書き残した手紙類によって、海外には衝撃とともに偉大な殉教物語として想像以上に広く知れわたっていた。そして西坂は、カトリック教徒にとって、殉教の聖地として熱いまなざしをもって見られていた。

明治以降、つぎつぎと再建されたカトリック教会は、北は札幌から南は奄美まで二十五カ所にのぼる。それらはいずれも二十六聖人の霊に捧げられたもので、西坂の方角を向いて建てられた。

事実、「信徒発見」の大浦天主堂に行ってみると、そこは二十六聖人の霊を祀る教会であり、聖堂は長崎の低地を隔てて遠く西坂の丘をふり仰いでいる。高層ビルもなにもなかったころの長崎では、大浦の坂をのぼり、階段をあがって聖堂まえでふり返れば、なんの遮蔽物《しゃへいぶつ》に邪魔されることもなく、まっすぐに西坂を見渡すことができた。双塔を天に突きあげる浦上天主堂の壮麗な姿も、浦上の谷も、その向こうに眺められるのだった。

松江暉子は、ここから眺める長崎の風景が好きだった。湾は深く浦上の谷へ向かって切れ込んでおり、反対方向に目をやればちょうど百合の花のように外海に向かってひらいてゆく湾のようすが一望できる。

「すごいな」

と、彼女は思った。

「でも、とてもあんなことは、自分にはできないな」

おびただしい血を流しながら聖歌をうたい、両親を励ましながら死んでいった子どもがいたことを思うと、胸が熱くなった。

二

ひんやりとして静かな三階の仕事部屋。書棚から少し離れた窓辺の大きめのテーブルを挟んで、神父との原稿づくりのやりとりがはじまる。

どのように殉教がおこなわれたか、神父は調べてきた事実に基づいて、首を切られたり、焼かれたり、雲仙の地獄に突き落とされたり、地中に穴を掘って幾日も吊り下げられたり……といった処刑の方法を語る。

「いやだな……。日本人って、なんて残酷なんだろう」

知らなかった恐ろしい話を耳で聞きながら、彼女は自分のノートにたどたどしい神父の日本語を書き写してゆく。

「あのう、もう一度おっしゃってください」

と、ときどき確かめながら。

でも、流れを止めてしまってはと思うので、あまり神経質にはならずに、話のままに書き写してみて、それからノートを家にもち帰り、原稿用紙に清書する。

もちろん、そのまま清書するのでは日本語の文章にはなり得ない。これってなんのことだろうと、いくたびも不可解な表現や単語につきあたり、辞書で調べなければならなかった。

神父はスペイン語で原稿を書き、それをはなはだあやしい日本語にして伝えてくる。日本語の文章のニュアンスからは、だいぶかけ離れた文章もある。かなりの頻度で、どうもこれは日本語のつもりでお話しになっているんだろうけど、こんな表現は日本語にはないなあ、と頭を抱え込むことがあった。

そうやって格闘しているうちに、口述筆記のときには身震いするほど恐ろしいとか悲しいとか感じていたものが、一個の客観的な事物として受けとめられるようになった。淡々と仕事をしている自分に気づいて、おどろくようになった。

つぎの作業は、清書を終えた原稿用紙をコピーし、それを神父に渡す。いよいよ印刷所に入稿するための完成原稿に仕上げてゆくのだ。

松江暉子の声がいまでも澄みきって美しいのは、このときの積み重ねによるものではないのだろうか。こんどは彼女が読み聞かせるのである。

カーテンを開け放った朝の窓から、やわらかな外光がテーブルの上を照らしている。スペイン語と英語と日本語の辞書がテーブルに置かれ、神父の書いたスペイン語の手書きの原稿と取材ノート、そして宣教師の手紙の原文コピーなどが並べられている。禁教令が出る以前、長崎のイエズス会士たちによって編まれたポルトガル語による分厚い日本語辞書『日葡《にっぽ》辞書』も置かれている。

つねに頭を悩ませるのは、むかしの宣教師が書いた手紙や報告書のなかに、彼らの文明にはない日本独特の風習や道具などについての記述があることだ。

「なんですかあ、これは？」

神父は、例の素っ頓狂な声をあげる。

原文は、ある道具について説明している。宣教師はその道具の名前をスペイン語でどうしるせばよいのかわからなかったようで、説明のみに終始している。

では、どうして暉子にはすぐに思い浮かばなかったのかというと、説明文のなかのある単語の意味がどんなに調べても解せなかったからだ。「Hibachi」（火鉢）とローマ字で書いてあるのを、スペイン語だと受けとめてしまっていたからだ。

ようやく「火鉢」であることに気づくと、霧が晴れたように鮮明になった。

「これは五徳というのです」

スペイン語の文章がどんなものだったのかというと、「火鉢のなかの三本の脚のついた丸い金物」というのである。

こんなあんばいで、作業は難航した。言葉の暗礁に乗りあげるたびに、いったいなにを意味しているのかと、神父はまず英語の辞書を引いてみる。

「英語では、この言葉はこうなっています」

そして、それからスペイン語の辞書を調べていくと、いまでは死語になっている日本語が載っている。これでは現代に伝えられない。そういうことが、たびたびおこった。

やがて彼女も、英語のみならずスペイン語にも慣れてきて、要領よく調べられるようになった。

でも、やはりどうしても同じ問題につきあたるので、

「神父様がおっしゃるスペイン語だと、うまく充《あ》てはまる日本語がありません」

と、言うと、

「では、こういう言葉ではどうですか」

と、神父はしばらく考えて、別の言いかたをする。

いつも、いつも、謎かけをされているみたいだ。


国内外を問わず調査や講演で歩きまわっている神父は、その土地々々の風物や自然を克明に記録し、なるべくわかりやすい日本語で描写しようとした。

「そこには小さな川があって、ほんのちょっとの水が流れています。きれいな音を立てています」

ある日、そう言って、両手をひらひらさせる。

「それは、せせらぎ、です」

さらさら、とか、ちょろちょろ、とか、そういった擬音語や擬態語のたぐいが、神父には習得されていなかった。

それでも、これまで埋もれていた宣教師の手紙をテキストにしている神父は、日本語のニュアンスとしてこうしたほうがいいのではないかと考えたすえに書いてきた暉子の文章を、

「その言葉は、この手紙にはありません」

と、言下に否定することがあった。

「歴史というものを変えてはいけません」

と、言うのである。

それはわかっている。でも、このまま日本語にしてしまうと意味が通らないのだ。

もうひとつ口癖のように言ったのは、

「だれにでもわかる日本語で表現してください」

ということだった。

彼は研究者であるまえに宣教師であるという、つよい意識をもっていた。自分の書くものは専門的に流れず、ふつうの人たちにも読んでもらわなければならないものと考えていた。とはいえ、バチカンに送られた宣教師の手紙などは、格調高いスペイン語で書かれているということを神父から教えられたりすると、こんな平明な日本語でよかったのかな、と思うことも一度や二度ではない。

神父の著作が増えてくるにしたがって、研究者のあいだから批判の声が聞かれるようになった。松江暉子にとっていちばんつらかったのは、「日本語になってない」という批判であった。

いくら自分がズブの素人だからと言って、逃げられることではない。こんどからしっかりやろう

と気持ちを引き締めていくうちに、神父も気づいたのか、

「私のことを、なにか言っている人がいますか」

と、訊いてくるようになった。

「なにもありませんよ」

と、彼女は黙っている。教えたところで、どうなる話でもないから。

神父の文章がもっている、だれにも真似できない本質的なすばらしさ——それは格調高く、ロマンティックで、とても詩的だった——を、そういった人たちは理解しようとしない。批判のなかには「長崎の人間どころか日本人でもないのに、長崎のことを書いていいのか」といった悪口もあって、そうした地方文化人の料簡の狭さから神父をお守りしなければ、と彼女は思っていた。神父の原文の美しさを伝える日本語の文章をなんとか実現したいと、そればかりを願っていた。


松江暉子は、昭和六十一年にいったん記念館を辞め、二年後に復帰した。

朝の九時から十二時まで三時間、それまでと同様の作業をつづけるのが日課。午後からは疑問点を調べるか、家に帰って清書する。まだパソコンのない時代、ワープロに向かうのだ。

足かけ二十年近く神父とのやりとりをつづけてきたので、距離のとりかたも心得たものだった。

「これは違います」

と、神父が言うのを、

「原文のとおり書いてしまうと日本語としておかしくなるので、言葉の入れ替えをしたんです。日本語の場合、主語は必要ない場合があります。ですから、ここでは主語を省《はぶ》きましたが、日本人にはこっちのほうが通りがいいと思います」

彼女は主張するというのではなく、理解してもらおうとして、やさしい言いかたをする。神父もしだいに日本語の呼吸がわかるようになってきて、彼女の書いてくる日本語の文章をまず尊重するようになった。

「神父様、手が疲れました」

彼女はそんなことも言えるようになった。

神父は神父で、自分のほうから「ちょっと休みましょうか」と言って、窓の外を眺めることがあった。記念館の庭には何匹も野良猫がいて、神父は彼らのことがたいそう気にいっていた。

「あの猫とあの子は親子です。あちらが母親で、こっちが子どもです」

穏やかな顔になっている。

どこからか鶏もやって来て、棲みついている。雌鶏は卵をよく産んだ。別の神父がそれを自分の朝食の目玉焼きにした。

子どもたちが庭で遊ぶ姿を眺めるのも好きだった。外に出て、仲良くなり、よく言葉を交わした。子どもらは神父を見つけると「パチンコ神父さまーっ」と、みんなで呼びあって駆け寄ってくる。

高いビルが建っていなかったので、窓からは長崎湾が遠くまで見渡せた。ポルトガルの帆船ザグレス号がことのほか好きで、入港してくる姿をいつまでも眺めていた。神父の目には、長崎開港のころの風景が浮かんでいるのかもしれない、と松江暉子は思った。そして、自分が手伝わせてもらった仕事のいくつかを、神父の心に重ねあわせてみる。ザビエルが布教に歩いた道をたどり、中国大陸への布教の夢をかなえられぬまま、極東の小さな島の小屋で最期を迎える姿を口述していくとき、神父の目には光るものがあった。

（十二月）二日、金曜日の夕方、ザビエルの臨終が近づいたのを見て、アントニオはその夜をそばで過ごすことにした。病人の見えるところに十字架をかけ、ザビエルはそれをじっと見詰めていた。三日の朝、二時頃、呼吸が苦しくなった。アントニオはローソクに火をつけて、ザビエルに握らせた。ゆっくりとしたザビエルの声が最後に聞こえた。ラテン語で感謝の賛歌「テ・デウム」の言葉であった。

「主よ、われ、御身によりたのみたり、
我がのぞみは、とこしえにむなしからまじ」

愛する心の叫びであり、信頼をあらわす言葉であるが、ザビエルの生涯を考えれば、自分の事業をイエズスに向かって、そのイエズスに委ねることでもあった。

フランシスコ・ザビエル、四十六歳であった。インドに到着してから十年ばかりがたっていた。
遠いハビエル城の薄暗い小聖堂には、十字架につけられたキリストの像が血のような汗を流していたが、その像の御顔には笑みがあった。
（『ザビエル』聖母文庫、二〇〇四年）

このような日本語の文章を、松江暉子は神父の言わんとする真情を盥《たらい》の底の一滴まですくいとるように書いた。文学者でもなければ歴史学者でもない、病気がちの市井の娘が、一部の批判に耐えながら成長していった姿が見えてくる。

「神父様、たしかに私は日本人かもしれませんが、そんなむかしには生きておりませんから」などと、五百年もむかしの風物や道具について「なんですか、これは」と、あたかも知っていて当然と言わんばかりに神父に問われるたびに、ぐっと息を呑み、たまにこのように反骨心をのぞかせながら。

昭和五十三年、五十六歳のとき、神父は日本国籍を取得した。洗礼名が同じ殉教者のディオゴ結城了雪にちなんで、結城了悟と名乗るようになった。身元引受人は、長年の親友、越中哲也であった。

身も心も日本人となり、日本人の言葉で、長く埋もれてきた歴史の掘り起こしをしようと誓ったのである。

さて、記念館一階の展示室には、磯本恒信に「部落民宣言」のきっかけを与えた例の古地図が掲げられていた。松江暉子の記憶によれば、そこに書かれた「穢多村」「非人村」の文字を削除せよと求めてきた人物がいたという。

それがだれだったか彼女はわからないが、部落解放同盟のだれか、あるいは磯本本人であったかもしれない。

「これは歴史です。展示しているだけで、売っているわけではありません。たとえ消したとしても、歴史を消すことはできません。どうしてこれを消せというのですか」

神父はそう言って、頑として要求にこたえなかった。

記念館のホームページにアップされている神父の略歴に「部落解放運動などにかかわってきた」とあるが、もし磯本恒信が削除要求をしてきたのなら、それをきっかけにふたりは知りあったのではないかと想像すると、なにか心がざわめく。

削除要求がいつのことだったか定かではない。昭和五十四年には第三回世界宗教者平和会議で、曹洞宗の町田宗務総長が「もはや日本においては部落問題は存在していない」と発言し、大きな問題となった。これを機縁に全国で「『同和問題』にとりくむ宗教教団連帯会議」（同宗連）が結成され、宗教における部落差別問題の克服が熱心に議論されるようになった。

恒信が長崎で「宗教者連絡会」の呼びかけをはじめたのが、「町田発言」から十年後の平成元年。長崎のキリシタン研究には部落問題が切り離せない。そしてそれが歴史的な問題であることを自身の調査によって知り抜いている神父は、あまり触りたがろうとしない日本人神父たちを措いて、ひとりで恒信の動きに賛同した。

同年五月、部落解放第九回全九州研究集会の場で、「部落解放にとりくむ長崎宗教者の会」の結成が宣言され、呼びかけ人のひとりとして結城も名をつらねるのである。

第三部

第九章　めぐり会った両者

——人間は人間にとって敵ではなく、
自分と同じ権利をもつ兄弟なのです。

一

中尾貫は昭和五十年夏、九州大学でおこなわれた社会教育主事講習会に出席した。講師をつとめる彼は、ある重大な覚悟をもってのぞんでいた。

全国に同和教育がひろがり、「部落がない」とされてきた長崎市にも、恒信の部落民宣言を契機に、部落解放同盟長崎県連と長崎支部が結成されていくなかで、彼自身「寝た子」では許されなくなってきたのである。

出自について特別に隠してきたつもりはない。折に触れて親しい人たちには語ってはきたけれども、でも、これから同和教育に取り組んでいこうとする教員として、やはり公の場で宣言をしておくべきだろうと彼は考えていた。

演壇に立ち、百名ほどの教師たちの顔をひととおり見渡して、このように話しはじめた。

「みなさん、私は長崎市立式見中学校の中尾貫と申します。まず最初に、私は重大な事実をみなさんにお伝えしておきたいと思います。別に隠してきたわけではありません。みなさんのなかには、私からそれを聞いた方もいらっしゃると思いますし、また、どなたからか聞かれた先生方もおられるのではないでしょうか。

私の故郷は、いまは緑町と町名が変わっておりますが、戦争が終わるまでは浦上町といいました。そこは被差別部落でした。私の故郷が、ここなんです。貧しい暮らしのなかで、私の父は靴職人として上海で成功し、私が予科練に入隊するときは零戦を一機、陸軍に納めたものです。しかし、八月九日の原爆は浦上を中心に襲い、浦上町は人も家も動物も、なにもかも吹きとばされ、地上から消えてしまいました。そして終戦。浦上町には土地を所有している者はごくわずかしかいませんでしたので、長崎市の再開発事業を見越した地主たちが針金と木で立入禁止の札を立ててまわりました。浦上町の者は、そのために故郷を離れざるを得ず、遠くは東京、大阪、近くは福岡など親類を頼ってちりぢりになってしまったのです。

私も父を失い、終戦直後は母ともばらばらの生活で、一時は上野で靴磨きをしながら東京の大学に通っておりましたが、やはり母のことが心配で、長崎にもどり、ふたりで行商をして糊口をしのいでおりました。私はテキヤになって、長崎くんちをはじめほうぼうの祭りや軍艦島などの人がたくさん集まるところで露店をひろげておりました。あのまま行ったら、間違いなくヤクザになっておったでしょう。こうして教員になったのは、ひょんなことがきっかけです。久留米の学校を出て、最初の赴任先が五島列島でした。そこは隠れキリシタンの里で、あの方たちは浦上町時代の私たちよりもひどい差別のなかで長いあいだ暮らしてきておられました。私は彼らの里に九年間住んで、子どもらと一緒に生活をし、勉強を教え、彼らからも聖書を教わりました。

長崎に部落はない、というのが長崎県の見解でした。しかし、浦上町は原爆で一瞬にして地上から消えたといっても、生き残った人たちはいたのです。私のようによそから帰って来た者もおれば、その地で被爆しながら、しぶとく生きのびた者もいたのです。緑町と町名を変えられても、浦上の名は私たちの心から消えることはけっしてありません。

いま部落解放同盟長崎県連準備会の委員長をしている磯本恒信さんは、私の幼なじみで同級生です。長崎開港四百年祭で長崎市は、差別呼称のはいった古地図を売っておりました。それをまだ県連の組織もなにもないときに、ひとり磯本君が立ちあがり、市役所に行って、差別古地図の販売と展示をやめ、回収するよう直談判に及んだところ、市側は、長崎には部落はありませんの一点張り。そこで磯本君は——これは予定になかった行動だったようですが——私がその部落民だ、と宣言したのです。

いまも部落は厳然と存在する。差別を恐れて、みな言わないだけなんだ、と。現実には、結婚差別がおこったり、教育差別がおこったり、就職差別がおこったりしている。しかし、やられた方は、みんな泣き寝入りするしかなかったんだと、磯本君は言った。こうして長崎県に解放同盟の県連が、長崎市に長崎支部が生まれて、磯本君が指導者としてこんにちまで来ておるわけですが、このような事実をご存じない方もこのなかにはおられることでしょう。はじめて聞いた方もおられるでしょう。長崎に部落はない——そうじゃないんです。この私を見てください。私こそ浦上町出身の部落民なのです」

教室は水を打ったような静けさだった。そのうちひとりが拍手をすると、つづいてまた拍手がおこり、そして最後は大きな拍手に包まれた。

とうとうはじまったな、と貫は、ある種の感動に身を震わせていたが、休み時間がきて外に出ると、山北という古参の教師が近づいてきて、そっと手を差し出した。

貫は手を握り返すと、思わず涙がこぼれ落ちてきた。

山北には、すでに話してある。自分の生い立ちや教師になる直前の屈折した心情、生活についても話しているが、口数が少なく、ふだんは感情を表に出さない山北にしても、公の場でこのような宣言がおこなわれたことにショックを隠せないようだった。

しかし貫は、山北の無言の表情から、彼のやさしさ、たったいま聞いたことを自分に何度もおぼえ込ませようとしているようなきびしい目つき、そしてこちらの手を握り返してきたときの力の込められかたに、心の深い部分で通じあえたというよろこびを感じとっていた。

宣言を機に貫は、長崎県同和教育研究協議会の副会長となり、市の同和教育研究協議会副会長となった山北と二人三脚で、地道な実践の道を歩きだした。

二

昭和五十七年四月、以前勤めていた江平中学に貫は転任した。旧浦上町の部落からも子どもたちが通ってくる。定年まであと数年の期間を自分の出身地の学校で勤めあげたいと考えていた彼にとって、先に山北が江平中学に行っていてくれたことは好都合なことだった。山北が視聴覚主任に加え文化部長として、ハンディキャップを負った生徒たちと近しい関係をつくりだしていたのだ。山北は体育大会や大阪松原第三中学校との交流会をひらき、文化祭では差別問題をテーマにした学年劇の先頭に立っていた。

また、平和学習の基礎づくりとして、一年生には平和公園を中心とした周辺の碑めぐり、二年生には平和会館での全体講演と原爆資料館見学、三年生には六班に分けて被爆の聞き取り学習をおこなわせ、そうした活動を定着させていた。事前や事後の学習計画もきめ細かくおこなわれ、進路指導にあたっても同和地区の子どもらの面倒を熱心にみていた。

貫は頭の下がる思いだった。

山北は外でも長崎市同教の副会長としてとびまわりながら、週に一、二回の学級通信を自宅でタイプ編集しており、夜半は自分の学級の生徒はもちろん、ほかの学級の生徒の家にも追いかけて行って、進路や成績について保護者と膝詰めで話しあう日々を送っていた。

旧浦上町の集会場では、週二回、部落の子どもたちを集めて解放学習会がひらかれる。中尾も当然参加していたが、山北も一度も休まずやって来て、指導にあたった。

しかし、山北は体調がすぐれないようだった。医者からは入院をすすめられていたが、「あの子たちが卒業するまでは、進路をあずかる立場から見放すことなんてできませんよ」と入院を拒み、ぎりぎりまで学校や集会所に姿を見せた。やがて過労がたたって、ついに呼吸困難におちいり、緊急入院した。

家の生活が苦しい生徒、なかなか勉強の追いつかない生徒、そして部落の子でやはり生活の苦しい女子生徒に思いを寄せつづけ、私立高校の合格発表、卒業式、公立高校の合格発表とつづくなかで、それぞれに生徒たちがうれしそうな顔で病院に報告に来てくれると、満足そうな笑みを顔いっぱいにひろげた。

昭和六十年三月二十六日、山北は永眠する。

長崎県連が正式に発足したのは、ちょうどその年のことだ。準備会の発足が昭和四十八年、それから十二年かけて県連発足に必要な五支部が生まれたのである。

中尾貫が江平中学への転任を希望したのは、自分のこれまでの部落民としての体験を生徒たちに語り、部落差別解消の一助になりたいと考えたからである。

同校は、文部省が指定する同和教育推進拠点校のひとつであった。中尾も熱心に同和教育に取り組み、最後の一年は、長崎県同和教育研究協議会の副会長として、各地へおもむき、自分の体験と教訓を語り、指導にあたった。

江平中学で部落の生徒たちの集会がひらかれたとき、以前勤めていた中学での経験を引き合いに出して、こんな話をした。

「あの学校には五年間おりましたが、先生方にも、生徒たちにも、自分の話をしたことはありませんでした。みんなのまえで話すようなことではないと思いましたから。しかし、そこを辞めて江平中学に来て、いままでしなかったこと、できなかったことを、少しずつでもやりながら、自分自身の心を鍛えようと思いました。高等学校に行って話したり、佐世保へ行って先生方や働いている人たちのまえで話したり。そのたびに自分のむかしのことを思い出しながら、これから自分がどう生きて行くかということについて考え、自覚していきました。自分はやはり、ほんのわずかなところででも踏んばって、解放教育に取り組んでいかなければならないと思ったんです」

そして、いまの緑町——むかしの浦上町で生まれたこと、父親は靴屋を営み上海で暮らしていたこと、祖母は服の切れ端を集めてきて鋏で切り、鼻緒をつくっていたこと、竹の皮を水にひたしてやわらかくし、細かく引き裂いたものを草履につくりあげていたことなどを話し、リヤカーに積んで売りに行った先の旅館で手ひどい仕打ちにあった、あの最初の、苦い経験についても語った。

「人にたいする差別というものがどういうふうにおこなわれるのかというと、三つのことに集約されるんじゃないかと思います。よく聞いておけよ」

と、貫はつづけた。

「一、人を馬鹿にする。二、人をいじめる。三、仲間はずれにする。いままで私も、人を差別するようなこと――人を馬鹿にするとか、いじめるとか、仲間はずれにするとか、そういうことをしてきているんです。だれだって、やっていると思う。しかし、何気なしに言ったこと、やったことで、相手が非常に傷ついて、その差別によって、不幸になっていく。だから、差別をなくすことを、みんなが頑張ってやっていかなければならないと思います」

それから貫の話は、原爆の悲惨、戦後の放浪、五島列島のキリシタン部落での九年間の生活にもおよび、つい最近、自分の息子に降りかかった出来事についても述べた。

「私にも息子がおりますが、高校を出てすぐに、大阪の料亭に調理師見習いで行って八年。ところが、このあいだ長崎に帰って来ました。そのまえ、盆に帰って来たときに、父ちゃん、うちの調理場ではみんな、部落のことをわるく言う、と言うんです。調理場には、見習いや調理師をふくめ、十二人くらいいる。いちばん上の三人は、中学を出てすぐ見習いに来た。うちの息子は、いちばん遠い九州から。ほかは大阪近郊の兵庫県や四国、紀伊半島。そこの人たちが息子のことを、ボロクソに言うと言うんだ。

なぜ、息子が部落民であることが知られたのかというと、私のせいなんだ。八年まえにその料亭に見習いではいったとき、息子は、父ちゃん、ぼくが長崎の部落出身ということを言うたら、おられなくなる、と、そんなふうに言った。そんなことで職を失わさせてはいけないと思い、私は最近、大阪に行ったとき、料亭のご主人に会って、自分たちのことを話したんです。ご主人は理解してくれたように見えた。同和教育がすすんでいるはずの関西だよ。しかし、そのご主人がどんなふうにしゃべったかはわからんばってん、とにかく調理場の人たちは部落をわるく言うんだ。いいですか、みなさん、君たちはいま、お父さんやお母さんに見守られている。この長崎で、磯本委員長——このとき磯本恒信も列席していた——のもとで団結してやっている。中学校内でもそんな仕打ちは受けていないだろう。しかし、いつかここを出て、ひとり立ちしたときに、やはり世間の偏見、差別に出合うと思います。いまもって部落差別というものが、この日本のなかに渦巻いている。

その差別をなくすために、どうすればいいか。ひとりひとりが生きる力をつけるということがまず第一だけれども、それだけではだめなんだ。ひとりよりも、ふたり。ふたりよりも三人、そういうふうに結束していかなければならない。そして、部落差別は大きな間違いであることに理解をしめしてくれる人達と、手をつないでいかなくてはいけない」

そして最後に、万感をこめて、このように言った。

「負けるな」

と。

三

定年まであと二年となったとき、

「ひとりじゃ心細いから、県連に来て、おれを助けてくれないか」

と、恒信から言われた。

弱気な言いかたなので、どうしたのだろうと心配した。幼なじみでもあるいとこが、助けてくれと言っている。それで貫は定年よりはやく退職し、国際墓地の上に建つ木造モルタル二階建ての県連に専従職員として通うことにした。

つけられた肩書は、副委員長。

とにかく来てくれということで、一兵卒のつもりで行ってみたら、支部長の長門隆明と恒信のふたりが待ちかまえていて、副委員長になってくれ、と言うのである。昭和六十二年のことだった。どうして恒信が気弱になっているのかと、貫は思わないわけではなかった。なにか秘めた事情でもあるのだろうか。

残り二年を残して教師を辞め、「ちょっと考えさせてくれ」とも言わず、ほいほいと恒信の呼びかけに応じたのは、学校関係者に気まずい感じをいだいていたのが大きな理由のひとつだ。県同教副会長として、いろんな集まりに出席する機会が増えて、授業は臨時で別の教師に頼み、生徒たちに接する機会が減っていた。生徒たちを充分に指導できないまま教壇を去るのはしのびなかったが、同和教育、解放運動に専念できるなら、これまで以上の活動を自分に望めるだろうと考えたのだ。

教壇を去るとき、ある同和教育講演会に招かれた貫は、集まった教職員にこのように呼びかけた。

「これまでなにひとつ成し得なかった自分を、いまは悔やんでいます。しかし、私の教職三十六年の経験から申しますと、銭座小学校や江平中学校が同和問題に取り組みはじめて、もう十年近くたっている。たしかに子どもたちが、よその学校では見られないような活動をしております。一時期は、同和教育をするとそればかりになり、勉強ができなくなるんじゃないか、そんなことは高校でやればいいじゃないか、という批判もあったようですが、そうではありません。人間としての生きかたを、十二歳から十五歳のあいだにきちっと身につけてもらう、そしてそれが実現されているこんにちの江平中学校を、みなさん見てください。おそらく県内どこの中学校を見渡しても、同和教育をとおして人間の価値というものを理解し、しかも勉強もし、学力評価もされている生徒のいる学校は、ほかにないのではないかと思います。

このような教育がずっとつづけられていけば、近い将来、長年つづいた部落差別は解消されるのではないか、という思いで私はいっぱいです。この先、私は、自分自身がやらなかったこと、やろうとしてもできなかったことを、仲間とともに取り組んでいきたいと思います」

県連に行くのを決めて、妻に告げると、

「よかよ。お父ちゃんが好きなことすればいい」

びっくりもせずに、すぐにそのように言った。

「給料はなかかもわからんけん、母ちゃん、ずっと仕事をつづけてくれるか」

「うちは、それが楽しかとやもん」

三菱関連の食料品店で妻は働いていた。社員向けの商店が市内に六カ所ある。そのひとつだ。県連に行きはじめると、そこには恒信や長門隆明のほか、梅本テル子、岩戸静江《いわとしずえ》がいた。梅本テル子のことは、貫が子どものころに松浦で暮らしていたので知らなかったが、長門はもちろん、岩戸静江には子どものころよく可愛がってもらった。まるでむかしの浦上町に帰ったみたいで、ここはいいなあ、と彼はうれしかった。

崖の途中にへばりつくようにしてある建物の下の国際墓地は、外国人の十字架の墓がたくさん建っており、永井隆の立派な墓もそこに移されていた。

言ってみれば、ここは、長い年月争ってきた浦上キリシタンと被差別部落の境界線上にあるような場所で、戦後、地主たちに締め出されて帰る場所を失った自分たちは、恒信のおかげでやっとどれる場所ができたのだな、と貫は思った。

でも、どうも恒信のようすがおかしい。

ある日、昼食に呼ばれて行ってみると、長門も岩戸も梅本もそろっていた。そこで恒信が、まったくびっくりするような話を投げかけてきた。

「貫ちゃん、おれとあんたは双子の兄弟ぜ」

「なんば言うか」

と、貫は笑った。

「笑うばってん、貫ちゃん、ほんなこつさ。あれこれ戸籍ば見よったら、おれとあんたは同じ年の同じ日に生まれとうとさ。親も一緒の双子の兄弟ぜ」

「双子って、委員長、あんたぜんぜん顔の違うたい」

「どこが違うもんか。そっくりたい、なあ」

と、恒信は、ほかの三人に同意を求めるように、それぞれの顔を見まわして笑う。

話はそれで終わったが、自分の戸籍を見ても、そのような事実はどこにもなく、恒信がなにを根拠に言いだしたのか、まるで見当もつかなかった。

四

結城了悟は、自然の流れにまかせていても、磯本恒信や中尾貫らといずれ出会うことになったのだろう。出会いを早めたのは、ある国際会議での発言がきっかけになっている。

一九七九年（昭和五十四）八月、米国プリンストンで開催された第三回世界宗教者平和会議の人権部会において、参加者のひとりからつぎのような発言が全日本仏教会にたいしておこなわれた。

「日本には部落民にたいする重大な差別問題が存在する」

これにたいして、全日本仏教会理事長で曹洞宗宗務総長の町田宗夫《まちだそうゆう》が、

「日本に部落差別はない。それは百年ほどむかしの話であり、いまはありません」

と、発言したうえで、

「部落解放を理由になにか騒ごうとしている者がいるだけで、政府も自治体もだれも差別はしていない」

と言った。

「事実なのか」

という声があがったが、町田は平然として、

「私は日本人だから、あなたよりいちばんよく知っている。日本の名誉のために、部落問題は絶対削除してもらいたい」

と述べた。

町田宗夫は、同様の発言を再三にわたってくり返した。日本から参加しているほかの宗教者たちは、だれひとり疑義をはさむどころか、拍手をする者もいて、部落問題に言及した文言を会議の報告書から削除せよと執拗に迫り、実際に削除させてしまった。

なぜ彼らは、事実を隠そうとしたのだろうか。なぜ報告書からも強硬に削除させたのだろうか。

遠い異国でなら、こんな恥知らずなことをしても、日本に伝わるわけがないと考えたのだろうか。
しかし、翌年になって「町田発言」は、公然と知られるところとなった。宗教業界紙や一般紙に報じられたのである。

昭和五十六年一月からはじまった部落解放同盟による確認・糾弾会は、昭和五十八年まで五回を数えた。対象となったのは世界宗教者平和会議日本委員会、全日本仏教会、曹洞宗であった。同盟としては、同和対策事業特別措置法の強化延長をめざして日本政府ときびしい交渉をつづけているさなかの出来事であり、「部落問題は存在しない」とされたことは部落解放運動の全面否定であるとして、つよい態度で対応にのぞんだ。

このなかで浮かびあがってきたのは、過去帳や墓石につけられた「差別戒名」の存在、そして「差別戒名」のつけかたや「差別儀礼」の執りおこないかたなどをしるした古い図書の存在、また過去にある住職がひきおこした「身元調査事件」などの問題であった。曹洞宗は教団としてひとつひとつの事実を確認するなかで、意識レベルを考えると相当つたないものをかかえながら学習と実態調査をすすめていった。

「つたない」というのは、教団内に、「自分は差別をしたことがない」「差別問題は過去の問題だ」といったような、問題の深刻さを他人事のようにとらえ、そこから一歩も出ようとしない住職たちが数多くいたのである。

同盟の確認・糾弾会によってまずわかったことは、部落民を檀信徒としているのは東西本願寺の浄土真宗が圧倒的に多いとみられてきたのに、曹洞宗もかなりの数をかかえているということだった。おそらく戦前からの水平社運動が関西から九州を中心におこなわれていたことが影響しているものと思われるが、東日本を中心とする曹洞宗寺院にも差別戒名をつけられた部落民の墓や過去帳が数多く存在していたのだ。

「差別戒名」というのは、被差別身分の者が他界したとき彼らを一般の檀信徒と区別し、身分体系の死後への貫徹を企図し、差別の意図をもってつけられた戒名のことである。すでに昭和四十九年に朝日新聞が「差別の墓石、戒名に暗い刻印」として報じていたが、たとえば「畜」「草」「朴」「婢」「革」といった文字を墓や位牌に刻み、過去帳にしるしていた。それを婚姻話のさいなどに見せて、家柄問題で破談となるケースがあった。

同盟の追及は、死してなお差別をせねばならぬのは、開祖道元の教えにもまったく反することではないか、なのにどうして僧侶がそのようなことをするのか、ということであった。同盟側は、よく調べていた。「女人になにのとがかある、男子なにの徳かある。悪人は男子も悪人なるあり、善人は女人も善人なるあり。聞法《もんぽう》をねがひ出離をもとむること、かならず男子女人によらず……女人をばつすべきか、すてては菩薩にあらず、仏慈悲と云はんや」と、道元は男女の平等を説き、「種姓を観ずる事なかれ」と、身分の貴賤を問わずだれもが平等に成仏できると説いているではないか、と追求した。

また、同盟側は、こうした問題がおこるのは、「国王大臣に近づくことなかれ、ただ深山幽谷に居して」「只管打座《しかんたざ》（ひたすら座禅すること）」の修行につとめよ、と道元の教えにもあるごとく、「曹洞宗は修行第一の行を重んずる宗教であり、差別問題とまったく無関係だろうという思い込みがあったからではないのか」と、指摘した。

もうひとつ差別的な「図書」の存在というのは、曹洞宗の場合、『禅門小僧訓《ぜんもんこぞうくん》』という明和年間（一七六四〜七二）に著された手引書のことであった。無住道人《むじゅうどうじん》という人が書いたものとされるが、曹洞宗の僧侶であること以外はこの人物についての詳細は不明で、禅門の日常の諸事について小僧に教えるふうにして解説している。その冒頭に「餌取《えとり》、穢多之事」の節があり、「差別戒名」を当然のものとして説明をしている。これを曹洞宗では『禅門曹洞法語全集・坤』（一九三四）に収録し、版を重ねていた。つまり『禅門小僧訓』にもとづいて、戒名づけや葬式をおこなってきたのだ。

福崎孝雄という研究者が『現代密教』（第4号）に寄せている「『差別戒名』問題について」という論文を読むと、ちょっと話は複雑になるけれども、無住道人はもともと身分によって戒名のつけかたが違うのはおかしいのではないか、との疑問をもっていたのではないかという。『禅門小僧訓』のなかに、つぎのような記述があるからという。

〈先年或寺にて、菩薩大戒場を開きし時、一日その地の穢多四五輩、血脈を授りたき由《よし》願い来る。依《より》て之を許して庭上に列座せしめ、三帰五戒を授け、血脈をあたう。時に二字の法名を下げ、禅門禅尼とかくべきやと評議するに、禅定門或は禅門等は、当世軽き庶人に通用すれば、彼と此と混同するに似たりと。

傍らに人あり云く、卜男卜女《ぼくなんぼくにょ》（これは「下僕」を意味する＝引用者注）とかく、これ古の伝なりと。予云く、其説如何、又其事何れの書にのれりや。曰く国の制か、支那天竺《てんじく》の定めかと。其の人答えて云く、我が如きは何の制、なんの書にあることをしらず、只聞き伝えたるのみと〉

この意味は、先年、ある寺で菩薩大戒場がひらかれたとき、賤民身分の者が四、五人来て、自分たちにも仏祖正伝の大戒を伝授し、戒名を授けてほしいと願い出てきた。無住道人は彼らを庭にあげ、ほかの者たちと一緒に列座させ、二文字の新しい戒名を授けた。これでいいのだろうかとまわりの僧侶たちと話しあってみると、それではいまの身分の低い衆生らと混同されやすい、「卜男」「卜女」とするのが古くからの習わしだ、と言われた。無住道人は、いったいそれはどの文書にあるのか、国の制度か、それとも支那天竺の定めかと問うた。すると戒名の変更を求めた者は、ただそのように伝わっているだけだ、とこたえた。

無住道人は「差別戒名」をつけようとしなかった、というのである。

ところが福崎論文によると、無住道人はその後、ある文書を手にいれて豹変した。それは『貞《じょう》観政要格式目《がんせいようきゃくしきもく》』という九世紀半ばに著された中世非人にたいする「差別戒名」のつけかたなどをしるした文書としてはもっとも古いもので、原本は残っておらず、十五世紀初頭に真言宗東寺関係者が書き写したものと伝えられる。

これについてもさまざまな研究がおこなわれており、やはりちょっと複雑な話になるが、江戸時代にはいって宗教統制がきびしくなると、各宗門宗派は独自に写本をとり、みずからに都合のよいように微妙に書き直した。僧官に関する事項と位牌の様式に関する記事が主要な部分を占めており、位牌の様式については、天皇、貴族、大名、各宗派の様式をしるし、最後にこれが「差別戒名」の源流になっているのだが、「三家之者《さんかのもの》の位牌之事」という一項をおいている。「三家之者」とは被差別民を指す。もともとは力をもった商人などを貶める言いかただったようだが、牧英正論文「『貞観政要格式目』の研究」によると、江戸時代の板本（写本のひとつ）では、卜者《ぼくしゃ》・渡守《わたしもり》・山守《やまもり》・草作《そうさく》・筆結《ふでゆい》・藁履作《ぞうりさく》を「一家」、秤作《つぼさく》を「二家」、絃差《つるさし》を「三家」と述べ、そのほか重い病者までをふくめて「連寂衆《れんじゃくしゅう》」と総称し、墓や位牌に刻まれた。

さて、しかし、件《くだん》の無住道人は、この『貞観政要格式目』を清和天皇がつくらせた『貞観格式』だと誤解混同したらしい（『部落問題・人権事典』「禅門小僧訓」牧英正）。せっかく賤民にたいする戒名のつけかたに疑問をもっていたのに、『式目』を『格式』と取り違えて、「国の制」を見つけたと思い込み、「その定めあり。始めて知る」と、つぎのように述べるのだった。

〈しかれば穢多等は、已《すで》に国風として、是を非人の類として賤んずるなれば、平人と混じて取り行時は、誹を招くべし、格式に出すに随って書くべし。仏の言く、たとえ我制する所といえども、余国に置いて不清浄とせば依順せずとも苦しからず、（中略）支那天竺に委《くわし》くして、我国に疎《うと》きも恥べし。因《よ》って仏教祖規になきことにても、国法なれば彼によるべし〉

福崎論文は、引用後に、つぎのように訴える。

〈そこには「仏教祖規になきことにても、国法なれば彼によるべし」とあるように、位格に対するしっかりとした仏教的意味付けはなされておらず、伝統や風習に従うというだけで自分（仏教）の主体性というものは感じられない。そうしたことは禅宗に限らず既成仏教教団すべてに、また現在についても言えることであろう。そこに差別戒名の根本問題が隠されているのではないだろうか（中略）。

確かに一方では差別を見抜く目を養なうことも重要であるが、現在差別問題で宗団が問われているのは、無住道人のように戒名のつけ方に疑問をもっても、「伝統」ということで納得してしまったり、不可停のように誤ちには気づきながらもそれを是正する方向で行動しない体質ではないだろうか〉

町田宗夫があのように強弁し、それを各宗派の宗教者たちがこぞって押しあげ、報告書からも削除させたのは、三百年ものあいだこのような愚かしいことを改めもせず放置してきた恥かしさもあったのではないかと思いたいものだが、江戸時代は寺請《てらうけ》制度のもとで幕府の出先機関として栄華に浴し、明治になると廃仏毀釈《はいぶつきしゃく》のもとで辛酸をなめ、ぞくぞくと神社の宮司になっていくという有為転変をたどってきた彼らの権力者へのおびえが、こんどは人権という新しく大きなうねりをまえにして、ただただ自己保身に逃げ込もうとしていたとみるべきかもしれない。

五

曹洞宗は「差別戒名」が宗門内に存在しているとの指摘を受けて、昭和五十六年二月から五月にかけて関東甲信越地方の約四十の寺に出向き、「差別戒名」について予備調査をおこなった。すると、それらの寺の過去帳や墓石のなかに「差別戒名」を数多く発見した。そこで全国的な実態調査をすることにし、約一万四千七百の寺を対象とした「同和問題に関する寺院調査」を実施した。これにたいして、被差別部落民が現在も檀信徒にいる、あるいはかつていた、と回答してきた寺は全国で五百四十六カ寺あった。十月から翌五十七年十一月にかけて、それらすべての寺を調査員が訪れ（第一次調査）、その結果、百四十三カ寺に「差別戒名」などが存在することが確認された。

こうしてはじめて明らかになったのが、東西本願寺のみと考えられてきた部落民を檀信徒としてかかえる寺が、それ以外にもたくさんあったということだ。同調査は曹洞宗を手はじめに各宗派でおこなわれた。その結果、真言宗、天台宗各派、浄土宗、臨済宗各派、時宗といった大半の伝統仏教教団が部落民を檀家としてかかえていたのである。

曹洞宗は昭和五十八年から、差別事象の改正を目的とする精密な全国調査（第二次）を開始した。ひとつの寺に三人から四人の調査員が出向き、三日から四日をかけて調べていったが、意識の低い寺もあったり、そうした寺からは新たに差別事象が確認されたりもして、終了するまでに十年という年月がかかってしまった。終了したのは平成四年九月のことで、第二次調査以後も新たに発覚したものがぽろぽろと出てきて、差別事象が確認された寺は延べ二百五十一カ寺となった。

それと並行して差別事象の改正作業をすすめたが、十年間で改正作業を終えた寺は、二百五十一カ寺のうち、わずかに五十七カ寺にすぎなかった。

そのあいだ——これは第二次調査開始の翌年のことだが——、広島県内の曹洞宗寺院の住職が、娘に縁談話のもちあがっている檀家の依頼に応じて、過去帳をもとに家系図をつくってやった。檀家に、こう言われたからである。自分たちの家は部落のそばにあるが、部落と自分たちはまったく関係のないことを証明したい——。

部落解放同盟広島県連は、確認会につづいて糾弾会をおこなった。開祖である道元の教えに部落差別をせよという教えはないはずだ、なぜしかし僧侶がこのような差別をするのか、と同盟側は追及した。そうした話し合いのさなかに、「われわれの存在は業による」と発言する僧侶がいて、被差別部落に生まれたのは前世で犯した罪業ゆえだと同盟側に受けとめられ、追及はさらにきびしさを増した。

問題はなお出てきた。広島での糾弾会にあわせたように、縁談のさいに身元調査を奨励するような記述のある『家族訓』という本が復刻され、同盟側はこれにたいしても糾弾の矛先を向けなければならなかった。このほかにも責任ある立場の僧侶の差別発言が出たり、第二次調査が終了する年には、栃木県内で曹洞宗の住職がスーパーマーケットのレジまえで耳を疑うような部落を侮蔑する言動を発する出来事があった。同盟栃木県連の糾弾会をつうじて、この住職は広島県の住職同様、過去帳や墓石によって家柄調べをしてきたことが明らかになった。

こうしたことが相次ぐものだから、第二次調査が終わっても曹洞宗の調査と指導は実質的に終了したとは言えなかった。これはほかの宗派についても同様であった。

一連の出来事は、産みの苦しみのようなものであろう。解放同盟にとっては、特別措置法の強化を望んでいる時期であり、「業論」をもって差別が助長されるなどあってはならないと必死に訴えた。いっぽう宗教教団側は、長い慣行に馴らされて、「救済」ということの真の意味を見失っていた。

しかし各教団は、この事態を好転に結びつけていこうと全国各地で「『同和問題』にとりくむ宗教教団連帯会議」を結成し、悪しき慣行の撤廃と部落差別の撤廃に向けて動きだした。

福岡で「同和問題にとりくむ福岡県宗教者連絡協議会」が結成されたのは、昭和六十年のことである。磯本恒信はこれに注目した。同様の連絡会をつくろうと動きだしたのは四年後の平成元年のことで、結城了悟も賛同した。同年五月、恒信は全九州研究集会で結成を宣言し、結城了悟は呼びかけ人として名をつらねた。八月には「部落解放にとりくむ長崎宗教者の会」が正式に発足し、結城は運営委員となった。三年後には会長に選出された。

平成七年、ふたりは連名で「身元調査や過去帳閲覧の実態調査について」という調査協力依頼の文書を、全県下のあらゆる寺院にたいして送付した。

結城は同年、第十五回全九州研究集会で実行委員長をつとめた。同盟の大きな大会であるのに、だれが結城にこの大役を頼んだのかというと、中尾貫である。満場の参加者に向かって、結城はつぎのような歓迎の挨拶をした。解放運動にとってのみならず、この挨拶はあらゆる階層の心にしみわたる画期的なものとなった。

「皆様、ご多忙のところ、ようこそ長崎へおいで下さいました。

この度、世界大戦の終わりと原爆の悲劇の五十周年にあたって、長崎でこの大会が開催されますのは意義深いことだと思います。

私たちのこの大会では、はっきりとすべての差別をなくすことを目的としています。そのためにあらゆる努力をつづけ、とくに法律的にも差別悪が明確に記述されていて、解決のために道が開かれることを目指しております。

今年、『平和』という言葉が、その意味がなくなるほどに用いられていますが、平和への道の土台でありま正義がときには忘れられているように見えます。正義なしに平和は存在しえません。平和の維持に尽力することは立派なことですが、不当な差別をなくそうと努力することは、純粋な平和の繁栄に道を準備することです。確かに、戦争はいちばん大きな差別の行為であります。それは、兄弟である他の多くの人々に『敵』という名をつけ、その人々の生きる権利さえ拒否しています。人間は人間にとって敵ではなく、自分と同じ権利をもつ兄弟なのです。

長崎は平和と正義について、また、戦争の恐怖と差別の悪について考えさせるためにふさわしいところだと思います。長崎の街の明るく美しい自然には、苦難の歴史も潜んでいます。四福寺と呼ばれる唐寺の一つ聖福寺の境内の隅に質素な記念碑が建っています。一基の自然石につぎのような歌が刻まれています。

長崎のうぐいすはなく今もなお

ジャガタラ文のお春あわれと

罪のないひとりの少女が家族から愛する故郷から無理矢理に引き離され、遠い異国の地に追放されました。お春も他の数多くの少年少女たちも、そのような運命に出会ったのは、単に混血児であったからです。三百年前に起こったことであると言いましても、長崎の心に今も彼らの嘆き声が響いてきます。すべての差別と同じように、民族的な理由にもとづいたその追放は非人間的な行為でした。

戦争をしてはいけません。差別をしてはいけません。純粋な平和が全世界に実現するように祈りながら、私たちの社会から差別をなくすように、この三日間、力と心を合わせて、時間のゆるすかぎり努めましょう。ありがとうございました」

大きな拍手を浴びたのは言うまでもない。

第十章　幸いなる再会

部落民がキリシタンに対し寛容であった事例と、キリスト者の幸いを求める視点の狭さを浮き彫りにしてくれた。

一

「部落解放にとりくむ長崎宗教者の会」の学習会は、月に一度、浦上天主堂そばのカトリックセンターの会議室でひらかれた。恒信とともに中尾貫も出席した。結城了悟も欠かさず出席した。

そうした会合とは別に、神父はふらりと県連を訪れることがあった。二階の座敷にあがり、ゆっくりくつろいでいくこともあって、県連に来たばかりの貫とも気軽に話をする仲になった。

貫は、五島での九年間の経験を話して聞かせた。

「高井旅《たかいたび》という部落から歩いて二十分ばかりの海岸沿いに、福見という小さな部落があるんですが、どちらもキリシタン部落です。福見には教会がありまして、高井旅の人たちは、日曜日のたびにその教会に行きます。私も一緒について行ったものなんです。その福見の教会の神父さんが、山口愛次郎さんでした」

「なんですかあ！」

と、神父は例の言いかたをして、おどろいてみせた。山口愛次郎という人は、昭和五十一年に他界しているが、最後は長崎大司教区の司教から大司教となり、神父もよく知っていたのである。神父は五島へも何度か調査の足を延ばしてるので、五島のむかしの話をキリシタン以外の元教師から聞くのがおもしろそうだった。

「私はキリスト教徒ではありませんが、山口神父がよく私をご招待くださいましてね、教会に行けば鶏も食べられるし、葡萄酒《ぶどうしゅ》も飲ませてもらえましたから。けっして贅沢ではなかったですが、ほかにも食べ物がありましたからね。その当時、高井旅や福見には食料品店なんてありませんでしたから、ありがたかったですよ」

「そう、そう」

と、神父は熱心に貫の話を聞いた。

「ここは、むかしは浦上部落と言いましたが、もともとは平戸から流れてきた者が多いんです」

と、また別の日、貫は話す。

「平戸に行けば、そこにはまだ、ここの部落の人たちのご先祖さまの墓も残っておりますよ。そして、その部落の近くには、キリスト教の信者もおりますよ」

神父は、この話にも関心をしめした。すでにこの時点で、キリシタン弾圧の初期、宣教師たちがローマやマカオなどに書き送った手紙や報告書の内容から、当時処刑人の役割を帯びていた「かわた」――被差別部落の人びとが、もとはと言えば同じキリシタンであったのをよく知っており、そして、彼らが処刑におもむくことを命ぜられたのにもかかわらず拒否したことが一度や二度ではなかったということも知っていたからである。

日本国籍を取得したとはいえ、もともと外国人であり、浦上キリシタンと部落民の敵対構造から自由な立場にあるこの神父は、書く場所も選ばなかった。恒信が情熱を燃やしてつくった長崎部落史研究会が発行する雑誌『ながさき部落解放研究』第十五号に、「キリシタン迫害と差別」と題して、はじめて同誌に論稿を寄せている。それはちょうど、中尾貫が県連に来た昭和六十二年（十月号）のことであった。

それまでにも、キリシタンの処刑を命じられた「かわた」がそれを拒否したことを伝える宣教師の手紙を紹介していたが、同誌では惜しげもなく新資料であるドミニコ会宣教師の手紙を紹介している。

〔一六一九年十一月十七日の〕殉教の時に見られたもう一つの手柄は、皮屋たちによるものでした。彼らは動物の皮を剥ぎ取る人たちで、牢屋まで呼ばれて受刑者たちを縛ったり、刑場まで綱を引いて行きます。二年前に〔一六一八年十一月二十五日〕十二人の聖なる殉教者が火炙りになった時と同じように、それをするのは罪だと知っていたので行くのを拒みました。

以前キリシタンであった奉行〔代官のこと〕平蔵は、彼らの三人を呼びつけ、自分たちの勤めであるにも関わらず行かなかったので厳しく叱責しましたが、彼らは、それをすることは絶対にできないし、そのように神父から教えられていると言いました。平蔵は「気をつけよ。申しつけに叛くようであれば殺されるであろう。注意しておくので、後日私に文句を言わないように」、と申しました。彼らは、文句は言わないし、そのようなことをするよりも死ぬ覚悟ができていると答えました。平蔵は「仲間の他の者も同じ考えであるか」問うと、皆は「はい、そうです」と答えたので、平蔵は他の別の者を呼びました。彼らも平蔵の前で同じように答えたので、平蔵は彼らに「外出はまかりならぬ、逃亡もならぬ、すぐに見つけられるから」と言渡し、彼らを家に帰しました。

キリシタンであった末次平蔵は、出世のために前奉行を追い落とし、みずからは改宗して、元和の大殉教とキリシタン側が呼ぶ壮大な弾圧を仕掛けた張本人であった。

さて、皮屋たちが処刑されたのかどうか、この手紙には書かれていないらしい。そのため神父も言及していないが、日本民衆の心にキリシタン差別が培養されていく歴史的過程について述べる後半部のくだりは、部落差別が生まれ醸成されていく構造までを見事にあぶり出し、「戦争、差別、迫害という悪が存在しつづけるのは、大部分は知識人の沈黙、あるいは知識人の協力があるからである」と序論で述べた意味を展開していた。

そして「おわりに」で、このようにしるす。

民衆の考え方を覆す迫害の力は、もう一つの悲しい結果をもたらす。すでに述べたようにキリシタン時代にも、迫害の最初の数年間にも長崎では被差別部落の人々と一般民衆の間に、当時の日本の社会が認めていた差別が存在していても対立はなかった。被差別部落の人が信者であったし、他の信徒に害を加えるよりも自分の命を捧げる覚悟ができていた。しかし、迫害が進むと同時に、彼らの関係がわるくなり、幕末と四番崩れの時には、同じように圧迫されている者同士間に対立が目立った。距離をおいて、安全な立場からこれらの問題を考える私は、昔の美しい句を思い出す。

喧嘩すな
あひみたがひの
渡り鳥

最後に小林一茶の句を引いている。このような人物であったから、多くの人に好かれた。

二

やはり恒信は、中尾貫を県連に引き込んだとき、自分の体調に不安をおぼえていたのではないか。

講演のとき、ときどき言葉がうまく出ないことがあった。口がふだんどおり動かなくて、精いっぱいしゃべっているつもりでも、聞いている側には、なにを言っているのかわからないことが増えた。

ここで私は、まことに残念な磯本恒信本人による「自分史」の書き換えについて述べておかなくてはならない。

それは昭和六十年七月、恒信がはじめて出版した『よき日えの軌跡』（長崎部落史研究所）という本のなかで起きている。真実とまるでかけ離れたその記述、たいへん深刻なその虚構づくりについて、真実を知っている中尾貫でさえ黙認していた。

この「自分史」の書き換えは、それから七年後の平成四年八月に出版された『涙痕』（長崎部落史研究所）所収の「私がその部落民だ――長崎に生きて」という恒信の自分史でもくり返された。新聞記者はそれを前提として彼をインタビューし、文章を書いた。『涙痕』出版と相前後するように恒信は脳梗塞になり、闘病生活を迎えた。ステッキにすがり、言葉もままならなくなってしまった恒信に、だれも真実を問い直そうとはしなくなり、長いことこんにちまで彼がつくりだした虚構は真実として受けとめられてきたのである。

それはなにかというと、「原爆投下の日、自分も長崎にいて被爆した」という虚構である。これまで書いてきたように、彼はそのとき長崎にはいなかった。青島《チンタオ》にいたのだ。

『涙痕』の「私がその部落民だ」の一章の冒頭部分をまず引いてみよう。

——突然、グラッと建物がゆれたかと思うとキーンという鋭い音、目の前はまっ黄色なスクリーンが張られた。ガラスの飛び散る音、全くの不意打ちの爆風で吹き飛ばされた。〝至近弾〟と思わず床にうつぶせました——

私はこの瞬間の恐ろしさをいまも忘れない。一九四五年（昭和二〇）八月九日。長崎憲兵分隊の留置場で、私は奇跡的に助かった。当時、長崎憲兵分隊は、いまの炉粕町、日本銀行長崎支店にあった。

県庁近くから燃えだす火は、南風にあおられ、裁判所をひとなめ、火勢は煙をあげて市役所の方に広がってくる。長崎駅一帯でも火が燃えあがっている。いつもどなりちらす恐い憲兵たちの、せわしい軍靴の音だけがひどく耳に聞こえていた。何かどえらいことが起こったにちがいない。

何が起こったのか、中国から強制送還されている私に、もちろんわかるすべもなかった。

たいへんな臨場感をもって書かれているけれども、これはつくり話なのである。恒信が長崎に帰って来たのは、中尾貫によると「昭和二十一年七月」。恒信の実姉——戦後しばらく戦災者住宅で一緒に暮らした絹江——からも、「原爆のときも終戦のときも、恒信は長崎には帰って来ていなかった」と私は聞いている。

決定的な証拠は、原爆被爆者の調査を長崎県がおこなったとき、その調査票の「原爆投下時どこにいたか」を書く欄に恒信自身が「青島」と、はっきりとしるしていることだ。彼は原爆手帳を持っていなかった。

文中にある「強制送還」というのは、これもすでに書いたように、青島学院の王道という教師に八路軍への参加を求められ従軍した彼は、足に銃創を負い日本兵に捕まった。それから日本へ「強制送還」されたというわけだが、恒信の長男によると「間違いなく足に傷がありました」と言うのだから、中国での出来事はほんとうのことかもしれない。そう考えて私は八路軍への参加は事実だろうととらえた。

しかし「強制送還」はあり得ない。おそらく彼は上海あたりから帰還船で帰って来たのではないだろうか。

こうした自分史の虚構化――粉飾と言ってもいいだろう――は、長崎の部落解放運動や浦上キリシタンとの和解問題にも影響をおよぼしかねないので、いましばらく彼の虚構の叙述について見ておく必要があろうかと思う。「私がその部落民だ」に綴られた原爆投下後の叙述はこのようにつづく。

こうして敗戦の日〝忍び難きを忍び……〟雑音のなかにかすかに聞きとれた天皇の声。無条件降伏、日本は負けたのだ。顔を真っ赤にした憲兵のざわめきが、あっちこっちから聞こえた。「いまのラジオはデマだ！」とどなり散らしていた。

この頃、私は分隊各室のお茶くみや掃除にかり出されていた。末期現象にあった権力機構も保護処分の少年までがかまっておれないという状況下であった。憲兵分隊の終戦直後の激動ぶりは異常なほどである。完全に浮足だっていた。そして、みんなが、殺気だっていたのである。

「戦争は終わったぞ」。そう考えるとひどく母や姉弟の安否が気になり出した。

私は憲兵分隊玄関を足速やに通り抜けた。誰一人、とがめる者はいなかった。真夏の日ざしが焼けつくような道路にでると「見よ東海の空明けて旭日高く輝けば……」愛国行進曲を吹奏する長崎経専（現長崎大学経済学部）のブラスバンドのラッパの音が通りすぎていく。カパッ、カパッと軍馬のヒズメのひびき、陸軍大佐（伊吹元五郎大佐）を先頭に一五頭余りの騎馬隊が続いていた。在郷軍人一二〇名位ひきつれての大行進であった。ビラがまかれた。〝ラジオ放送はデマだ、謀略だ〟〝戦争はこれからだ〟と書かれていた。

「戦争は終わった」と思い込んでいた私は驚愕した。逃げろ！　逃げないとつかまる、今度は殺される！　夢中で逃げた。焼け跡や山の中をさまよい歩いた憲兵や警察から草の根わけても捜し出されるかもしれないと、不安にかられながらも、なんだかわからないが、とにかく夢中で走りまわった。

それから彼は、屋根のなくなった工場、ねじ曲げられた梁の鉄材、三十メートルも吹き飛ばされた貨車、「あっちこっちで倒れた死体」を目撃しながら、故郷の浦上町にたどり着き、「家という家、建物という建物」が「すべて倒され」「焼失」しているさまを見、「肥料車をひきながらそのまま焼け死んでいる叔母さん」をはじめ、「死体がそのまま放置されて」いる惨状に立ちすくむ。

『生きる―一人称で語る人生』（枚方市「生きる」編集委員会編）という関西方面で編まれたアンソロジーには、磯本恒信のインタビュー「差別と原爆のはざまで」が収録されているが、そこでもほぼ同様の話をしており、では浦上町にたどり着いたあとどうしたのかというくだりをこのインタビューに沿って見ていくと、まず山の崖下に掘られた防空壕で、被爆した母親やきょうだいたちと再会する。姉が死んだことを知らされた彼は、それから防空壕で家族と過ごすようになる。日を追うごとに衰弱の色を深める母親に、救護所へつれて行ってほしいと頼まれ、大八車に乗せて行こうとしたところ、道の途中で母親は死んでしまう。浦上町の焼け跡に大八車を引いて帰った彼ときょうだいたちは、青年会館の跡地に燃えかすを集めてきて、母親の亡骸を焼く。恒信はこのように述べている。

よく覚えています。あの光景を……。一面、焼野原になった浦上の夜空に白く煙がたなびいて、風に流されていきました。赤い火がチョロチョロ、チョロチョロと燃え、燃えつきようとする材木の切れ端がコトッ、コトッと落ちる。母が焼けていったあの音が、今でも耳に残っています。

書き写しながら、私は力が抜けていくのを禁じ得ない。恒信は小説でも書いたほうがよかったのではないか。

このとき彼が、その場にいることなどあり得ない。姉と幼い妹と弟の三人が母親を救護所に運び、あくる日行ってみると母親の遺体はすでに焼かれていた。こうした話を姉の絹江から聞いて、自分の体験談にすり替えたのである。

九州でも屈指の勢力をほこる長崎地区労の書記長をつとめ、原水爆禁止の平和運動に取り組んでいった恒信は、原爆による故郷の壊滅とその後の離散、そしてそのために立ち遅れてしまった解放運動を一日もはやくまえにすすめていくためには、自分が原爆を体験し浦上部落の悲劇を経験した者であることが、人びとにたいして説得力を持ち得ると考えたのであろう。被爆体験もなく、部落の悲劇も経験していない彼は、長崎の戦後を生きるうえで落ちこぼれた存在なのであった。

こうした自分史の虚構化は、けっして彼ひとりの人生を大きく見せようとするためのものではなく、被爆者や被差別部落民の幸福を願ってのものであり、むしろ険しい生きかたをおのれに課そうとした正直者の心の裏返しではなかったのか、と言ってみたいところではあるが、弁護の余地はどこにもない。被曝者であることを偽装した恒信は自己を受難者に仕立て、悲劇の英雄として自己の経歴を粉飾した。これは現実に被爆、あるいは被曝した人びとにたいする冒瀆《ぼうとく》であり、原子野のなかで苦しみながら死んでいった母や姉、そして実際にこの肉親を看取り生き抜いていった絹江らきょうだいへの冒瀆と言えよう。

長崎の人間としてはじめて公の場で部落民宣言をし、新聞でも大きく報じられた。多くの市民の目にさらされながら、「寝た子」を起こして長崎に解放運動の根拠地をつくりあげた。そうした立派な指導者だったのであればこそ、なおさらこのような粉飾はそれまでの悪戦苦闘の来歴に泥を塗りつけ、自己の心身をきびしく律さねばならぬ運動家としての資質に、根底から疑問符を投げつけられる余地をつくってしまった。

心ない人は言うだろう。この指導者でさえ事実とまったくかけ離れたつくり話を堂々とするのだから、解放運動の連中の苦労話や自慢話なんか信用するな、と。いまはもうこの世にない人なのだから、本人が出てきて謝罪し、釈明するわけにはいかないのだ。その点において磯本恒信は、解放運動全体の歴史とそこに集う人びとにたいして大きな禍根を残してしまった。

粉飾の事実を明らかにするのは私がはじめてで、では私さえ黙って見過ごしていれば彼の名誉は保たれたのかというと不可能だろう。きっと新しい研究者が出てきて、この事実を書くだろう。では、死んだ人間の墓をあばいてどうするのだ、とだれか言う者がいるだろうか。そういう人には、このようにこたえよう。磯本恒信は解放運動史にその名をとどめる指導者だった。そのような人物は、死んでからも生きる宿命にある。研究者からすれば、死んでいるからこそ正確に検証できる点も多々あるのであって、私のように知ってしまった者は、知ってしまった責任から逃れられない。

事実は事実として明らかにされねばならない。

母や姉を原爆で失い、焼け跡のなかをさまよいつづける恒信に、松本治一郎からあるメッセージが届けられた。手紙だかハガキだか電報だかは不明だが、そのことは本人の著作物にも書かれておらず、彼と親しい解放運動関係者が雑誌で話しているのを見て、その後幾人かの関係者からも同様の話を聞いたので、この話は事実だろうと思われる。メッセージの現物はどこにも見当たらなかったが、それはつぎのような一行であった。

――生き抜け、その日のために。松本。

「その日」とは、どんな日のことだろうか。これをうけとった若者は、なにを思っただろうか。このような言葉を贈る人は、愛と悲しみの力がよほどつよい。「その日」とは、部落差別からの解放はもちろん、差別する側の心の解放、すなわち人間全体の心の牢獄からの解放が実現した日のことを言っているに違いない。私はそのようにうけとめて、松本治一郎と部落解放運動の百年の物語(『水平記』新潮社)を書いていこうと決めた。では、言葉を贈られた側の若者は、その後どう生きていったのだろうかと、本作に取り組む日々を夢みていた。

取材、史料読み、執筆という段階にはいって、どうも本人の書いたものに矛盾があると感じていた私は、長崎に行って、原爆投下時に磯本恒信が青島にいた事実を厳然と伝える史料を見出してしまったのだ。それが磯本本人が「青島」と書き込んでいる、原爆調査票であった。

やっぱりそうだったのかと不愉快な思いをいだいたのはたしかではあるが、こうして最後まで書ききろうと思ったのは、捏造や粉飾も人間の精神活動のひとつに違いないし、そうした精神活動を描き出すことで人間という不可思議な存在の正体に迫るのも文学のつとめだろうと考えたからである。もうひとつ付言しておくと、中尾貫や結城了悟をはじめとする彼をとりまく人間たちの存在感がすばらしくて、磯本恒信の嘘のために彼らの物語を消滅させるわけにはいかないと願ったからである。

磯本恒信が脳梗塞で倒れたのは、平成四年のことであった。以後、杖をつき、午前中だけ県連に出るという状態となった。

酒をだいぶ飲んだからな、と貫は思いながら、実質委員長として忙しい毎日を送ることになった。

恢復は、もう望めない。病院にいるのをいやがって、徘徊する。自宅に帰されて、妻の世話になる日々。そうした状態が終わりがないもののようにつづいた。

「どっちが先に死んでも、それまではそれぞれの仕事をしっかりやろう」

と、貫は恒信と約束しあっていた。

「おれは恒信が死ぬまで委員長にはならん」

と、県連の人びとには言っていたが、そうもいかなくなり、恒信が倒れて八年目の平成九年六月、定期大会で委員長に就任した。

恒信は、見舞いに来た貫の顔を、最初のころは判別できていたが、それさえもできなくなった。危篤の知らせを受けて、長崎市立成人病センターに駆けつけてみると、恒信は酸素マスクをつけて昏々と眠っていた。きょうだいのいない貫は、恒信のことを、この世でたったひとりのきょうだいだと思ってきたが、いつか言われたようにまさか双子だとはこのときになってもとても思えず、しかし、双子のように血のつながりの濃い関係なんだと恒信は言いたかったのではないかと思い直し、手など握らず、すっかり痩せこけてしまった頬に自分の頬を寄せて、耳元で、

「元気になれよ」

と言った。

平成十二年十月二十五日、恒信はこの世を去った。七十一歳であった。

三

恒信の置きみやげと言っていいのかどうか、その死の前年には「部落解放にとりくむ長崎県宗教教団連帯会議」（長崎解宗連）が結成されていた。これまでの個人加盟を原則とした「宗教者の会」が解消され、教団全体の取り組みとしていくために県下の十一教団が集まってこのような会に発展させたのである。

議長は浄土真宗本願寺派から三隅龍雄《みすみたつお》が選出され、事務局が諫早市の同教団教務所におかれた。

集まったのはカトリック教会をはじめ、真言宗各派、真宗大谷派、真宗各派、曹洞宗、天台宗、天理教、日本基督教団、日本聖公会、日本ナザレン教団で、そのほかの教団もこれから参加の予定を表明していた。

この会議の集まりに、県連委員長となった中尾貫も、二十六聖人記念館館長の結城了悟も欠かさず出席した。

ひとつの「連帯」の姿が具体的なかたちをとってあらわれたのは、あくる年のことだ。七月二十二日、島原の乱の悲劇の舞台となった原城跡でおこなわれた犠牲者を慰霊する式典において、現地北有馬（現南島原市）の仏教僧侶と島原教会の神父が双方の過去の歴史の過ちを認めるメッセージを読みあげ、和解の握手をしたあと、アッシジの聖フランシスコの「平和を求める祈り」をともに唱えたのである。宗派の垣根をこえたこの唱和は、とりわけカトリック信徒たちに大きな感動をもたらした。

その場には、結城神父もいた。彼は日本でいちばん最初にできたイエズス会の大学であるセミナリヨのあった場所を、入念な調査によって北有馬に特定した功労者でもあったし、島原の乱の意義の見直しにも大きな研究成果を残した人物だったから。

唱和を目撃した人びとのなかには、目に涙を浮かべる者もあった。自分たちだけの「祈り」であったはずのものが、はじめて自分たち以外の人から唱和されてみれば、この島原の地に小さな共和国をうちたてようとして死んでいったおびただしい死者たちの霊魂つどう海山のきわまで届いていきそうに思われたのだ。

ああ主よ、私をあなたの平和の道具としてお使いください。
憎しみのあるところに愛を、
いさかいのあるところに許しを、
分裂のあるところに一致を、
疑惑のあるところに信仰を、
誤っているところに真理を、
絶望のあるところに希望を、
悲しみのあるところに喜びを、
闇に光を、
もたらすものとしてください。
慰められるよりは慰めることを、
理解されるよりは理解することを、
愛されるよりは愛することを、
私が求めますように。
なぜなら私が受けるのは与えることにおいてであり、

許されるのは許すことにおいてであり、

我々が永遠の命に生まれるのは死においてであるからです。

「町田発言」を契機に、カトリック教会内にも部落問題と向かいあう組織が生まれていた。「日本カトリック部落問題委員会」といって、本部を京都においていた。彼らがついに長崎で現地学習をふくむ合宿研修会をひらいたのは、「祈り」の唱和がおこなわれてから二十日あまりしかたっていない八月十一日と十二日の両日であった。

十一日には、中尾貫が彼らのまえで自分史を語った。とりわけ五島での九年間におよぶキリシタン末裔の子どもたちと生活をともにしたくだりは、カトリックの人びとの心を動かさずにはおかなかった。長崎県部落史研究所の事務局長として、結城神父らとともにキリシタンと部落の歴史を研究してきた阿南重幸《あなんしげゆき》は、彼らにとってははじめて聞くことになる長崎の部落のなりたちについて語り、長崎という都市がキリシタンによって創建され、皮なめしや履物生産を担う職人町として皮屋町に人びとが集住し、長崎の町の拡大にともなって移転していく歴史を語った。

阿南はカトリック信徒らをつれて、最初に部落（皮屋町）があった場所からつぎに移転した場所を案内した。

最初の皮屋町は一町まるごと全員がキリスト教を信仰し、ひとりの宣教師を火刑にするさい薪を集めることすらも命がけで拒否した町であったが、二度目の移転で浦上山里村に暮らしはじめてからは、キリスト教が伝わることはなかった。そして一八六五年の浦上四番崩れでは、キリシタン迫害にかかわる刑吏を担った。阿南は彼らにこのように説明した。

「皮屋町の人たちが二度目に移転したのは、ちょうど長崎と浦上の境界のあたりなのです。町方である長崎側から見れば、皮屋町はキリスト教＝邪宗を防ぐ防波堤の役割をはたしたかのように見えます」

「キリシタンと部落問題」と題する結城了悟の講演は、あくる十二日であった。

「いまの日本の熱心な信者は『私は差別していない』と言います。けれども『差別されてきた人』のために何をしていますか。問題が存在しなかったように対応するのですか。そこが問題です」

と、彼はまず最初に重要な問いかけをし、このようにつづけた。

「行動を起こした宣教師たちの差別にたいしての態度を考えるとき、人間として『心』と『頭』の問題があります。『心』の問題は慈悲、憐れみです。『頭』の問題は正義の問題です。ある人は苦しんでいる人に手を貸すが、差別は不正義の問題です。ここのところをよく考える必要があります。差別は人間の権利を侵すことです」

同委員会事務局長の橋本瑠璃子《はしもとるりこ》は、ふたりの話を聞きながら、二泊三日の合宿研修をくわだてたことに、やはりこのようにしてよかったと思っていた。

彼女は平成元年から事務局の専従をつとめている。私が彼女に会いに行った先は、神戸市垂水区舞子台の聖ビンセンシオの愛徳姉妹会というところであったが、ながい祈りの時間を終えて私のまえにあらわれた彼女は、このように語った。

「はっきり言えば、なかなかはいりにくかったんです、長崎には。壁があったんですね。はいりにくかったその壁をどこかで壊したいなと、ずっと思っていたんです」

シスターの修道服に細い体を包んだ彼女は、言葉を継ぐ。

「チャンスがめぐってきたのは、長崎教区の島本《しまもと》要《かなめ》大司教が部落問題委員会の委員長になられたことでした。このチャンスを逃したら長崎にはいりにくいと思いましたので――やはりなにかというときに、うまくいきにくい壁というものがあったんですね、どうしても。それで私は島本大司教に、せっかく司教さんが委員長なんですから、私たち一度長崎に行ってみたいです、合宿研修もしませんか、と申しあげたんです」

橋本瑠璃子の話を聞いて、彼女の情熱が部落との出会い直しを実現させたのだ、と私は思った。

いま手元に、『キリシタンと部落問題』と題する日本カトリック部落問題委員会がまとめた小冊子がある。「あとがき」のなかで橋本瑠璃子は、

「いつのころからか、カトリック教会のなかで、長崎で部落問題を取り上げるのは難しいと感じるようになりました。それは、単に無関心というような、どこにでもあるようなものではなく、もっと否定的なものでした」

と、書いているが、「否定的なもの」という部落と部落民へのつよい忌避感が「壁」となっており、いまようやく現地を歩き、皮屋町の人びとが、もともとは同じキリスト教徒であったという中

尾貫と阿南重幸の話を聞き、結城神父から「差別は不正義の問題」だとカトリック信徒として痛いところをつかれ、合宿研修に参加した浦上の信徒たちにも変化があらわれてきたことを感じとっていた。

浦川和三郎の『浦上切支丹史』には、浦上四番崩れのさいのキリシタン側から見た部落民への私怨むきだしの侮蔑表現がある。一村まるごと総流罪という異常な出来事に、部落民が捕り手として協力し、キリシタン部落を引き立てていった凄惨な事件に加え、こうした差別表現をふくむ叙述が浦上キリシタンの末裔らに部落民への私憤ばかりを記憶させ、それが差別観念の定着にもつながっていったのではないか、それが歴史をありのままに見る目を曇らせていったのではないか、という指摘もなされ、彼女もハッとさせられたという。

結城の話では、信徒たちの道徳的教科書といってよい「公教要理《こうきょうようり》」からいまはなぜか「ミゼルコルディア」の七つの使命についての記述が削除されているが、自分が見たキリシタン時代の日本の「公教要理」にはそれがちゃんと掲げられており、それは自分が子ども時代を過ごしたスペインで習った「公教要理」とまったく同じ内容であったことがひとつの感動をもって語られた。

「ミゼルコルディア」はポルトガル語で「慈悲」を意味し、一般のキリスト教徒が自分たちの住む地域でつくっていた信心会のことである。言ってみれば村中の小さな組や班のようなもので、彼らは「ミゼルコルディアの組」と日本では呼ばれた。

では、神父の言う「七つの使命」とはなにかというと、それは聖書のマタイ伝からとられたもので、ミゼルコルディアの組はこれを胸に自主的に貧者やハンセン病者の救済活動にあたっていたのである。

一には、飢へたる者に食を与《あたふ》る事。
二には、渇したる者に物を飲ます る事。
三には、膚《はだ》をかくしかぬる者に衣類を与る事。
四には、病人をいたはり見舞ふ事。
五には、行脚の者に宿を貸す事。
六には、とらはれ人の身を請くる事。
七には、骸《むくろ》を納むる事、是なり。

「ミゼルコルディアの組は、すべて人間の問題を取り扱う組のことです。これは教会がやることではなく、政治家がやることでもなかった。市民の手でおこなわれることでした」

と、神父は話をつづけ、日本のキリシタンはこの七カ条を暗記しており、長崎の本蓮寺のところにハンセン病者の手当てをおこなうサン・ラザロ病院をイエズス会が建てたが、それを経営していたのはミゼルコルディアの組であり、浦上街道に面した山王神社のあたりにもうひとつ同様の病院があった、と述べた。彼らはハンセン病者の治療や埋葬にあたるのみならず、秀吉の朝鮮出兵によってつれてこられた朝鮮人奴隷たちの問題についても取り扱い、船が難破すれば船員を救い、船乗りがフィリピンへ帰りたいといえばそれを援助した、とも言った。

しかし、彼は当時の宣教師やキリシタンたちが犯した過ちについても率直に述べた。

「九州の倭寇《わこう》が中国人を捕まえ、ポルトガル人や日本人に奴隷として売っていた。秀吉は禁教令を出したとき、コエリヨ神父に『なぜポルトガル人は日本人を奴隷として買っているのか』と質問した。コエリヨは『私たちも、それを止めたいが力がないので、関白殿の助けをお願いする』と答えると秀吉は黙ってしまった。でも倭寇のことなら止められる。ところが悪を行う人は暴力団と同じで、ひとつの収入源を閉ざされると新しいものを求める。麻薬や武器に手を出す。倭寇の奴隷を売ることができなくなると、田舎で貧しい農民を捕まえ奴隷として売ることになる。長崎のコレジョでは宣教師が小さな裁判所をつくった。そのときまだ司教がいなかったため、一般の信者にはっきりしたことを決めることができなかった。けれども宣教師は、奴隷であるかどうか、船に乗せられる人たちを調べた。……（日本で）法律的に認められていることを宣教師が止めることはできなかった。けれども調べてみると、畑にいるときに捕まえられた人もあった。この人は自由になった。ところが宣教師の行いが噂になり批判された。ときには宣教師が間違ったことをした。友だちのポルトガル人が奴隷を乗せることを助けたことがあった。宣教師であっても間違ったことをする人がいる」

とても気をつかった言いかたをしているが、ポルトガル商船の奴隷貿易に協力した宣教師たちがいたことは異論を容れない。彼らは商船に乗って来日し、商人たちの寄付によって教会を建ててもらい、秀吉が天下統一したといってもまだまだ「国家」の形態には程遠かった日本のなかでは、村どうしが殺しあいの戦争をし、負けた側をポルトガル商人に奴隷として売っていた。

信仰の人であると同時に、きびしく事実を吟味してきた歴史家でもある神父の講演に人びとは聞きいった。

長崎というところは最初、禁教令によって圧迫された人びとのためにつくられた港町であったと神父は語り、南蛮貿易のために人がしだいに増え、長崎全体がキリスト教徒の町になったこと、そして「いつ、どんなふうに信者になったかわからない」けれども、部落民も信者となり、キリスト教徒であることを棄てて代官になった末次平蔵から、ドミニコ会神父に宿を与えた者を火あぶりにするために薪を集めるよう指示された皮屋町と馬町の人びとが命がけで拒否したという事実を自分の調査にもとづいて語りだしたとき、やはり人びとは大きくおどろき、感動で潤んだ目を神父に向けた。

「ドミニコ会の記録にも皮屋町に小聖堂があり、神父がミサを立てに行っていた。皮屋町の人たちを大切にしていた。同時に日本の社会制度をある程度認めていた。その制度を変えようとはしなかった。ヨーロッパから来た宣教師たちは、十六世紀のヨーロッパには日本と同じように身分制度があったし、日本に来る途中のインドのカースト制度も見ていた。だから日本の身分制度を変だとは思わなかった。……ただ直接、皮屋町の部落の人たちに慈愛で接した。あのときにできることは、それしかなかった」

神父はこのように憐みのおこないで部落民に接した当時の宣教師たちには「心」の問題しか許されておらず、身分制度を打破するといった正義のおこないに立ちあがろうとする「頭」の問題についてまでは及んでいなかったと言い、それは「禁教令で自分たちの活動が禁じられていたため、日本の社会を変えることはできなかったこともある」と言い添えたあとで、しかし「現在の私たちは、憐れみの行いと同時に正義の問題をもっと大切にしなければならない」と言った。

そして、いつものように小林一茶の「喧嘩すな　あひみたがひの　渡り鳥」の一句をあげて、「秀吉も徳川も直接手を下したのではなく、キリシタンと部落民の双方を利用して圧迫した。これを忘れてはいけません。浦上村の信者と被差別部落とのケンカも、大きく見るとケンカではない。ケンカさせられていたのです。現代はもう一歩すすめて、一緒にできる。圧迫された人が一緒になるのです。長崎教会では、奈良や京都とくらべて部落差別問題はそんなに目立たない。でも、問題がないから、問題が存在しないということではないのです。差別をなくすために、子どものときから『みんな兄弟姉妹』として教え、キリスト信者として、みんなに仕える者になりますように。これはキリシタン時代から私が受けた教えです」

と、講演を結んだ。

四

日本カトリック部落問題委員会は、平成十五年（二〇〇三）七月末、こんどは高知県赤岡町で夏合宿をひらいた。赤岡は平成の大合併でいまでは香南市となっているが、それまでは日本の市区町村でもっとも面積の小さな漁業を主産業とする町であった。

高知県の太平洋岸のほぼ中央に位置するこのような小さな町に、なぜカトリック委員会の人びとが訪れたのかというと、そこが浦上四番崩れのさいの配流先のひとつだったからである。とりわけ赤岡に関しては、東は北陸から南は九州にいたる二十藩におよぶ配流先のなかで、この地に流された浦上キリシタンの対応にあたったのが被差別部落民であることがはっきりしていたからだ。

彼らが訪れた時点で、赤岡には高知県内で三番目に大きな部落があり、それは同町の人口全体の約半数を占めていた。この合宿研修会実現には、部落に代々暮らしてきた同町の町長をはじめ教育長や教育委員会が全面的に協力し、部落解放同盟赤岡支部もすすんで協力した。赤岡側にとっても重要な歴史の見直しになるとともに、町村合併の濁流にのみこまれ、ともすれば見失われてしまいかねない特異な近代史の一断面を、これから伝えなおしていくという点でも常ならぬ関心の高さがしめされた。

研修会初日におこなわれた浜田《はまだ》義秋《よしあき》町長の挨拶からも、そのことが感じられる。

「歴史をさかのぼってみますと恥ずかしい話ですが、私たちの祖先の部落と、キリシタンの皆さんとの『幸せな出会い』、こういった歴史は、勉強しておりませんでした。古くから人の話で聞いておりましたが、その当時の歴史をキッチリ、ハッキリと行政として掌握をしていないのが現状です。そういった観点から、これからおこなっていく部落問題や同和対策での大きな資料となりますし、これからの取り組みにも大きな示唆を与えてくれるものと思います。

そういう観点から申しますと、町政を預かる者として最も重要であり、大事な課題であると認識しております」(『「遍路の地」土佐の赤岡にキリシタンと部落の幸いな出会いをみる』日本カトリック部落問題委員会)

ここで「幸せな出会い」と町長が言っているのは、赤岡において浦上キリシタンはほとんど拷問を受けておらず、そのために改宗した者もいないということが背景にある。三十九人の死者が出ているが、その主な原因は飢えと疫病であって、他藩のように過酷な責めを受けたからではない。土佐藩からいっぺんにたくさんの流人の管理を押しつけられた赤岡の人びとはとても貧しくて、彼らのなかからも飢えや疫病で死んでいく者がいた。むしろ、そうしたきびしい環境のなかで彼らはキリシタンに自由に祈りの時間を与え、わずかながらではあるが食事を与え、強制労働にかりだすようなことはしなかった。捕囚たちは来る日も来る日もやることがない。そうして退屈でたまらない時間を過ごしていると、牢番からすすめられて紙細工をはじめ、傘袋や弁当入れなどをつくったりもするようになった。

以上のようなことがフランシスク・マルナスの『日本キリスト教復活史』に書かれてあり、そこには「内職をした」という記述も見える。

橋本瑠璃子はこうした本を読み、それが浦上キリシタンの高木仙右衛門史料をもとに書かれていることを承知していた。それで赤岡の竹村暢文《たけむらのぶふみ》教育長に、浦上の人たちがしていた「内職」の内容を伝えたところ、「これらは部落の人が担った仕事です」と教えられ、当然それを捕囚たちにすすめた「牢番」とは部落の人であったろうから、やはり一概に四番崩れを部落民への一方的な恨みつらみの記憶として語り継ぐのは間違っている、と得心した。

マルナスはこの本のなかで、「(赤岡のキリシタン捕囚たちは) 彼らの状態に応じて、ほぼ最大限の扱いを受けた。食事は十分であった」と、しるしている。現実的に食事はとても「十分」とは言えなかっただろうが、貧しい暮らしのなかから、とにかく赤岡の人たちが食事を与えつづけたことだけは間違いなさそうだ。

「内職」は、こっそりさせたのだろう。給金を受けたかどうか史料にはないけれども、食糧を買う足しにでもしたのではないか。ほかの配流先の藩では、たくさんの人間が拷問などで死んでいった。棄教者もたくさん出ている。そうしたなかで、ここ赤岡では、キリシタンと部落民が幸運な出会いかたをしているのだ、と彼女は感慨を新たにした。

長崎からは、阿南重幸が講師として招かれていた。この問題をながく研究してきた阿南は、このときはっきりと、まず、部落の成立を江戸時代の封建制度確立に求める政治起源説は現在ではすでに破綻しているとまで言われているとまで言われていると述べたうえで、部落とキリシタンのかかわりが時の権力者による差別分断支配の典型として語られてきたことについても、同様に疑うべきではないかと述べた。

とりわけ長崎の浦上四番崩れのように、たしかに両者の関係は結果としてたがいに敵対しあう関係にさせられてしまったのは事実だが、しかし「この見方だけでは、部落とキリシタンとの関係は敵対し、分断されたままで終わって」しまうと阿南は言い、「このような見方からいったん離れることによって、両者のかかわりを見ていく必要」があると、これまでの結城神父をはじめとする幾人かの研究家によって発掘された、皮屋町はもともと一町まるごとキリシタンであって、みずからの死を賭してキリシタン処刑の任を拒否した部落民がいたことなどについて、福者サルバネスによる書簡など具体的な文献をあげて語りはじめた。

このとき、彼がもっとも声をあげて訴えたかったのは、つぎの発言であった。

「三年まえ、川元祥一《かわもとよしかず》さんといわれる方を長崎にお呼びしました。講演をしていただき、翌日『長崎の部落史を歩く』というフィールドワークを行いました。このときのことを、彼は雑誌『部落解放』につぎのように書かれました。

〈この『二十六聖人像』と同じでなくてもいい。あるいは同じでもよいが、江戸時代初期に『穢多』身分キリシタンとして殉教した人々の像を聖人像と同じ発想、思想によって建てたらどうだろうか。名前や人物像などははっきりしないところが多いかもしれないが、ともかく人間の姿をした像を建てることで、彼らの生活や思いを今の私たちが考えるきっかけになると思う〉

像を造るという発想は別にして、川元さんの発想が心にとても残り、私にとって衝撃的でした。つまり、差別分断支配と捉えるだけで終わってよいのかということです。もっと、両者のかかわりを多面的に、むしろ積極的に描き出すことはできないだろうかと、思い当たりました」

川元祥一は、昭和十五年（一九四〇）生まれの作家・部落史研究家である。たしかに像を建てるかどうかは別にして、このアイデアには意表をつかれる。いまではすっかりキリシタン弾圧の手先をつとめた暗黒の存在として考えられている人びとを、まったく逆のイメージ——殉教者として顕彰すれば歴史的過誤の認識が改められるかもしれない。

江戸初期、彼らは一町まるごとキリシタンであり、処刑の指令を信仰を理由に拒否したあと、記録にはとどめられてはいないが、おそらく殉教したのだろう。代官の末次平蔵に呼び出され、処刑命令を再度毅然として拒否した三人の男たちの名前はもちろん、年恰好もわかっていない。でも彼らが代官を目のまえにしてさえも処刑を拒否したという記録は、キリスト教徒であることを知られることや職務を放棄するという点で、むしろ捕縛されるキリシタンよりも殉教の覚悟が重く必要とされたのではないか。当然彼らは末次平蔵が背教者であることを知っており、平蔵ごときに命じられて態度を一変させてしまうようでは天国への門はひらかれないと思っていただろう。

長崎ばかりでなく大村でもキリシタンの処刑がおこなわれたとき、そこでも皮屋たちは協力しなかった。元和八年（一六二二）、長崎における十五人の処刑でも皮屋町民たちは職務を拒否している。では、彼らの任務をだれが引き受けたのかというと、「娼婦の町に住み、働いている異教徒」であった、と阿南は史料をあげて述べた。それは宣教師の文書なので、「異教徒」とは仏教徒を指しているのだろうが、そこから阿南は「長崎学」の礎を築いた古賀十二郎の『丸山遊女と唐紅毛人』から「吉利支丹《キリシタン》及び一般罪人死刑の際に於ける遊女町の任務」の項を引いて、長崎で処刑がおこなわれるときは「遊女町の傾城《げいぎ》屋たちが刀、脇差をおびて警固をつとめ、磔木、首台などをさしだす」よう命じられていたと述べた。

講演の最後に、阿南はこのように語りかけた。

「おそらく（幕府側の）弾圧に屈し、（皮屋町）住民は仏教徒に転じたと思われます。同じように、浦上の潜伏キリシタンは、仏教徒に転じながらも、しかしその後ひそかに信仰を伝えたことに両者の違いがあったわけです。……同じくキリシタンとして宗教弾圧を闘った皮屋町住民が、こんどは弾圧する側に位置づけられ、刑吏として迫害の尖兵を担いました。そのことが、現在に至るまで両者の間に禍根を残したのであれば、それは直ちに解決されるべき問題です。……一つひとつの事実を積み上げることによって、『禍』が『幸いな出会い』へと導かれるよう祈念したいと思います」

人は自分の感情をうまくコントロールできない。それが事実を事実として受けとめることを阻む障害となっていることは、だれでも知っている。ながい時間をかけて刷り込まれてきた無意識の意識を大きくぐらつかせる出来事に遭遇しようものなら、そしてそれが自分ひとりの意識だけでなく自分をふくむ親密な共同体内の意識であろうものなら、よりいっそう厄介だ。

いま阿南は、「一つ一つの事実を積み上げる」と語りながら、この問題の場合、そうした作業そのものに多くの困難がともなうのではないかと思っていたことだろう。なにしろ一六二二年の事件以降、キリシタンと部落民にかかわる史料は皮屋町にキリシタン類族がいたことをわずかに伝える「犯科帳」があるのみで、二百五十年の空白を経て、浦上四番崩れにいっぺんに飛ぶのである。つまり史料には、信仰のため命がけで弾圧に抵抗した部落民がまずあらわれ、つぎにキリシタン弾圧の尖兵を担う刑吏としての姿があらわれるのだ。

しかし、この合宿研修会の内容をまとめた既出の冊子には、合宿参加者のふたりの声――どちらともキリスト教団関係者――がおさめられており、その内容にはほっとさせられるものがある。

京都から参加した日本基督教団の奥村国子《おくむらくにこ》という人は、「かつて、私たちはキリシタンと部落の反目ばかり知らされてきたが、赤岡にきて新しい事実を知ることになった」としるし、阿南からしめされた歴史的事実に目を見ひらかされたように、「私はこの合宿によってキリシタンと部落の幸いな出会いを見た思いがした。少なくとも風穴が開いたと信じたい」と述べている。

長崎から参加したカトリック大野教会の紙崎新一《かみざきしんいち》司祭は、阿南ともうひとりの講師であるカトリック教会神父の話が、「部落民がキリシタンに対し寛容であった事例と、キリスト者の幸いを求める視点の狭さを浮き彫りにしてくれ」たと言い、よその藩では考えられないくらい「普通の生活」をキリシタンたちが赤岡で送ったことに「福音を知る大切な意味が隠されて」いると、感動をもって述べている。

終章　神父、最後の日々

——三人の名前がわかれば、福者にできるのではないかと思って……。

デ・ルカ・レンゾ神父がイエズス会から長崎に派遣されたとき、三十三歳であった。同じ年に司祭叙階した彼は、端正な顔立ちとまじめで温和な人柄、それに結城了悟と違って流暢な日本語を話し、漢文にも明るい。また、なによりその若さから、記念館につどう女性たちに愛されるようになった。

アルゼンチン出身の彼は、結城の心に適う人だった。東京の上智大学にあるイエズス会の日本本部に「だれか自分の跡継ぎを」と頼んでいたところ、以前二、三度会ったことのある——といっても顔を見た程度で深く言葉を交わしたことはなかったのだが——彼を差し向けられたのだ。東京からもどって来た神父は、秘書の松江暉子に、

「いい人が見つかりました」

と、よろこんでいた。

デ・ルカ・レンゾ神父は、二十六聖人記念館に着任した翌年から副館長となり、結城の調査旅行にも同行し、きびしく育てられた。松江暉子から見ても、それはなかなか余人の立ち入れない世界

であったらしい。

彼が館長への就任を結城から求められ、館長になったのは平成十六年（二〇〇四）十月、四十一歳のときであった。赤岡で合宿研修会がおこなわれた翌年のことである。このとき八十二歳になっていた結城は、心臓に病気が出て、バイパス手術を受けていた。残り少なくなった時間を、調査と執筆に専念したいと考えたのだ。

聡明なレンゾ新館長から見ても、結城の仕事ぶりは目を見張ることだらけだった。二十六聖人記念館をつくった人なのだから、どこにどんな史料がおさめられているのかすべてわかっているのは当然としても、何ページのどこにそれは書いてあると細部にわたって指摘する能力にはおどろかされた。講演会に行っても、神父はまるでかしこまらずにおしゃべりでもするように話すのだが、キリシタン史にくわしい聴衆から挑みかかられるように、いまの話の出典はどこのなにかなどと問われたりすると、具体的な史料の名前と筆者をあげて、より詳しく説明した。

神父の文章は人によっては叙事詩のようだと言われ、専門家によってはそうした文学的な文体が気にさわるのか、書かれてある内容が事実なのかどうかと意地わるく陰口を囁《ささや》かれることがあった。でも、ある意味、神父以上に学究肌の新館長が、神父のあの文章はいったいなにを出典としているのかと専門家に問われて史料を探索してみると、ちゃんとそれが書かれた史料につきあたる。現地調査と史料にあること以外はけっして文字にしないのが神父の最大の美点なのであった。

だから神父は、学者や研究者が他人の発掘した史料を出典も明らかにせず、まるで自分が発見したように書いているのを見ると、カンカンになって怒った。

それは自分のためにしている仕事ではないという、大きな心に動かされていたからであろう。神父のミッションは、四百年まえの日本の殉教者たちを福者としてローマから顕彰してもらうことであった。邪教を奉じる罪人として処刑された彼らの記録は国内にはほとんど残っておらず、神父は内外の史料を渉猟し、忌まわしい果実のように歴史の地層に埋もれてきた存在に光をあてようとしていた。列福式にそうした人びとの霊魂をひとりも残さず臨ませてやるためには、できることなら彼らの名前、年齢、死亡日、経歴など本人と認められる情報を集めなければならない。当然、それらは創作であってはならないし、なにかエピソードがあれば正確に文章で再現しなければならなかった。

昭和五十七年(一九八二)からはじまった調査活動に当初から参加してきた神父は、毎朝四時半に起きて祈りをささげたあと、仕事で記念館を空ける以外は、ほぼ一日じゅう机に向かって文献を調べるか、松江暉子を相手に文章を書いた。

解放同盟長崎県連事務所にふらりと神父があらわれたのは、平成十八年(二〇〇六)ごろのことであった。阿南重幸に訊きたいことがあると神父は言い、ちょうど阿南も居合わせていたので、コーヒーを飲みながら一時間半ばかりゆっくりと話をした。

なにを神父が尋ねたのかというと、赤岡での講演で阿南も引き合いに出した『サルバネス書簡』に出てくる三人の部落民のことである。長崎代官の命令を拒否したその三人の名前を知らないか、

いか。

と神父は言うのだった。

どうしてそんなことを訊くのか、と阿南はびっくりした。名前など残っているわけがないではな
「いやあ、わかりませんね」

「そうですか。わかりませんか」

「どうなさるおつもりだったんですか」

「列福式があるんです。三人の名前がわかれば、福者にできるのではないかと思って……」

それはすばらしい考えだと、ここでも阿南はびっくりしたに違いない。

自分が赤岡で話したのは、三人を殉教者として顕彰する像をつくったらどうかという川元祥一の提案についてだったが、いま神父が言ったのはその考えに近いというか、それ以上の大きな話ではないか――。

名前がわかれば福者に認められるのかどうかはさておいて、いま神父が考えていることは、実現不可能な話であっても大きな恵みと言えた。なぜなら神父は、真剣に浦上キリシタンと被差別部落の和解に寄与したいと考えているからである。

だれもしないであろうこのような発想をいだくこと自体、いかに神父が規格外のロマンチストであるかを物語るものだが、やはり彼は無私の人であり、「汝の敵を愛せ」というキリストの教えを貫こうとした信仰の人であった。

願うだけで叶えられぬ夢のような物語として、この話は阿南本人の心にいつまでも残った。

列福調査委員会がローマ法王庁に提出した審査書は、二千ページにおよぶ大著になった。その八割は神父の研究によるもので、しかし「長すぎる」と却下され、七百ページにまとめ直したのだが、どれも殉教者の息吹きが伝わってくる綿密な内容で、列福申請をした百八十八人全員の認定につながった。

これに、その三人も加えたくなる——。


悪性リンパ腫が見つかったのは、平成二十年（二〇〇八）四月に足の手術のため入院したときのことだ。そのまえに記念館の階段から転げ落ちて、結城は足を折った。このときすでにリンパ腫に足の骨が蝕まれていたのだろう。病院ではそれと気づかれぬまま、金属を入れるだけで手術を終えた。

それでも足の痛みを訴えるので、心配したレンゾ神父らのすすめで入院してみると、悪性リンパ腫と診断されたのだ。

聖フランシスコ病院の個室にはいった神父のもとには、毎日見舞客が絶えなかった。レンゾ神父は毎朝ご聖体をもって行き、師と弟子の会話をした。

松江暉子は自分の喘息の治療もあってほぼ毎日この病院に通院し、神父の部屋で過ごした。彼女は見舞いに行くつもりでいたのに、神父は原稿を書かせようとした。それで彼女もすっかりあきらめて、仕事モードに切り替えた。

神父は史料を持ち込んでいるわけではなかった。でも、おどろくべき記憶力ですらすらと口から文章が出てきた。彼女はそれを書きとめ、記念館で史料にあたり、家で清書して、あくる日には届けるという毎日がつづいた。レンゾ神父によると、半年以上におよんだ入院期間に八冊の新しい小さな本を書きあげたという。

主治医から告知がおこなわれると、神父は悟ったように物静かになり、黙々と仕事に打ち込むかたわら、訪ねてくる人びとにやさしく接した。秋が深まりかけたころ、「別荘、ありますか」と言いだしたのは、ホスピスのことであった。

ホスピスに移ってからは、呼吸するのも苦しくなり、酸素吸入が欠かせなくなった。表情はぼんやりとして、日本語は出なくなり、母国語のスペイン語でしか話さぬようになった。

「パエジャが食べたい」

パエリアのことを言うので、松江暉子が、それじゃあ自分がつくってきます、と言うと、しばらく考えて、

「でも、だめです。ここには料理をつくるコックさんがいるでしょう。コックさんにたいして失礼にあたります」

と言うので、こんな状態になっても他人のことを考えられるなんて……と、はらはらと涙を流した。

外出許可をもらって記念館にもどったのは、十一月五日であった。二十六聖人の像を見あげても、ぼおっとした顔をしていたのに、館内にはいったとたん目に生気がよみがえって、

「ここにあるものすべてについて君にはすでに説明しておいたと思うが、ひとつだけ説明していなかったものがある」

と、レンゾ神父に言った。

それは五十年まえにメキシコの教会で見つかった二十六聖人の壁画のことで、車椅子を押されてすすみ出て行くと、以前の神父にもどったような明晰さで説明したが、終わったとたんすっかり脱力し、病人の表情にもどってしまった。

あれほど心血を注いできた列福式が、世界中から三万人の信徒を長崎に集めて催される。殉教者たちの遺骨を抱いて歩くのは、結城の役割であった。彼はそれだけにはどうにかして出たいと思っていたが、

「列福式で福者たちに会いたかったけれど、むずかしいです。天国で彼らと会うのが楽しみです」

と、呼吸が苦しいにもかかわらず、見舞客に笑みをひろげてみせた。

息をひきとったのは、十一月十七日夜。列福式まであと一週間というときであった。

長崎市内の県営野球場に満員の人びとを集めて列福式がひらかれたのは、十一月二十四日であった。殉教者の遺骨をもつ役割を、生前からの申し渡しでレンゾ神父が担っていた。

「あの人がレンゾさん？」

「ね、ハンサムでしょう」

などと、スタンドから女性たちが言いあい、松江暉子は、レンゾ神父様はこれで全国の信者のまえにデビューされたんじゃないかしら、とよろこんだ。

式の終盤、結城神父とともに列福調査にあたってきた高松教区の溝部《みぞべ》脩《おさむ》司教が感謝の言葉を述べたとき、ひときわ大きな拍手がわき起こったのは、このように述べたからだ。

「老いてなお列福への情熱を失わなかった結城了悟神父に格別のお礼を申しあげる」

享年八十六。

二十六聖人記念館の創立者としての略歴に「部落解放運動に携わってきた」としるす。それはただの肩書きではない、尊い真実をともなっていた。


（了）

あとがき

長崎を舞台とするこの長大な物語には、三人の主人公がいる。

磯本恒信は長崎に部落解放運動をつくり、その死の間際近くまで指導者として生きた。ある事件をきっかけに、それまで胸に秘めていた、被差別部落出身という出自を公に宣言し、長崎にはないとされていた被差別部落の存在を公に認めさせ、差別撤廃の運動に前のめりになっていくのだ。

原爆で死んだ母親から生前、「決して自分の生まれた町の名を語ってはならぬ」と固く約束させられていた彼は、その戒めを破り、当然読んでいたであろう島崎藤村の『破戒』の主人公・瀬川丑松《せがわうしまつ》とは違って、闘いの火中に全身を躍り込ませていった。

その勇気ある人生の後半に、してはならぬことをして晩節を汚してしまったが、これも人間という存在がどうしようもなく抱え込んでしまう真理の断面なのだろう。この世を去ってしばらくして、私のような見ず知らずの者に真実を明らかにされるなんて考えもしなかったのだろうか。それを思うと、とても残念な気持ちになるけれども、それまでの彼の生の輝きに嘘偽りはないと思われる。だから私は、最後まで包み隠さず書こうと思った。

二十六聖人記念館の初代館長・結城了悟ことディエゴ・パチェコ神父は、日本に帰化したとはいえ、長崎からも日本からも自由な人であったから、キリシタン弾圧の加害者・被害者双方を越えた立場で、冷静に、正確に歴史の真実を見ることができた。被差別部落民（加害者）とキリシタン（被害者）のあいだで歴史的和解を実現しようとする試みは、最後の最後で実を結ばなかったのかもしれないが、処刑への関与を拒否したことによってみずからも処刑されたに違いない被差別民三人をカトリックの福者にしようとして動いたエピソードは、歴史の地層にすっかり埋もれていたのだ。その秘められた事績を書くことができただけでも私はうれしい。

このふたりの主人公はすでにこの世にないが、もうひとりの主人公・中尾貫は、いまも長崎で生きている。部落解放同盟長崎県連副委員長として磯本恒信をささえ、磯本が体調を壊してからは委員長となって、結城了悟とともにキリシタン側との歴史的和解実現を模索した。

自分の記憶が正確かどうかたびたび気にしながら、史料をいくつも引っぱり出してきて、懇切丁寧に話を聞かせてくれる。少年時代のみじめな思い出、戦後の一家離散、靴職人やテキヤとしての放浪生活から中学校の教師となり、五島の隠れキリシタン末裔の村で九年間を過ごし、長崎にもどって来て同和教育運動に力を注いだ。盟友であった磯本恒信の虚構について、最初にこたえてくれたのも中尾貫であった。いま敬称も付けずに書いているのが心苦しい。私は「貫先生」と呼んでいたのだ。

物語の構成は、第一部で原爆投下後の磯本家と中尾家の流浪、恒信と貫の再会、そして解放運動をつくりあげていくまでを描き、第二部では結城神父を中心に、キリシタン弾圧の真実に迫ろうとする人びとの姿と、長崎という被爆都市が戦後どのように生まれ変わっていったかを描いた。人間というものは、なかなか狡賢《ずるがしこ》く図太いものである。あれだけ差別視してきたキリシタンの遺構や伝統を観光化することによって、長崎のめざましい復興を達成してきたのだから。

長崎の教会群を世界遺産にしようとの動きがある。私は弾圧の歴史でさえ美しく物語化して呑み込もうとする奔流のような流れにたいして、どうか弾圧の手先となった被差別民のなかにもそれを町ぐるみで拒否し、刑死していった人びとがいたということを忘れずに語り継いでほしいと願う。傍観者側も、傍観してきたというその一点において、加害の側に立っている。長崎全体で歴史的和解に向けた努力を惜しまずにしていくことが、世界遺産というものにさらなる輝きをもたらすだろうと信じて疑わない。

第三部では、磯本恒信と中尾貫が結城神父と出会う。彼らは世界宗教者会議での差別事件をきっかけにひとつの集まりをつくり、神父は足しげくふたりの事務所に通うようになる。カトリック側が動きだす。歴史的和解へ向けた「幸いな出会い」を遂げて、神父は大いなる眠りに就こうとする。

「生き抜け、その日のために」というこの本のタイトルは、松本治一郎が焼け跡をさまよう磯本恒信に贈った言葉である。キリシタンと被差別民の相克、すべてを焼き払う原爆の悲惨、そうした辛苦の運命を生きてきた長崎という特異な都市の歴史において、静かな祈りのように重ねられてきた

「その日」を願う人びとの粘りづよい生きかたを私は記録しておきたかった。

謝辞を述べなければならない人が大勢いる。とくに五人の名前をあげて謝意を表しておきたい。長崎県の部落史研究者である阿南重幸氏には、膨大な史料の提供と解説、歴史的和解に向かう道程をはじめとする貴重な話を聞かせていただいた。会うべき方々の紹介もしていただいた。長門実氏とともに島原へも同行していただいた。なにより同氏の研究は、私にとって複雑な長崎の部落史とキリシタン史を学ぶうえで、宝石のような輝きを放っていた。結城神父の「三人を福者にできないか」との思いを忘れずに伝えてくれたのは阿南氏であった。

カトリックのシスターである橋本瑠璃子氏には、ようやくひらきかけた歴史的和解へのドアが、それでもやはり重たいものであることを思い知らされながら、カトリックのなかにも少数ではあるかもしれないが確実に和解を願う人びとがいることを知って、つぎの世代にこの活動が引き継がれていくことを願わずにはおれなかった。

二十六聖人記念館の現館長・ルカ・デ・レンゾ神父は、たびたび訪れては話を聞かせてほしいとせがむ私に、いつも誠意をもって接してくれた。結城神父の後継者としてきびしく育てられた神父は、みずからも研究者としていまもローマに集められて日の目を見ずにある宣教師の手紙や報告書類の解読にあたっている。結城神父が残していった膨大な写真史料やキリシタン遺物の整理にも努めている。

松江暉子氏は、長いこと結城神父の秘書として、彼の文章を日本語に清書してきた。その静かな作業風景からは、人間にたいする恐れ、神にたいする畏怖、歴史とどう向き合えばよいのかといった神父の教えが感受され、私は自分の歩幅を何度もふり返ってみる必要に迫られた。正確に書く、ということがいかに難しいことか、しかしそれができたとき、どんなに美しいものであることか。

磯本恒信の姉の絹江さんは、私はこのように「絹江」と書いているが、じつは仮名なのである。ご本人の希望による。原爆投下当日のこと、恒信がそのとき長崎にはいなかったこと、それからどうやって生きていったかということなどについて詳細に回想してくださった。ひととおり話が終わったとき、絹江さんは、

「私、はじめて人に話しました。原爆のことは、うちの家族にも話してないんです」

と言った。

それを聞いてはじめて、被爆者の複雑な心理の悲しみに胸を衝かれた。よく話してくださいました。感謝いたします。

以下、お名前のみをしるして感謝の意を表します。

秋月寿賀子、アギラール神父、梅本テル子、越中哲也、高原至、田村正男、長門実、松本克義、宮﨑修、宮﨑懐良、宮崎善信、宮田昭、山口渉、多井みゆき、川田恭子、松原圭。

本書は月刊「部落解放」二〇一〇年一月号～二〇一四年四月号まで五十回にわたって連載したものを半分前後割愛して成った。二千五百枚近くの分量があったから、あまりにも重すぎて、このよ

うにせざるを得なかった。割愛した内容のほとんどは、被差別部落とキリシタンの人びとの被爆体験である。ほとんど外に出ていない貴重な証言ばかりなので、いずれ本にしたいと思っている。

解放出版社の吉田宏史氏と前島照代氏には、この本を編み直すにあたってご苦労をおかけした。感謝いたします。

二〇一六年三月一日

髙山文彦

主要参考文献

島崎藤村『破戒』新潮社、二〇〇五年
浦川和三郎『五島キリシタン史』国書刊行会、一九七三年
松浦直治『長崎の歴史—開港四百年』長崎開港四百年記念実行委員会一九七〇年
長崎開港四〇〇年記念実行委員会『長崎図録—開港四百年』一九七〇年
馬原鉄男「未解放部落とキリシタン部落」『日本史研究』第四八号、日本史研究会、一九六〇年
浦川和三郎『浦上切支丹史』全国書房、一九四三年
浦上小教区編『神の家族四〇〇年—浦上小教区沿革史』浦上カトリック教会、一九八三年
ディエゴ・パチェコ「ホアン・バプティスタ・デ・バエザ神父の二書翰について」『キリシタン研究』第一〇輯、吉川弘文館、一九六五年
ファビアン『破提宇子』杞憂道人、一八六九年
アビラ・ヒロン／ルイス・フロイス『大航海時代叢書〈第十一〉日本王国記・日欧文化比較』岩波書店、一九六五年
曽野綾子／結城了悟『愛のために死ねますか』中経出版、二〇〇八年
永井隆『長崎の鐘』サンパウロ、一九九五年
永井隆『いとし子よ』サンパウロ、一九九五年

片岡弥吉「廿六聖人殉教地の位置とその崇敬」『長崎談叢』第三十七輯、長崎史談会、一九五五年
長崎地方自治研究会『長崎評論』創刊号、一九五八年
片岡弥吉『日本キリシタン殉教史』（『片岡弥吉全集1』）智書房、二〇一〇年
片岡弥吉『永井隆の生涯』サンパウロ、一九六一年
宮田安『長崎崇福寺論攷』長崎文献社、一九七五年
秋月辰一郎『死の同心円―長崎被爆医師の記録』長崎文献社、二〇一〇年
高原至『ザビエルの道』ナガサキ・フォトサービス、一九八八年
高原至 写真／横手一彦 文『長崎 旧浦上天主堂 一九四五―五八―失われた被爆遺産』岩波書店、二〇一〇年
永井隆『花咲く丘』サンパウロ、二〇〇八年
高瀬毅『ナガサキ 消えたもう一つの「原爆ドーム」』文藝春秋社、二〇一三年
『二十六聖人の殉教史 長崎への道』二十六聖人記念館、一九六二年
結城了悟『ザビエル』聖母の騎士社、二〇一〇年
『禅門小僧訓』
永久岳水編『禅門曹洞法語全集・坤』中央仏教社、一九三四年
福崎孝雄「『差別戒名』問題について」『現代密教』第四号、智山伝法院、一九八八年
『貞観政要格式目』
『貞観格式』

牧英正「『貞観政要格式目』の研究」『同和問題研究　大阪市立大学同和問題研究室紀要』六号、大阪市立大学、一九八三年
部落解放・人権研究所編『部落問題・人権事典』解放出版社、二〇〇一年
『家族訓』
結城了悟「キリシタン迫害と差別」『ながさき部落解放研究』第一五号、長崎県部落史研究所、一九八七年
磯本恒信『よき日えの軌跡』長崎部落史研究所、一九八五年
長崎県部落史研究所『涙痕』長崎県部落史研究所、一九九二
枚方市「生きる」編集委員会編『生きる―一人称で語る人生』枚方市、一九九八年
髙山文彦『水平記―松本治一郎と部落解放運動の一〇〇年』新潮社、二〇〇五年
日本カトリック部落問題委員会『キリシタンと部落問題』、二〇〇一年
日本カトリック部落問題委員会『「遍路の地」土佐の赤岡にキリシタンと部落の幸いな出会いをみる』カトリック中央協議会、二〇〇四年
フランシスク・マルナス『日本キリスト教復活史』みすず書房、一九八五年
古賀十二郎『丸山遊女と唐紅毛人』長崎文献社、一九六八年
ホセ・デルガード・ガルシーアO．P．編注　佐久間正訳『福者ホセ・デ・サン・ハシント・サルバネスO．P．書簡・報告』（キリシタン文化研究シリーズ〈13〉）キリシタン文化研究会、一九七六年
阿南重幸『時間を歩く―長崎の部落史を訪れて』長崎県同和教育研究協議会、一九九八年

阿南重幸編著『被差別民の長崎・学―貿易とキリシタンと被差別部落』長崎人権研究所、二〇〇九年
長崎県部落史研究所編著「論集 長崎の部落史」長崎県部落史研究所、一九九二年
長崎県部落史研究所編著「論集 長崎の部落史と部落問題」長崎県部落史研究所、一九九八年

髙山 文彦（たかやま ふみひこ）
1958年、宮崎県高千穂町生まれ。法政大学文学部中退。2000年、『火花―北条民雄の生涯』（飛鳥新社、2000年）で、第22回講談社ノンフィクション賞、第31回大宅壮一ノンフィクション賞を同時受賞。著書に『水平記―松本治一郎と部落解放運動の100年』（新潮社、2005年）、『父を葬《おく》る』（幻戯書房、2009年）、『どん底―部落差別自作自演事件』（小学館、2012年）、『宿命の子―笹川一族の神話』（小学館、2014年）、『ふたり―皇后美智子と石牟礼道子』（講談社、2015年）など。

生き抜け、その日のために――長崎の被差別部落とキリシタン

2016年４月25日　初版１刷発行

著者　髙山文彦

発行　株式会社 解放出版社
大阪市港区波除4-1-37 ＨＲＣビル３階 〒552-0001
電話 06-6581-8542　FAX 06-6581-8552
東京営業所
東京都千代田区神田神保町2-23 アセンド神保町３階 〒101-0051
電話 03-5213-4771　FAX 03-3230-1600
ホームページ　http://www.kaihou-s.com/

装幀　上野かおる
カバー挿画　菊池《きくち》 弦《ゆずる》
印刷　モリモト印刷

ISBN978-4-7592-5037-4　NDC361.86　341P　20cm
JASRAC 出1602478-601
定価はカバーに表示しています。落丁・乱丁はお取り換えいたします。